Melanie Hinz

Ungeplant

1. Auflage September 2012

Coverfoto: Shutterstock
Gestaltung/Satz: Melanie Hinz
Lektorat: Malin Wolf / Melanie Hinz

E-Mail: hinz.melanie@gmx.net

Die Deutsche Nationalbibliothek verzeichnet diese
Publikation in der Deutschen Nationalbibliografie.
Detaillierte Daten über diese Publikation sind über
die Website: http://dnb.de einsehbar.

1.

„Siehst du die Kleine dahinten? Was ist mit der?“
Mein bester Freund spricht direkt in mein Ohr, da die Musik im Club unangenehm laut ist. Beschützend stellt er sich hinter mich und legt einen Arm um meine Schultern, denn wir sind beide ziemlich nervös.
„Sieh genau hin, Sven. Die ist maximal sechzehn und das wollen wir doch wohl beide nicht.“
Er schüttelt sich bei der Vorstellung.
„Ugh… Lina, dann weiß ich es auch nicht mehr. Außerdem musst du das nicht tun, wirklich nicht.“
Nervös fährt er sich durch die rotblonden Haare und sorgt mal wieder dafür, dass er aussieht wie frisch gevögelt. Nach außen ist er dieses breitschultrige Bild von einem Mann, aber ich kenne ihn besser. Genau gesagt kenne ich ihn schon über 20 Jahre und habe ihn noch zu gut als den dünnen, ungelenken Jungen mit den karottenroten Haaren und einer viel zu großen Brille in Erinnerung. Er hat sich wirklich gemacht.
„Hey, ich werde nicht kneifen. Und ich hoffe, du hast es auch nicht vor. Nicht jeder Kerl bekommt von seiner besten Freundin so ein Geschenk, wenn er sich für ein Jahr nach Australien verabschiedet.“
Auch wird ihn niemand so vermissen, wie ich. Doch das kann ich ihm nicht sagen. Nicht an diesem, letzten Abend.
Sven greift unter mein Kinn und drückt es ein Stück nach oben, damit er mich küssen kann. Er ist mehr als einen Kopf größer als ich und muss sich zu mir herunterbeugen.
„Ich wäre auch nur mir dir zufrieden.“
Zur Untermalung dieser Aussage presst er seine Erektion an meinen Po.
„Mich hattest du vorhin erst.“

Mit dem Ellenbogen haue ich ihm in die Rippen und drehe mich dann zu ihm um.
„Ein unvergessliches Erlebnis, als anheizende Erinnerung für die einsamen Nächte fernab von jeglicher Zivilisation, willst du doch wohl nicht abschlagen?“
Ich schmiege mich an ihn und inhaliere seinen Duft, solange es noch geht.
Sven ist mein bester Freund, aber wir führen keine Beziehung. Dennoch haben wir Sex. Zumindest in den Phasen, in denen wir nicht gerade in katastrophalen Beziehungsversuchen mit anderen Personen stecken.
Wir kennen uns seit der Grundschule und hatten mit siebzehn Jahren unser erstes Mal miteinander, sowie den Versuch einer Beziehung über zwei Jahre. Aber wir haben uns fast nur gestritten und beschlossen, dass es besser so ist.
„Dreh dich noch nicht um.“ Sven schaut in die gegenüberliegende Ecke des Raums. Sanft zieht er mich an sich. Ich spüre ihn immer noch hart an meinem Bauch.
Jesus, wie will er es mit dieser Latte bis nach Hause schaffen?
„Jetzt“, flüstert er nah an meinem Ohr und jagt mir damit einen Schauer über den Rücken. Langsam sehe ich mich um, immer noch in seinem Arm, und erspähe sie sofort. Sein Geschmack in Frauen ist nicht sehr vielfältig. All seine Exfreundinnen haben eine gewisse Ähnlichkeit mit mir.
In dem Wissen, dass sie uns zusieht, lässt Sven seine Lippen über meinen Hals wandern.
Sie hat die zierliche Figur einer Tänzerin und lange, blonde Haare, die in Wellen über ihre Schulter fließen. Ein schulterfreies, dunkelgrünes Kleid umspielt ihre Figur.
Sie gefällt mir. Ich fange ihren Blick ein. Mit leicht geöffneten Lippen beobachtet sie uns, der Drink in ihrer Hand scheint vergessen. Schließlich fängt sie sich und lächelt. Mit einem

Zwinkern hebt sie ihr Glas in unsere Richtung.
„Oh Gott", stöhnt Sven an meiner Schulter. „Vielleicht sollte ich mir auf der Toilette einen runterholen, sonst explodiere ich, bevor ich überhaupt die Hose unten habe."
Bei der Vorstellung muss ich grinsen.
„Wenn du eins hast, dann ist es Ausdauer. Darüber mache ich mir keine Sorgen."
„Du hast keine Ahnung, wie hart ich gerade bin."
Sanft beißt er mir in die Schulter und leckt gleich über die Stelle. Ich reibe meine Schenkel aneinander und spüre den leichten Druck des Höschens auf meiner Scham.
„Schaut sie noch her?" Wenn nicht, dann müssen wir das hier an einen anderen Ort verlegen, bevor es FSK 18 wird.
„Nein. Sie kommt gerade rüber."
Die Aufregung des Verbotenen sammelt sich in meinem Unterbauch. Angespannt kralle ich mich in Svens schwarzes Hemd.
„Lina?"
Wieder hebt er mein Kinn an und sieht mich mit vertrauten, braunen Augen an.
„Du musst das nicht tun."
„Es war meine Idee und ich möchte es", antworte ich trotzig.
Die Präsenz der kleinen Person neben uns vervielfacht meine Nervosität. Sven drückt noch einmal seine Lippen auf meine. Gleichzeitig lösen wir uns voneinander und schauen zur Seite. Aus der Nähe betrachtet ist sie noch hübscher. Geduldig sucht sie die Aufmerksamkeit des Barkeepers, doch der schaut die ganze Zeit in die entgegengesetzte Richtung. Sven hebt einmal den Arm und schon blickt der Typ auf. Mit einem Fingerzeig deutet er ihm, dass ihr Getränk auf seinen Deckel geht.
Verwundert dreht sie sich zu uns.

„Das wäre nicht nötig gewesen."
Sie hat eine überraschend tiefe Stimme für so eine zarte Person.
„Da bin ich anderer Meinung", sagt Sven.
„Daniela", stellt sie sich vor und streckt uns ihre schmale Hand hin. Sven nimmt sie und sieht ihr länger als normalerweise angemessen in die Augen. Auch er stellt uns vor und ich fasse mir ein Herz und umarme sie kurz. Frauen tun so etwas, oder?
Mit einem Arm um Svens Hüfte hake ich den Zeigefinger in den Bund seiner Hose ein. Hoffentlich wirkt es nicht zu besitzergreifend, aber irgendwie muss ich mich an ihm festhalten.
„Bist du mit Freunden hier, Daniela?", fragt Sven mit einem vielsagenden Lächeln. Nun hat er auch seine Hand auf meine Hüfte gelegt und drückt, für Ausstehende nicht sichtbar, leicht zu. Seine Art zu sagen: ‚Alles ist gut. Ich bin bei dir.'.
„Bin ich. Wir wollten gerade in den nächsten Club weiterziehen."
„Was hältst du davon, mit uns noch ein bisschen privater weiterzufeiern?", fragt Sven neben mir. Ich muss mich wirklich zusammenreißen, um ihn nicht mit offenem Mund anzustarren. So direkt kenne ich ihn nicht.
Daniela sieht abwechselnd zu ihrer Gruppe von Freunden und wieder zu uns.
„Ist das okay, wenn ich kurz rüber gehe und mich verabschiede? Seid ihr dann noch hier?"
„Selbstverständlich. Keine Eile."
Sven streicht ihr eine Haarsträhne hinters Ohr, während ich mich kaum bewegen kann vor lauter Aufregung.
Sie nimmt ihr Glas und geht wieder zu ihrer Gruppe. Mit dem Blick zu uns unterhält sie sich mit einer jungen Frau, deren

Grinsen immer breiter wird. Scheinbar spricht sie über uns.
„Ich muss pinkeln."
Hektisch winde ich mich aus Svens Griff und will mich gerade auf den Weg zu den Toiletten machen, als er mich am Arm zurückhält.
„Du hast nicht vor zu flüchten?"
Er ist nicht so selbstsicher, wie er sich vor Daniela gibt.
„Nein, ich muss wirklich."
Das ist zwar keine Lüge, aber trotzdem eine gute Gelegenheit, für einen Moment durchzuatmen und zu reflektieren, was gleich wahrscheinlich geschieht. Es ist mir nicht egal, wenn Sven andere Frauen berührt, aber irgendwie scheint es das Richtige, um seine Abreise für uns beide leichter zu machen.

Als ich den Waschraum wieder verlasse, wartet Daniela auf mich. Sie lehnt an der gegenüberliegenden Wand neben einem Zigarettenautomaten.
„Hey." Unsicher bleibe ich mit einem guten Abstand vor ihr stehen.
„Hey." Lächelnd winkt sie mich zu sich.
„Klär mich mal auf. Ist das wirklich in Ordnung für dich? Und worum geht es bei dieser ganzen Sache?"
Sie verliert keine Zeit, mich an sich zu ziehen und mir über die Arme zu streicheln.
Mein ganzer Körper wird von einer Gänsehaut überzogen und meine Nippel stellen sich auf.
„Es ist okay für mich. Es war meine Idee. Er ist mein bester Freund. Wir sind kein Paar. Morgen geht er für ein Jahr nach Australien", rattere ich nervös runter und muss dabei einige Male schlucken, um nicht loszuheulen. Sven verlässt mich. Für ein ganzes Jahr.
„Ein Abschiedsgeschenk also?"

Ich nicke.
„Dann wollen wir dafür sorgen, dass es für ihn unvergesslich wird."
Mit einer irritierenden Gelassenheit lehnt sie sich vor und streicht ihre Finger über meinen Hals und zum Ansatz meiner Brüste. Drei Kerle, die so aussehen, als wären sie einem Video von *50 Cent* entsprungen, laufen an uns vorbei und pfeifen anerkennend.
„Melina?", flüstert sie und legt einen Arm um meine Taille. Sie presst ihre kleinen, festen Brüste an mich. Ein ungewohntes Gefühl, im Gegensatz zu einem harten Männerkörper. Meine Handflächen werden feucht und ich traue mich kaum, zu atmen. Schlaff hängen meine Arme an den Seiten herunter, als würden sie nicht zu mir gehören.
„Melina?"
Ich habe vergessen, dass sie mich vor wenigen Sekunden schon einmal angesprochen hat und ich darauf noch reagieren muss.
„Hm?" Mehr kann ich gerade nicht erwidern.
„Schließ die Augen", bittet sie mich und fährt mit ihren Fingerspitzen über meine Lider, wie bei einem Baby, dass man zum Einschlafen bewegen will. Zögerlich komme ich ihrer Aufforderung nach und werde von zwei starken Armen umschlungen. Svens vertraute Präsenz in meinem Rücken nimmt mir einen großen Teil meiner Angst. Seine Lippen wandern über meine Schulter und seine flache Hand liegt auf meinem Bauch, der sich durch meine Atmung heftig hebt und senkt. Daniela küsst meine freie Schulter und ich habe für einen Moment das Gefühl, bewusstlos zu werden. Zum ersten Mal wage ich mich etwas vor und lege meine Hände auf ihre Hüften. Mit dem Daumen streichle ich über die hervorstehenden Hüftknochen und spüre, wie Daniela unter der Liebkosung

erzittert. Sven arbeitet sich über meinen Nacken zu Daniela vor, bis sich ihre Lippen treffen. Mit leicht zur Seite gedrehtem Kopf kann ich beobachten, wie Sven seine Zunge in ihren Mund gleiten lässt.
„Wir sollten ein Taxi rufen“, hauche ich atemlos.

Die Fahrt von der Mönchengladbacher Altstadt bis zu meiner Wohnung scheint endlos. Der Taxifahrer sieht immer wieder nervös in den Rückspiegel, da die sexuelle Spannung zwischen uns die ganze Luft im Fahrzeug erfüllt. Vielleicht hofft er auf eine kleine Show.
Mit meinem besten Freund im Rücken und Daniela an meiner Seite schließe ich die Wohnungstür auf und ziehe die beiden nach drinnen.
Sven ist in meiner Wohnung so vertraut, als würde er hier wohnen. Auf dem Weg ins Schlafzimmer streift er sich die Schuhe ab. Dabei fällt er fast über den Koffer, der für seinen morgigen Abflug schon hier gelagert ist. Seine Wohnung ist aufgelöst und er hat die letzten zwei Wochen praktisch bei mir gelebt. Noch kann ich mir nicht vorstellen, wie es sein wird, ein ganzes Jahr ohne ihn neben mir aufzuwachen.
„Ladys, was haltet ihr von einer Dusche? Ich könnte auf jeden Fall eine gebrauchen.“
Abwartend steht er in der Tür und knöpft sich dabei das Hemd auf. Daniela fackelt nicht lange und öffnet den seitlichen Reißverschluss an ihrem Kleid, welches gleich darauf auf den Boden gleitet. Nur mit einer schwarzen Panty bekleidet und mit ihren hochhackigen Riemchensandalen an den Füßen steht sie in meiner Diele. Sie ist perfekt in jeder Hinsicht. Ich mag meinen Körper, aber ihre athletische Statur lässt mich neidisch werden.
Mein Blick wandert zu Sven, der jetzt ohne Hemd dasteht.

Seine Finger stoppen am Hosenknopf und er sieht mich an.
‚Ist es immer noch okay?', fragt sein Blick.
‚Es ist alles gut', antworte ich in der gleichen Weise.
Die Bedeutung seines nächsten Blickes ist mir nur zu vertraut, aber ich versuche, ihn an mir abprallen zu lassen. Für Liebeserklärungen ist jetzt der falsche Zeitpunkt. Das würde alles nur schwerer machen.
Mein Top wandert schon fast selbstständig über meinen Kopf und mein Rock folgt gleich hinterher. Daniela kommt auf mich zu, während ich mir die Schuhe von den Füßen trete. Ich kann nicht anders, als mit einer ihrer Locken zu spielen, die auf ihrem Dekolleté zu liegen gekommen ist. Über ihre Schulter sehe ich wieder zu Sven, dessen Hand immer noch auf seinen Hosenbund ruht, obwohl sich darunter schon wieder eine deutliche Beule abzeichnet.
Ich trage nur noch BH und Slip, aber Daniela zieht mich mit einem Ruck an sich und schafft auch da gleich Abhilfe. Geschickt öffnet sie die Häkchen an meinem Rücken und lässt meinen weißen Spitzen-BH auf den Boden gleiten. Sie schlingt die Arme um meinen Brustkorb und lässt ihre Hände auf meinen Schulterblättern liegen. Unsere Brüste berühren sich zum ersten Mal ohne eine Stoffbarriere dazwischen. Das Gefühl dieser weiblichen Haut auf meiner, ist sehr fremd und gerade deswegen extrem erregend. Danielas Lippen wandern über meine Ohrmuschel und mein Kinn, bevor sie weich auf meinem Mund landen. Sanft saugt sie an meiner Oberlippe und bittet mit ihrer Zunge um Einlass, den ich ihr sofort gewähre. Wir küssen uns und ich habe das Gefühl, nur mein Slip verhindert, dass mir die Spuren meiner eigenen Erregung am Oberschenkel herunterlaufen.
„Was meinst du? Hat Sven es verdient, uns unter der Dusche einzuseifen?", wispert sie zwischen zwei Küssen.

Ich nicke, denn meine Stimme habe ich immer noch nicht wiedergefunden. Sven kommt auf uns zu und streckt uns seine Hände entgegen.
Das Gefühl etwas Verbotenes zu tun, verursacht dieses erregende, aber beinahe schmerzende Ziehen in meinem Unterleib.
Im Bad startet Sven die Dusche und wendet sich Daniela zu. Fast schon grob packt er sie am Hinterkopf, um sie zu küssen. Ich öffne seine Hose und ziehe sie zusammen mit der darunterliegenden Boxershorts aus. Seine Erektion springt mir entgegen. In meinem jungen Leben habe ich schon ein paar Männer nackt gesehen, aber nie jemanden so gerne wie ihn. Er hat so einen hübschen Schwanz, auch wenn er es hasst, wie ich sein männlichstes Körperteil betitele.
Sven streichelt mir über die Wange, lässt dabei jedoch nicht von Danielas Mund ab. Behutsam schiebt er mich in ihre Richtung. Meine Finger zittern, als ich ihr den Slip abstreife. Im Gegensatz zu mir ist sie komplett rasiert. Ich habe es immer bevorzugt, noch einen kleinen Streifen meiner Schamhaare stehen zu lassen. Zwischen ihren Lippen blitzt ein Klitorispiercing hervor. Vorsichtig lasse ich meine Hände über ihre trainierten Oberschenkel wandern und wage es dann, meinen Mund folgen zu lassen. Daniela drängt sich mir wimmernd entgegen. Dass ich nichts über diese Frau weiß, macht das Ganze umso aufregender.
„Lina“, raunt Sven und zieht mich am Arm zu sich hoch. Seine Haare sind von Danielas Händen zerwühlt und dieses kleine Detail versetzt mir einen eifersüchtigen Stich. Jetzt stehe ich zwischen den Beiden, Sven vor mir und Daniela hinter mir. Sie streift meinen Slip runter und drückt ihre Brüste an meinen Rücken.
Sven schiebt gierig seine Zunge in meinen Mund, die anders

schmeckt, als ich es gewohnt bin. Ich nehme ihn in die Hand und massiere ihn langsam, aber mit ausreichendem Druck. Für einen kurzen Moment drohen seine Knie nachzugeben, doch er fängt sich schnell wieder.

„In die Dusche“, fordert er und macht einen Schritt beiseite, um uns den Vortritt zu lassen.

Ich komme zuerst in den Genuss des heißen Duschstrahls. Genießerisch lege ich den Kopf in den Nacken und lasse mir das heiße Wasser durch die Haare spülen, als sich ein fremdes Lippenpaar um meinen rechten Nippel schließt.

„Was ist mit den Gummis?“, keuche ich hervor.

„Die werden wir nicht brauchen“, flüstert Daniela und lässt ihre sinnlichen Lippen über meinen Hals wandern. „Weil ich ihn nicht ficken werde.“

Ich will gerade protestieren, doch Svens Mund und seine warme Zunge, die meine Schamlippen teilt, rauben mir jegliches Denkvermögen. Er packt meinen Po und zieht mich näher an sich, als Daniela meine Hand nimmt und zwischen ihre Schenkel legt.

„Warum willst du ihn nicht?“, presse ich in einem klaren Moment heraus, bevor mein Mittelfinger auf ihre geschwollene Perle trifft.

„Weil er zu offensichtlich deiner ist.“

Sie führt meine Hand und zeigt mir, dass ich keine Angst vor ihrem Piercing haben muss. Svens Mund auf meiner Klit und meine Finger an Daniela, das ist beinahe mehr als ich ertragen kann. Meine Knie werden weich, doch bevor ich fallen kann, ist Sven schon hinter mich getreten. Er schlingt einen Arm um meinen Bauch und presst seinen Ständer zwischen meine Pobacken.

„Ich will dich, Lina“, raunt er an meiner Schulter und saugt mein Ohrläppchen zwischen seine Lippen.

Daniela steht jetzt vor mir und ich werde von den beiden aufrecht gehalten. Sie hebt mein Bein an und legt es über ihre Hüfte. Während sie mich küsst, greift sie hinter mir nach Sven und hilft ihm, in mich einzudringen. Er gleitet widerstandslos in mich, so feucht bin ich. In dem Moment, wo er mich komplett ausfüllt, muss ich zur Unterstützung meinen Kopf auf ihrer Schulter ablegen. Sven keucht an meinem Nacken und braucht einen Moment, um nicht gleich in mir zu kommen.
Ich suche wieder Danielas Mund. Eine Frau zu küssen ist erregender, als ich es mir vorgestellt habe. Sven zu küssen hat nie seinen Reiz verloren, aber Danielas Lippen sind irgendwie weicher und sinnlicher. Sie setzt ihre Zunge behutsamer ein und verursacht mir Schwindel mit dieser ungewohnten Liebkosung.
Endlich beginnt Sven damit, sich zu bewegen und mich seine volle Länge spüren zu lassen. Er hält mich an den Hüften fest und stößt in einem langsamen Rhythmus immer wieder zu. Ich stöhne in Danielas Mund und lasse meine Hand wieder zu ihrem Kitzler wandern. Mit leichtem Druck fahre ich in unregelmäßigen Kreisen um und über ihr Piercing. Ihre Atmung wird schneller und schon nach wenigen Minuten kommt sie über meine Finger.
Sie hält sich an mir fest und saugt dabei an meiner Schulter. Noch unter dem Nachbeben ihres Höhepunkts fasst sie wieder zwischen meine Beine und massiert meine Klit. Jedes Mal, wenn sie dabei auch Sven berührt, stöhnt er heftig auf.
Die beiden küssen sich über meine Schulter und Danielas beiläufige Berührungen an Svens Schwanz sind schon nicht mehr nur so versehentlich.
„Lina, Baby, komm für mich!“, fordert er mit rauer Stimme. Es ist wie ein Signal für meinen Körper, alle Zurückhaltung fallen zu lassen und sich diesen so bittersüßen Krämpfen

hinzugeben. Ich zittere zwischen den Beiden und werde nur noch von Daniela aufrecht gehalten, als auch Sven in warmen Schüben in mir kommt.
Wir sind alle drei völlig außer Atem und grinsen wie die Idioten.
„Das war …“, keucht Sven hinter mir.
„Interessant“, versucht Daniela seinen Satz zu beenden.
„Ich wollte eigentlich sagen, geil. Aber das trifft es wohl auch.“

Schließlich kommen wir zu dem Teil, wo wir uns dann auch gegenseitig einseifen, doch unsere spielerischen Zärtlichkeiten führen nicht noch mal zu mehr.
Daniela steigt als Erste aus der Dusche und Sven geht ihr gleich hinterher, um ihr zu zeigen, wo sie Handtücher und einen Fön findet.
Während ich mir die Haare wasche, macht sie sich vor meinem Badezimmerspiegel fertig. Als Daniela ihre Haare halbwegs getrocknet und ihr Kleid übergestreift hat, öffnet sie die Glastür der Dusche. An meinem Kinn zieht sie mich zu einem Kuss heran.
„Gehst du schon?“, frage ich, als sie wieder von mir ablässt. Ich kenne das Protokoll in solchen Situationen nicht und weiß auch selbst nicht genau, was ich jetzt erwarte.
„Ich muss morgen früh raus. Sven ruft mir gerade ein Taxi.“
„Okay.“
Noch einmal küsst sie mich und seufzt dabei.
„Ciao, Melina. Danke für den unerwarteten, aber schönen Abend.“
Daniela hat schon die Tür hinter sich geschlossen, als ich kopfschüttelnd aus der Dusche steige. Ich greife meinen Bademantel und schlüpfe tropfnass in die Ärmel.

Mit der Kapuze auf meinen nassen Haaren schlurfe ich zum Kühlschrank und suche nach etwas Essbarem. Oder etwas zum Trinken. Oder vielleicht auch nur irgendwas, um meine Hände zu beschäftigen.
Sven tritt hinter mich und schließt die Kühlschranktür. Behutsam nimmt er meine Hand und geht mit mir zu meinem Lieblingsfernsehsessel, der so ein hässlicher Schandfleck in meiner Wohnung ist, aber zu gemütlich um ihn wegzuwerfen.
Er hat schon eine Pyjamahose übergezogen und lässt sich in den Sessel fallen, um mich gleich auf seinen Schoß zu ziehen. Langsam öffnet er den Gürtel meines Bademantels und streicht mit seinen großen Händen über meine Schenkel, bevor er mich an seinen nackten Oberkörper zieht.
Mit einem Ohr an meiner Brust horcht er auf meinen Herzschlag.
„Wolltest du sie nicht ficken?"
Obwohl ich es besser wissen sollte, kann ich doch meinen Mund nicht halten.
„Lina …"
„Sven …"
„Was soll ich dir dazu sagen? Du willst die Antwort doch nicht hören."
Er spricht es nicht aus, aber es ist seit Wochen offensichtlich, dass ich nur ein Wort sagen muss, damit er hier bleibt. Und seit Wochen weiche ich jedem dieser Kommentare aus. Es ist gut und richtig. Wir brauchen diesen Abstand, um zu uns selbst zu finden, ohne vom jeweils Anderen abgelenkt zu werden. Wenn wir ehrlich sind, dann war keiner von uns beiden jemals richtig Single, selbst wenn wir nicht in einer Beziehung waren. Wir hingen immer so sehr aneinander, egal welchen Status unsere Beziehung gerade hatte, dass wir einfach nicht wissen, wie sich ein Leben ohne den Anderen anfühlt.

Svens Hände wandern unter meinen Bademantel und über meinen Rücken. Seine Pyjamahose wird eng im Schritt. Ich nehme sein Gesicht in meine Hände, zeichne die feine Sorgenfalte auf seiner Stirn nach und versuche, nicht zu heulen. Meine Hände streicheln über seinen kaum behaarten Brustkorb und die definierten Bauchmuskeln. Ich greife in den Bund seiner Pyjamahose und Sven hebt den Po, damit ich sie ein Stück runterziehen kann.

Während ich die feine Spur Sommersprossen auf seiner Schulter küsse, lasse ich mich langsam auf ihn sinken und kämpfe gegen die Tränen. Er hält mich fest in seinen Armen und unterstützt mich dabei, ihn zu reiten. Der Raum wird erfüllt von unserem Wimmern, Seufzen und Stöhnen. Trotz der Tatsache, dass wir erst vor einer knappen Stunde Sex hatten, erreichen wir beide schnell unseren Höhepunkt, der bei mir leider die Schleusen öffnet. Ich hocke wie ein heulendes und schluchzendes Häufchen Elend auf seinem Schoß und halte mich krampfhaft an ihm fest, als könnte ihn das davon abhalten, wegzugehen.

Sven trägt mich ins Bett, wo er mich die ganze Nacht hält und süße Nichtigkeiten in mein Ohr wispert. Noch drei Mal lieben wir uns in dieser Nacht, bis wir im Morgengrauen schließlich erschöpft einschlafen.

Der Nachmittag des nächsten Tages zwingt uns schließlich aus dem Bett. Sven sucht seine restlichen Sachen zusammen und packt sie in eine Reisetasche, während ich uns Pfannkuchen mache. Keine Gelegenheit verstreicht ohne Küsse und Berührungen, aber wir reden nicht über das Unausweichliche. Jetzt will ich ihm sagen, dass ich ihn liebe und das er hier bleiben soll, doch es ist nicht richtig und wäre so egoistisch. Wir kennen uns schon fast unser ganzes Leben. Es ist unrealistisch, dass die erste Liebe auch die letzte bleiben soll. So etwas schreit nach Midlife-Crisis, wenn man sich schließlich ein gemeinsames Leben mit Haus und Kindern aufgebaut hat. Vernünftige Kopfentscheidungen wären so viel einfacher, wenn sie einem nicht manchmal das Herz zerreißen würden.

Am späten Abend sehe ich vom Küchenfenster dabei zu, wie er in das wartende Auto seines Bruders Thomas steigt. Nicht einmal schaut er nach oben. Auch hat er mir verboten, ihn zum Flughafen zu begleiten.
All das tut wesentlich mehr weh, als es eigentlich sollte.
Work and Travel in Australien. Klingt aufregend, aber nicht für mich. Für mich klingt es danach, als würde ich einen Teil von mir verlieren.

2.

Mein Plan war simpel. Zwei Tage Urlaub, um mich gepflegt bemitleiden zu können und anschließend so weitermachen, als wäre alles wie immer. Okay, nicht ganz. Ohne Sven in Reichweite kann es gar nicht sein wie immer.

Meine Schwester gönnt mir jedoch gerade mal eine Nacht zum Durchheulen. Um sechs Uhr am nächsten Morgen klingelt sie mich bereits aus dem Bett.

„Kim, was zur Hölle? Hast du mal auf die Uhr gesehen?“, begrüße ich sie, als sie die Treppe zu meiner Wohnung im zweiten Stock hoch sprintet.

„Scheiß auf die Uhrzeit, Mausi. Schätz mal.“

Sie steht mit ausgebreiteten Armen vor mir und dreht sich dann einmal im Kreis. Im Hausflur. Um sechs Uhr am Morgen.

Meine Schwester war immer schon ein bisschen anders. Und mit anders meine ich irre. Sie hat keinen Partner, dafür aber einen festen Kinderwunsch. Was sie nicht davon abhält, jedes Wochenende durch die Kneipen zu ziehen, als gäbe es kein Morgen mehr. Unser Vater wird einen Herzinfarkt bekommen, wenn er von ihrer nächsten Schnapsidee erfährt.

„Mir ist nicht nach Ratespielen.“

Ich greife ein Haargummi von der Dielenkommode und binde meine blonde Mähne in einen nachlässigen Pferdeschwanz. Ungehalten winke ich sie rein und platziere sie in der Küche, um die Kaffeemaschine zu starten.

„Was ist es diesmal?“, frage ich mit verheulter, rauer Stimme, während ich gemahlenen Kaffee in den Filter löffle. Ich bin nicht so naiv zu erwarten, dass ihr mein Zustand auffällt.

„Schätz mal“, fordert sie wieder, viel zu euphorisch für diese frühe Uhrzeit.

„Musst du eigentlich nicht arbeiten?", frage ich, statt mich auf ihr dämliches Quiz einzulassen.
„Ich bin schwanger", platzt sie freudestrahlend raus.
Mir fällt der Kaffeelöffel aus der Hand. Für einen Moment muss ich mich an der Arbeitsplatte abstützten und ein paar Mal tief durchatmen, um nicht auszuflippen. Einige Atemzüge später kümmere ich mich weiter um den Kaffee und überlege mir meine nächsten Worte. Ich nehme die Milch aus dem Kühlschrank und stelle sie vorsichtig auf den Tisch. Die Zuckerdose knallt dann doch heftiger auf.
„Kim, was denkst du dir dabei? Wie soll das laufen? Verflucht! Ich kann und will dich nicht weiter unterstützen, nur weil du dein Leben nicht im Griff hast. Und jetzt das. Ist dir bewusst, welche Verantwortung da auf dich zukommt? Finanziell und emotional. Du kannst dich kaum um dich selbst kümmern und lässt dich schwängern."
Meine Schwester ist 29 und damit drei Jahre älter als ich. Dennoch bin ich es, die immer alles geregelt hat. Ich bin es, die ihr Geld geben muss, damit sie ihr nicht den Strom abdrehen und ich bin es, die sich kümmert, wenn einer unserer Elternteile mal wieder im Krankenhaus ist. Unsere Eltern gehen schon hart auf die 70 zu und sind beide gesundheitlich nicht besonders gut dabei.
Irgendwie sind bei uns die Rollen vertauscht. Eigentlich sollte das jüngste Kind das verwöhnte Nesthäkchen sein. Meine Mutter war bei der Geburt meiner Schwester schon fast 40 und hat sie absolut verhätschelt. Ich war ein noch späterer Unfall und bin mehr nebenbei gelaufen.
„Du bist nicht fair, Melina. Ich bin fast 30 und es ist Zeit für mich. Ich will nicht so spät Mutter werden, wie Mama."
„Wie wäre es denn dann wenigstens vorher mit einer stabilen Beziehung und einem festen Job? Wer ist überhaupt der Va-

ter."
„Spielt das eine Rolle? Wir haben uns beim Feiern kennengelernt. Er ist nicht von hier und war nur bei Freunden zu Besuch."
Mein Puls schlägt mir schon fast aus der Kehle, doch meine Schwester versteht es immer, noch einen draufzusetzen.
„Du hast ja schließlich auch keine feste Beziehung."
Ihre bockige Reaktion ist die eines kleinen Kindes.
„Ich lasse mich auch nicht von dahergelaufenen Kerlen schwängern, Kim. Und ich habe einen festen Job."
Meine Schwester ist Arzthelferin, schafft es aber kaum, länger als ein Jahr eine Stelle zu halten. Momentan steht sie wieder kurz vor einem Rausschmiss, da sie noch in der Probezeit ist und schon die zweite Abmahnung wegen Unpünktlichkeit bekommen hat.
Der Kaffee ist durchgelaufen, also gieße ich uns mit zitternden Händen die bereitgestellten Becher voll.
Mit etwas zuviel Wucht setze ich einen Becher vor ihr ab und ein Teil des heißen Kaffees schwappt über. Kim will sich gerade beschweren, macht bei meinem giftigen Blick aber doch lieber einen Rückzieher.
„Wissen Mama und Papa es schon?"
„Ich wollte erst mit dir reden. Es wäre vielleicht besser, wenn wir es ihnen zusammen sagen. Du hast sie immer schon gut beruhigen können."
Wenigstens eine vernünftige Entscheidung von der Kindfrau, die sich meine Schwester nennt.
Nachdem ich mich halbwegs beruhigt habe, lasse ich sie reden. Auch wenn ich selbst nicht viel sagen mag, weil ihre Weltansicht total verdreht ist, lenkt es mich doch ab. Es ist immer noch besser, ihr zuzuhören, als daran zu denken, wie der Abstand zwischen Sven und mir immer größer wird.

Zwei Tage später muss ich leider wieder zur Arbeit. Die Akten auf meinem Schreibtisch stapeln sich schon, da die Vertretung nicht nachgekommen ist, doch heute begrüße ich die Beschäftigung.
Sven hat sich noch nicht gemeldet, ob er gut angekommen ist. Die Funkstille beunruhigt mich, aber ich versuche, mich nicht zu sehr davon vereinnahmen zu lassen. Eine Flugreise nach Australien ist ein zweitägiger Trip, weswegen es durchaus möglich ist, dass er noch keine Zeit gefunden hat, sich zu melden.
Ich fahre meinen PC hoch und hole mir im Pausenraum erstmal meine Koffeindosis. Meine Arbeitskollegin und gute Freundin Jenny kommt mir auf dem Rückweg zu meinem Schreibtisch entgegen.
„Hey Melina, du siehst echt beschissen aus“, begrüßt sie mich.
„Danke. Du mich auch.“
Genervt lasse ich sie stehen und gehe, mit meinem Edelstahl-Thermobecher im Anschlag, zurück an meinen Arbeitsplatz. Wenn mir heute noch jemand in die Quere kommt, dann zieh ich ihm das Ding über.
Ich lasse mich in meinen Designer-Bürostuhl fallen und entdecke eine Laufmasche in meiner Strumpfhose. Gott sei Dank habe ich immer Ersatz in meiner Schublade. Deswegen regt es mich aber heute nicht weniger auf.
Bevor ich auf der Toilette die Strumpfhose wechsle, will ich mir einen Überblick über mein übervolles E-Mail Postfach verschaffen. Noch bevor ich die erste Geschäftsmail öffnen kann, sticht mir eine neu eingehende Mail mit vertrautem Absender ins Auge. Ich öffne sie vor allen anderen.

Von: ***Sven Gutknecht***
An: ***Melina Baur***
Betreff: ***AUSTRALIA, BABY!***

Hey Lina,

wie versprochen bist Du die Erste, die von mir Meldung erhält. (Verrate es nicht meiner Mutter.)

Australien ist überwältigend und ich habe noch nicht viel mehr gesehen, als die Fahrt vom Flughafen zum Hostel und die Aussicht aus dem Zimmerfenster. Alles ist anders. Der Geruch der Stadt, die Menschen, das Essen, selbst der Straßenbelag sieht anders aus als bei uns.

Der Flug war die Hölle. Ich habe die halbe Zeit neben einem hektischen Japaner gesessen, der Flugangst hatte. Er hat sich bei jeder kleinsten Turbulenz an meinem Arm festgekrallt, um mich zwei Sekunden später beschämt anzulächeln und meinen Ärmel wieder glatt zu streichen.

Morgen trete ich meinen ersten Job an. Drei Wochen auf einer Farm im Nirgendwo, wenn ich mich gut anstelle. Ich weiß noch nicht, ob ich dort irgendeine Möglichkeit habe, Mails zu schreiben, aber ich werde es auf jeden Fall versuchen.

Ich freue mich so dermaßen auf die Zeit hier. Aber Lina, warum habe ich nicht einmal daran gedacht, Dich zu fragen, ob Du mit möchtest? Du willst den Abstand und vermutlich hast du auch recht. Das ändert nichts daran, dass ich dich zwölf verflucht lange Monate nicht sehen werde. Du fehlst mir jetzt schon so dermaßen.

Du weißt, dass ich dich liebe. Das hat sich nie geändert. Auch wenn wir nur „Freunde" sind und unter Umständen nie mehr sein werden. (Wir wissen beide, dass wir uns da schon lange etwas vormachen. Nicht wahr, Lina?)

Danke für das tolle Notizbuch, dass Du in meinen Koffer geschmuggelt hast. Ich werde es nutzen und alles für Dich aufschreiben.

Danke für die letzte Nacht. Der erste Teil der Nacht beschert mir jetzt noch eine Latte, wenn ich nur dran denke. Der zweite Teil hat fast dafür gesorgt, dass ich alles abgeblasen hätte und bei Dir geblieben wäre.

Danke für Deine Freundschaft, wie auch immer die aussieht.

Ich liebe Dich, Lina. Du kannst mir nicht verbieten, Dir das zu sagen, auch wenn ich es mir in den letzten Wochen Dir zuliebe verkniffen habe.

Schreib mir. Erzähl mir, wie es Dir geht. Ich will von Dir hören, auch wenn wir nicht zusammen sein können. Ich antworte, sobald ich eine Chance dazu habe.

Dein Sven

Verstohlen wische ich mir ein paar Tränen aus dem Gesicht und lege Svens Mail in den Ordner für die noch zu beantwortenden Mails. Wenn ich ihm jetzt antworte, dann bin ich für den Rest des Tages nur noch ein heulendes Häufchen Elend.

Mein Posteingang signalisiert schon wieder eine neue Nachricht.

Von: **Jennifer Sonntag**
An: **Melina Baur**
Betreff: **Sorry!**

Hey Süße,

tut mir leid wegen vorhin. Aber hättest Du mich ausreden lassen …
Sven ist weg und ich habe nur eine vage Ahnung, wie es Dir geht.
Proseccoabend heute bei mir? Ich hab die neue Staffel Dexter auf DVD.
Es geht doch nichts über ein paar gepflegte Morde gegen Liebeskummer.
Ich würde mich auch noch überreden lassen, Dir Spaghetti Carbonara zu kochen.
Lass es mich wissen.

Lieb dich, Süße.
Jenny

Von: **Melina Baur**
An: **Jennifer Sonntag**
Betreff: **Re: Sorry!**

Ich bin dabei. Und ich habe keinen Liebeskummer!!!!

Kuss
Melina

Von: ***Jennifer Sonntag***
An: ***Melina Baur***
Betreff: ***Re: Sorry!***

Ja, genau…
Ich leg noch Tiramisu drauf. Der soll auch bei extremen Verdrängungsschmerzen helfen.

Lieb Dich auch.
Jenny

Kurz vor Feierabend, meine Tasche steht schon gepackt auf dem Tisch, antworte ich Sven. Seine Mail habe ich den ganzen Tag im Hinterkopf gehabt. Meine fehlende Konzentration hat mir einen falschen Monatsbericht, und damit einen wutentbrannten Abteilungsleiter und doppelte Arbeit, eingebracht. Doch jetzt kann ich es nicht länger verdrängen und muss ihm noch antworten, sonst mache ich heute Nacht kein Auge zu.

Von: ***Melina Baur***
An: ***Sven Gutknecht***
Betreff: ***Re: AUSTRALIA, BABY!***

Hey Sonnenschein,

ich wollte Dich nur wissen lassen, dass ich Deine Mail bekommen habe.

Sven, ich kann Dir da nicht drauf antworten. Ich weiß nicht, was ich sagen soll. Es war die richtige Entscheidung. Eigentlich dachte ich, du hättest das verstanden. Wir können so nicht weiter machen.

Kim macht wieder Stress, diesmal hat sie so richtig daneben gegriffen. Vielleicht erzähle ich es Dir beim nächsten Mal, aber jetzt habe ich keinen Kopf dafür.

Ich möchte, dass Du eine gute Zeit in Australien hast und nicht zuviel an mich denkst. Ich vermisse Dich und ich liebe Dich. Das habe ich nie geleugnet, aber es tut zu weh, es zu sagen, wenn Du kurz davor bist, für ein Jahr auf der anderen Seite der Erdkugel zu leben.

Du bist mein Freund und das wird immer so bleiben. Auch wenn es vielleicht manchmal nicht genug ist.

Ich küsse Dich.
Deine Lina

„Das meint sie nicht ernst. Sag mir bitte, dass sie das nicht ernst meint.“
Selbst Jenny kann nicht fassen, wie verantwortungslos meine Schwester ist.
„Leider ja. Sie meint es ernst. Und jetzt ist das Kind in den Brunnen gefallen. Sie ist schon im fünften Monat und hat es angeblich zuerst nicht gemerkt. Doch so langsam zeigt sich ihr Bauch und da konnte sie es wohl nicht mehr verheimlichen.“
Über dieses Chaos haben wir sogar unseren DVD-Abend vergessen.
„Wer ist denn der Vater?“
Jenny reicht mir schon das dritte Glas Prosecco, welches ich gleich zur Hälfte leere.

„Weiß sie angeblich nicht. Sie sagt, er wäre nicht von hier und außerdem kennt sie seinen vollen Namen nicht. Ich vermute eher, sie hat sich unter ihren obskuren Bekannten einen Dummen gesucht. Über HIV oder andere Krankheiten hat sie sich noch nie Gedanken gemacht. Wollen wir nur hoffen, dass das arme Kind wenigstens gesund geboren wird, denn gefeiert hat sie in letzten Monaten natürlich immer noch fleißig."

„Melina, ich weiß, dass es schwer ist, aber lass dich da nicht wieder so reinziehen. Deine Schwester ist alt genug und es ist ihr Ding. Du bist nicht für sie verantwortlich."

„Ich weiß es, Jenny. Das bringt meine Eltern irgendwann um."

„Ach Süße, wenn ich dir irgendwie helfen kann, du musst es nur sagen."

Ich bin wirklich froh, dass ich sie habe. Ohne Jenny wäre ich nach Svens Abreise ziemlich einsam.

„Ein Stück Tiramisu würde mir fürs Erste schon helfen."

„Tiramisu nur gegen ein paar schmutzige Details von eurem letzten Abend."

„Ich habe nie erwähnt, dass an diesem Abend irgendetwas Schmutziges praktiziert worden ist."

„Ich bitte dich, Melina. In Bezug auf Sven kann ich dir keinen Heiligenschein verpassen. Aber wer könnte es dir verdenken?"

Sie starrt verträumt aus dem Fenster. Empört knuffe ich sie in die Seite.

„Hör auf, meinen besten Freund anzuschmachten. Hol mir lieber mein Dessert."

„Was sollte mich denn davon abhalten, ihn anzuhimmeln? Er ist doch nur dein bester Freund."

Sie will eine Reaktion von mir provozieren, weswegen sie

nichts als einen Kniff in den Hintern bekommt, als sie in Küche geht.

Zwei Gläser Prosecco, eine Monsterportion Tiramisu und einen guten Schwips später, habe ich Jenny tatsächlich von unserem letzten Abend erzählt. Nicht den zweiten, nur den ersten Teil.
„Das hätte ich euch nie zugetraut."
Sie sitzt mit ihrem Dessertteller in der Hand vor mir und starrt mich fassungslos an, die Kuchengabel schon seit einer ganzen Weile auf halbem Weg zu ihrem Mund.
„Ich mir auch nicht. Du machst dir kein Bild davon, wie nervös ich war."
„Hat er euch beide … du weißt schon …", stammelt sie verlegen vor sich hin und schiebt sich dann endlich das schwebende Stück Tiramisu zwischen die Lippen.
„Nein, hat er nicht. Sie wollte es nicht. Wobei ich das Gefühl hatte, dass er das auch nicht weiter schlimm fand."
„Ich würde ja gerne sagen, dass ihr auch mich hättet fragen können, aber ich glaube, ich hätte mich vor Aufregung übergeben."
„Danke für dieses wenig anregende Bild. Außerdem hätte ich dich nicht dabei haben wollen. Du bist meine Freundin und Arbeitskollegin. Ich will unser Verhältnis nicht belasten."
„Bei Sven hast du damit doch auch kein Problem", platzt sie heraus und reißt erschrocken die Augen auf, als ihr bewusst wird, was sie da gesagt hat.
Ich winke ihre Entschuldigung gleich ab.
„Mach dir keinen Kopf, ich habe das schon richtig verstanden. Und du hast recht. Manchmal denke ich auch, dass ich in der ganzen Sache das Miststück bin und er mich einfach vergessen soll. Ich tue ihm doch nur weh."

„Ach Süße." Jenny legt ihren Arm um meine Schulter und drückt mich an sich.
„Du weißt genau, dass er nur auf ein Wort von dir wartet und für alles zu haben ist, was du bereit bist, ihm zu geben. Du solltest dir allerdings langsam mal bewusst werden, was genau das sein soll."
„Deswegen ist es gut, dass er weg ist. Ich brauche diese Zeit, auch wenn es nicht unbedingt ein ganzes Jahr hätte sein müssen. Wer weiß, ob er mich dann überhaupt noch will. Vielleicht kommt er ja mit einer heißen Australierin zurück, oder er bleibt gleich mit ihr da."
„Melina, ich will nicht zu hart sein. Aber Fakt ist, du hast dein Bett gemacht und jetzt musst du auch drin liegen."
Genau diese Dinge will ich nicht hören, doch das hat die Wahrheit oft so an sich.

3.

Von:	***Sven Gutknecht***
An:	***Melina Baur***
Betreff:	***Ohne Dich***

Hey Baby,

es tut mir so leid. Ich habe Deine letzte Mail tatsächlich jetzt erst lesen können. Auf der Farm konnte ich noch eine Woche dran hängen und habe die Möglichkeit genutzt, ein bisschen mehr Geld zu machen, um mir jetzt ein paar Tage richtigen Urlaub zu gönnen.

Im Hinterland war an Internet nicht zu denken. Ein Telefon war vorhanden, funktionierte aber nur selten. Die einzige Verbindung zur Außenwelt war ein Funkgerät. Ich habe den Gedanken erfolgreich verdrängt, was passiert wäre, wenn mich hier eins von diesen Mutanteninsekten oder eine Schlange gebissen hätte. Der Weg ins nächste Krankenhaus hätte Stunden gedauert.

Aber nun bin ich an der Gold Coast und noch in einem Stück. Ich sitze gerade am Strand in einem Internetcafé. Zwei Wochen habe ich hier eingeplant, die ich auf jeden Fall dazu nutzen werde, Dir öfter zu schreiben. Dein Notizbuch ist schon fast voll und ich werde mir heute noch ein neues besorgen.
Ich habe alles für Dich aufgeschrieben, Lina. Das gibt mir irgendwie das Gefühl, dass Du doch ein bisschen bei mir sein kannst, auch wenn ich es Dir erst in Deutschland zeigen kann. Falls du überhaupt Interesse hast, es zu lesen.

Gestern hatte ich meine erste Surfstunde und habe ziemlich viel Wasser geschluckt. Dennoch soll ich mich, laut Aussage des Surflehrers, nicht ganz ungeschickt angestellt haben.

Ich weiß nicht genau, was ich Dir noch schreiben soll, weil ich das Gefühl habe, ich habe Dir schon alles im Notizbuch erzählt.

Bitte schreib schnell zurück, wenn Du kannst. Wie geht es Dir? Was ist da bei Kim los? Hat sich die Situation wieder beruhigt?

Ich vermisse Dich, Lina.

Elf Monate noch!

In Liebe
Sven

Von:	**Melina Baur**
An:	**Sven Gutknecht**
Betreff:	**Re: Ohne Dich**

Hey Sonnenschein,

es tut gut von Dir zu hören. Ein kleiner Lichtblick in diesem abgefuckten Alltag. Ich freue mich, dass Du eine gute Zeit hast. (Du hast doch eine gute Zeit in Down Under? Oder?)

Die Situation mit Kim hat sich nicht beruhigt und wird sich auch in den nächsten 18 Jahren nicht mehr beruhigen. Erinnerst Du Dich noch, dass ich Dir von ihrem Kinderwunsch erzählt habe? Tja, sie hat ihren Kopf durchgesetzt und sich von einem dahergelaufenen Typen schwänger lassen. Sie ist schon im sechsten Monat!

Nun helfe ich ihr dabei, das Kinderzimmer einzurichten und schieße mal wieder mehr Geld dazu, als ich eigentlich wollte. Wieso kann ich keine normale Schwester haben, die mir die Möglichkeit gibt, mich darüber zu freuen, dass ich Tante werde? Stattdessen mache ich mir ihre Sorgen, denn sie macht sich keine. Sie hat sogar noch im fünften Monat getrunken und gekifft. Das Kind scheint trotzdem gesund zu sein, aber letztendlich kann man das erst nach der Geburt beurteilen.

Schimpf nicht mit mir, aber ich kann mich da nicht raushalten. Das Kind kann nichts dafür und vielleicht ist es mir ja möglich, ein bisschen was von dem auszubügeln, was Kim mit Sicherheit verbocken wird.

Erzähl mir lieber noch etwas von Australien. Hattest Du schon einen Sonnenbrand? Lernst Du interessante Menschen kennen?

1000 Küsse aus dem verregneten Deutschland.

Deine Lina

PS: Du hast ein T-Shirt in meinem Bett vergessen. Aber Du bekommst es nicht zurück, weil es immer noch nach Dir riecht.

Von:	***Sven Gutknecht***
An:	***Melina Baur***
Betreff:	***Mehr aus Down Under***

Baby,

gerne würde ich Dir sagen, Du sollst Kim ihrem Schicksal überlassen. Aber ich weiß, dass Du das nicht kannst und ich kann es auch verstehen. Ich wäre gerne für dich da.

Ach Lina, mir geht es nicht gut in Down Under. Das Land ist toll, die Erfahrungen sind großartig und objektiv betrachtet war die ganze Work and Travel Sache eine tolle Entscheidung. Aber in Bezug auf Dich kann ich nicht objektiv sein.

Die Tage kann ich mit Arbeit und anderen Unternehmungen vollpacken, aber die Nächte sind die Hölle. Ich hasse es, wenn ich nicht wenigstens eine Nacht in der Woche mit Dir im Arm einschlafen kann.
Ja, so verzweifelt bin ich schon. Dankbar für alles, was Du bereit bist zu geben.

Ich werde das durchziehen, weil ich hoffe, dass es Dir den Raum gibt, den Du brauchst. Auch wenn ich darauf gut verzichten könnte.

Ich liebe Dich, meine süße Lina. Und das T-Shirt habe ich nicht vergessen.
Ich kann Dich immer noch riechen und schmecken, und ich habe solche Angst, dass die Erinnerung bald verblassen wird.

Vergiss mich nicht, Lina. Das ist alles, was ich mir wünsche.

Dein Sven

Von: **Melina Baur**
An: **Sven Gutknecht**
Betreff: **Re: Mehr aus Down Under**

Wie kommst Du auf die Idee, dass ich Dich vergessen könnte? Sven, Du bist mein bester Freund. Wir kennen uns seit 20 Jahren und Du wirst immer ein Teil meines Lebens sein. Selbst wenn wir irgendwann mit anderen Partnern verheiratet sind und Kinder haben. Das wird sich nie ändern.

Diese letzte Mail wird er mir übel nehmen, aber ich habe neben dem Kim-Drama keine Kraft, auch noch ein Liebesdrama per Mail zu führen.

Ich fahre meinen PC runter und packe meine persönlichen Sachen zusammen, um diesen Arbeitstag abzuschließen und mit meiner Schwester zu meinen Eltern zu fahren. Damit sie endlich von der nächsten Katastrophe ihrer ältesten Tochter erfahren.

„Frau Baur?"

Mein Vorgesetzter streckt den Kopf aus der Tür seines Büros und winkt mich rein.

Fantastisch. Genau das brauche ich heute auch noch.

„Ja, Herr Schneider?"

„Bitte setzen Sie sich."

Er sortiert mit zitternden Fingern die Papiere auf seinem Schreibtisch. Vermutlich hat er heute noch nicht oft genug aus dem Flachmann in seiner Schublade getrunken. Die ganze Firma weiß, dass er Alkoholiker ist, und oftmals ein cholerischer noch dazu. Aber solange er keine schweren Maschinen bedienen muss, scheint das wohl nicht schlimm zu sein.

Ich hab weiß Gott genug eigene Sorgen und muss mich nicht auch noch um ihn kümmern.

„Sie wissen, dass ich mit Ihrer Arbeit eigentlich durchweg zufrieden bin."

Eine Feststellung, also nicke ich zustimmend, damit er fortfährt und wir das hier hinter uns bringen.

„Frau Baur, ich mache mir Sorgen um Sie. Sie sind pünktlich, fleißig und fast ausnahmslos gründlich. Aber in den letzten

Tagen scheinen Sie mir sehr abwesend, depressiv und übermüdet. Ich fürchte, dass Sie ihre alte Form nicht dauerhaft beibehalten können."
Das sagt der Firmenalkoholiker.
Muss ich etwas erwidern, oder kommt da noch was? Denn ehrlich gesagt habe ich gar keine passende Reaktion darauf. Bis auf die paar Ringe unter den Augen und dass ich vielleicht nicht ganz so viel lächle, dachte ich eigentlich, ich hätte meine Fassade ganz gut aufrechterhalten.
„Frau Baur, verstehen Sie das nicht falsch. Ich bin zufrieden mit Ihnen und ich möchte Sie als meine Assistentin nicht verlieren. Wenn es Ihnen hilft, nehmen Sie eine Woche Urlaub, regeln Sie ihren Kram, was immer es auch ist und dann kommen Sie in alter Form wieder zurück."
„Ich brauche keinen Urlaub. War das alles?"
Das kam vielleicht pampiger rüber als beabsichtigt, aber was soll ich mit Freizeit? Noch mehr Zeit zum Nachdenken? Zum Sven vermissen? Zum Gedanken machen über Kim und das Baby?
„Das war alles. Denke ich."
Er sieht mich verblüfft an, da er ein solches Verhalten von mir nicht kennt.
„Schönen Feierabend, Herr Schneider. Bis morgen."

Es herrscht ein verdammter Sturm um mich herum und mein Anker ist auf einem anderen Kontinent.
Mit meinem breitesten Grinsen sitze ich bei meinen Eltern am Esstisch. Warum ich grinse? Damit ich nicht in Versuchung komme, zu heulen oder laut zu schreien.
„Endlich ein Enkelkind. Ich freue mich ja so, dass ich das noch erleben kann."
Meine Mutter streicht sich über die Schürze, die ihren ge-

blümten Rock schützt, und grinst wie ein Honigkuchenpferd. Machen wir uns nichts vor, meine Mutter ist eine alte Frau, eine andere Generation. Aber in solchen Momenten sehe ich, woher Kim ihre kindliche Naivität hat. Auch mein Vater spielt den stolzen Opa und streicht seiner Prinzessin über den Bauch.

Ich bin mir sicher, dass ich mich deutlich artikuliert habe. Meine Eltern müssen verstanden haben, dass Kim keinen Vater zu dem Kind hat und auch niemals haben wollte. Dennoch ignorieren sie diese Tatsache. Hauptsache ein Enkelkind. Nach uns die Sintflut.

Mein Vater trinkt Bier aus der Flasche und grinst zufrieden vor sich hin. Seine positive Einstellung heißt vielleicht auch nur Pils, denn eigentlich ist er die Stimme der Vernunft unter meinen Eltern.

Bevor wir uns auf den Heimweg machen, versorgt meine Mutter Kim noch mit reichlich gefüllten Vorratsdosen voller Essen. Ich brauche ja nichts, denn ich gehe ja bestimmt mit den ganzen Geschäftsleuten mittags immer fein essen. Ich hab schon vor Jahren aufgehört, mich über diese Bevorzugung aufzuregen. Außerdem kann meine schwangere, aber magere Schwester es wirklich besser brauchen. Ich hoffe, dass sie jetzt besser auf sich achtet und weniger raucht, dafür aber mehr Geld in gutes Essen investiert.

Zuhause streife ich mir gleich hinter der Haustür die High Heels ab und schlüpfe aus meinem Rock. Den Blazer verliere ich auf dem Weg ins Wohnzimmer. Ich bin zu erschöpft, um die Sachen heute noch aufzuheben. Vor dem Fernseher knöpfe ich meine weiße Bluse auf und rolle mir die Strumpfhose von den Beinen. Ich hasse diese Arbeitsverkleidung. Es ist überhaupt nicht mein Stil, wird aber in meinem Job für ein

Modeunternehmen erwartet. Da ist es auch irrelevant, dass ich absolut keinen Kundenkontakt habe. Hauptsache die Herren Geschäftsführer haben etwas zu gucken. In den letzten Jahren ist in dieser Firma niemand über 30 Jahren und 55 Kilo eingestellt worden. Natürlich steht das so nicht in der offiziellen Stellenbeschreibung.

Ich lasse mich in meinen Lieblingssessel fallen und rolle mich unter meiner Kuscheldecke zusammen. Der Fernseher bleibt aus. Es gibt momentan sowieso nichts, was meine Aufmerksamkeit länger als ein paar Minuten fesseln könnte.

Ich will Sven. Haut an Haut. Aber ich kann ihn nicht haben. Noch nicht mal anrufen kann ich ihn.

Er war immer da, wenn ich familiären Stress hatte. Ihm musste ich nie langatmig erklären, was Sache ist. Er hat mich einfach verstanden.

Ich streichle meinen Bauch und stelle mir vor, es wäre seine Hand. Meine Finger wandern zu meinem BH und ich ziehe ein Körbchen runter, um sanft in den Nippel zu kneifen.

Wenn ich mich anstrenge, dann kann ich Svens Atem an meinem Ohr fühlen und wie mein Name von seinen Lippen fällt, wenn er in mir kommt. Die Feuchtigkeit sickert bereits durch mein Höschen, obwohl ich mich dort noch gar nicht berührt habe. Seit seiner Abreise habe ich die Erinnerung an ihn nicht mehr so zugelassen wie jetzt.

Meine rechte Hand wandert in meinen Slip, doch ich lasse mir Zeit und streichle die empfindliche Haut der äußeren Schamlippen. Meine harten Nippel reiben am rauen Spitzenstoff meiner Wäsche.

‚Lina', seufzt es in mein Ohr, doch das ist nur die Erinnerung an vergangene Zeiten. Endlich gebe ich nach und lege zwei Finger auf meine Klit, um sie sanft zu massieren.

Für einen Moment muss ich an Danielas Piercing unter mei-

nen Fingern denken und wie es sie erregt, wenn man damit spielt.
Sven Lippen auf meinen Nippeln, seine kräftigen Händen, die meinen Po massieren. Wie er mich gerne provoziert und reizt, bis ich nur noch darum betteln kann, dass er mich endlich fickt.
Die Erinnerungen sind nicht mehr frisch, doch mein Vorstellungsvermögen reicht, um mir auszumalen, wie er in mich eindringt. Wie er vor mir kniet und mit dem Daumen meine Perle massiert, ohne eine Bewegung mit den Hüften zu machen und ich ihn dadurch nur noch intensiver spüren kann.
Ich versuche erst gar nicht, Sven durch einen Finger zu ersetzen. Das hat mir nie viel gegeben. Nur ein paar gezielte Bewegungen auf meinem Kitzler reichen, um mich zum Kommen zu bringen und mein Innerstes um nichts zucken zu lassen.
Was bleibt, ist Leere. Körperlich und seelisch.
In diesem Moment existiert keine plausible Erklärung für unsere Trennung, nur das Verlangen, ihn endlich wieder bei mir zu haben.

4.

Drei Wochen lang hat er mich zappeln lassen. Nach meiner letzten Mail kam keine Reaktion mehr, aber ich habe auch keinen Kontakt gesucht.

An diesem Samstagmorgen sitze ich mit Kim in der Küche und wir wälzen Kataloge für Kinderwagen. Mein Handy macht mich auf den Eingang einer Mail aufmerksam. Es ist Sven, aber die Mail enthält keinen Text, nur ein Bild im Anhang. Ich öffne sie und bekomme ein Foto von einem Teil seiner linken Hüfte. Mit dem Daumen hält er das Bündchen seiner Hose runter und entblößt einen verschwommenen Schriftzug. Es sieht frisch tätowiert aus und ist durch die austretende Farbe nicht lesbar.

Ich bete, dass er keine Dummheiten gemacht hat.

Von: ***Melina Baur***
An: ***Sven Gutknecht***
Betreff: ***Re: Kein Thema***

Was zur Hölle hast du getan????

Von: ***Sven Gutknecht***
An: ***Melina Baur***
Betreff: ***Du warst schon mal besser mit Worten.***

Ist das alles, was Du mir zu sagen hast? Willst Du nicht wissen, was da steht?

Lina, Du hast keinen Schimmer, wie dermaßen mich die letzte Mail enttäuscht hat und wie wütend ich war.
Ich habe keine Zukunftsversprechen von Dir erwartet. Aber das Du die Frechheit besitzt, vor mir von der Zukunft mit anderen Partnern zu sprechen, macht mich absolut fassungslos.

„Sven?“, fragt Kim und sieht mich besorgt von der Seite an.
„Wie kommst du darauf?“
„Weil nur er soviel Emotion in dein Gesicht bekommt. Egal ob positiv oder negativ.“
Sie streichelt mir über die Wange und ich lasse sie. In den letzten Wochen scheinen doch die mütterlichen Hormone bei ihr zu greifen. Sie wird mit ihrem Siebenmonatsbauch natürlich keinen neuen Job mehr antreten, aber sie macht Zukunftspläne für sich und das Kind. Realisierbar Pläne, wie Teilzeitjobs und der dafür benötigten Kinderbetreuung.
Ich kann nicht aus Überzeugung sagen, dass ich stolz auf sie bin, aber ich mache mir etwas weniger Sorgen.
„Melina?“, quietscht sie erschrocken auf und wird blass.
„Was ist los, Kim? Hast du Schmerzen?“
Sie schlägt sich die Hand vor den Mund.
„Scheiße, ich muss kotzen.“
Gerade noch schafft sie den Weg zur Toilette, wohin ich ihr direkt folge und ihr die Haare halte, bis sie ihren Magen entleert und das Würgen nachgelassen hat.
„Ich dachte, die Übelkeit wäre schon längst vorbei?“, frage ich, als sie keuchend auf dem Badewannenrand sitzt und dankbar einen nassen Waschlappen entgegennimmt.
„Das ist es nicht. Das passiert nur in den letzten Tagen jedes Mal, wenn er wieder mal ne 180°-Drehung gegen meinen Magen macht. Der Frauenarzt sagt, das kann vorkommen und

man kann nichts tun, außer zu hoffen, dass er in den nächsten Wochen für solche Kunststücke keinen Platz mehr hat."
„Er?"
„Ja, er. Max."
„Darf ich mal anfassen?"
Vorsichtig strecke ich meine Hand zu ihrem Bauch aus und warte auf ihre Zustimmung.
„Sicher", antwortete sie mit einem Schulterzucken und zieht sogar ihr Shirt hoch.
Behutsam lege ich meine Hand auf die gespannte Haut. Max bewegt sich. Ich weiß nicht genau, wie ich es beschreiben soll. Er scheint sich in meine Handfläche schmiegen zu wollen. Ich könnte jetzt nicht unterscheiden, ob es eine Hand, Fuß oder auch der Po ist, aber etwas lebt da in ihrem Körper. Es ist nicht nur ein runder Bauch, aus dem bald ein Baby kommt. Da ist bereits ein vollständiges Lebewesen drin, welches menschliche Nähe sucht.
„Ist das nicht unheimlich?"
Ich lasse meine Hand noch ein bisschen da liegen, den dieses kleine Wesen hat irgendwie eine beruhigende Wirkung.
„Nicht wirklich. Man gewöhnt sich recht schnell dran. Solange er keine Purzelbäume schlägt, merke ich da tagsüber fast gar nichts von."
Ich werde Tante und zum ersten Mal kann ich mich auch ein bisschen darauf freuen.

Am nächsten Morgen raffe ich mich auf und setze mich mit einer Tasse Tee vor meinen PC, um Sven eine Mail zu schreiben. Er kommt mir jedoch zuvor und schickt mir eine Anfrage für einen Videochat. Mit klopfendem Herzen nehme ich an und schon wenige Sekunden später erscheint sein Gesicht auf meinem Bildschirm. Mir fehlen die Worte. Ich muss heftig

schlucken, um nicht loszuheulen. Er fehlt mir so.
„Lina?“
Seine Stimme ist total verzerrt und doch das Beste, was ich in den letzten Wochen gehört habe.
„Ich bin hier.“
„Gut. Ich dachte schon, du könntest mich nicht hören.“
Er sieht so verdammt gut aus. Braun gebrannt und die Haare von Sonne und Meerwasser gebleicht.
„Wie geht’s dir, Sonnenschein?“, frage ich mit einem traurigen Lächeln. Ihn zu sehen und nicht anfassen zu können, schmerzt körperlich.
„Lina“, seufzt er wieder. Er lässt den Kopf hängen und rauft sich die Haare.
„Ich weiß nicht, wo ich anfangen soll. Es ist alles zu viel im Moment“, sagt er, als er schließlich wieder aufsieht.
„Ich habe gestern das Baby in Kims Bauch gespürt“, platze ich heraus.
„Das ist toll. Wie geht es ihr?“
„Soweit gut. Sie ist schon gigantisch und hat noch 2 Monate vor sich. Der Kleine ist ziemlich aktiv und verursacht ihr dadurch Übelkeit, aber körperlich ist alles okay.“
„Wie geht es dir, Lina?“
Wie soll ich darauf ehrlich antworten, ohne ihn anzubetteln, den nächsten Flug nach Hause zu nehmen?
„Es wird ein Junge. Sie will ihn Max nennen.“
„Lina?“
„Was?“
„Antworte mir?“
„Was willst du hören? Dass du mir fehlst?“
„Das wäre schon mal ein Anfang, ja. Dann käme ich mir mit meinen Gefühlen nicht ganz so einsam vor.“
Er klingt beinahe wütend, doch das bin ich auch. Wütend

über meine eigene Dummheit.
„Oder willst du lieber hören, dass ich kaum noch essen und schlafen kann, seitdem du nicht mehr da bist und ich deswegen schon zu meinem Chef zitiert wurde? Ginge es dir besser, wenn du wüsstest, dass ich es bitter bereue, dich einfach so gehen gelassen zu haben? Willst du wissen, wie ich in diesem Sessel sitze und nichts anderes tun kann, als an dich zu denken? An deinen Mund, deine Hände, dein bewundernder Blick, wenn du mich beobachtest, während wir Liebe machen."
Ich bin kurz davor, die Webcam abzustellen, damit er mich nicht heulen sieht, aber es ist schon zu spät.
„Baby, nicht weinen. Du hast es gesagt."
„Was habe ich gesagt?", schluchze ich.
„Liebe machen."
„Und?"
Ich greife nach einem Taschentuch und wische mir die Tränen vom Gesicht.
„Seitdem diese angeblich so unverbindliche Geschichte zwischen uns angefangen hat, hast du immer nur davon gesprochen, dass ich dich ficke."
„Ich sag dir aber doch, dass ich dich liebe."
„Ich weiß, aber das ist nicht dasselbe."
„Du fehlst mir."
„Lina, nur ein Wort von dir und ich buche den nächsten Flug nach Hause. Aber ich komme nicht, wenn du mich nicht haben willst."
Es ist so verlockend, einfach Ja zu sagen.
„Sven, nicht. Wegen mir brichst du gar nichts ab."
„Okay, Baby", sagt er resigniert. Er hat sich etwas anderes erhofft.
Scheinbar sitzt er in einem Internetcafé, denn hinter ihm ste-

hen mehrere Computer und es gehen immer wieder Leute an ihm vorbei. Durch ein Fenster im Hintergrund kann man die abendliche Dämmerung erkennen.
„Wenn du wieder kommst, dann bin ich Tante."
„Vermutlich hat sich vieles verändert, wenn ich wiederkomme."
„Veränderungen sind nicht grundsätzlich schlecht, Sven."
„Das werden wir dann sehen."
„Wie in Gottes Namen kommst du auf die wahnsinnige Idee, dir ein Tattoo stechen zu lassen."
Er zuckt nur mit den Schultern und ich bin mir auch nicht sicher, ob ich darauf überhaupt eine Antwort haben will.
„Ich liebe dich", flüstere ich und hoffe, er könnte es vielleicht nicht gehört haben.
„Tust du das?"
Scheinbar ist die Verbindung doch besser als ich dachte.
„Was steht auf deiner Hüfte?"
„Das musst du selbst rausfinden."
„Ist es über mich? Bitte sag mir, du hast nicht meinen Namen da stehen."
„Es ist nicht dein Name."
Ich hasse es, wenn er so ausweichend antwortet, aber ich bin ja auch nicht besser.
„Was ist es dann?"
„Ich würde dich jetzt so gerne küssen."
„Sven!"
Er zuckt nur müde mit den Schultern.
„Ich muss ins Bett. Morgen trete ich einen neuen Job an. Gute Nacht, Lina."
Bevor ich eine Chance habe, zu reagieren, wird mein Bildschirm schwarz und Sven hat mich abgewürgt.

Überstunden haben den Vorteil, dass ich nicht zum Nachdenken komme. Sie haben aber auch den Nachteil, dass ich nach Feierabend immer noch kurz vor Ladenschluss durch den Supermarkt hetze, um wenigstens etwas Obst, Brot und frische Milch im Haus zu haben.
Vor dem Cornflakesregal trete ich für einen Moment weg und starre verträumt auf die bunten Kartons. Das passiert mir in den letzten Wochen öfter, doch normalerweise versuche ich, diese Vorkommnisse in der Öffentlichkeit zu vermeiden.
Ein vertrautes Augenpaar schiebt sich in mein Blickfeld und bringt mich fast dazu, hysterisch loszuschreien. Dasselbe, intensive Braun, jedoch mit ein paar zusätzlichen Fältchen in den Augenwinkeln, und der Rest passt überhaupt nicht. Es ist Thomas, Svens älterer Bruder. Die Augen sind wirklich die einzige Ähnlichkeit, die die Beiden teilen. Thomas ist wesentlich kleiner, sehr rund um die Hüften und ein ganzes Jahrzehnt älter. Außerdem hat er dunkelbraune Haare, die schon mächtig von grauen Strähnen durchsetzt sind.
„Hey Melli. Wie geht es dir?"
Er umarmt mich kurz. Die Verwendung meines Kosenamens wärmt mich innerlich.
„Mir geht's gut. Was macht die Familie?"
Thomas hat mit seiner Frau 5jährige Zwillinge. Junge und Mädchen, die ihnen kaum Luft zum Atmen lassen. Zusammen mit Sven habe ich schon oft den Babysitter für die Zwei gemacht. Lara und Tim sind kleine Teufel in Engelsgestalt, aber wir hatten sie eigentlich immer gut im Griff.
„Bei uns ist alles in bester Ordnung. Die Zwillinge werden im Sommer eingeschult. Die Zeit vergeht, Melli. Ich kann dir gar nicht sagen, wo die ganzen Jahre geblieben sind. Wann sehen wir dich mal wieder bei uns?"
„Ich vermute, wenn Sven wieder da ist."

Verlegen sehe ich auf meine Füße.
„Du bist auch alleine willkommen. Lara und Tim vermissen dich. Hey, am Samstag wollen wir die Grillsaison einläuten und gleichzeitig den sechsten Geburtstag der beiden Monster feiern. Bist du dabei? Jana würde sich auch freuen."
„Ich melde mich morgen mal bei deiner Frau. Dann machen wir was aus. Ich bin mir nicht sicher, ob ich es am Wochenende schaffe, aber versuchen werde ich es auf jeden Fall."
„Okay, Melli. Unsere Türen sind immer für dich offen, das weißt du hoffentlich."
„Das weiß ich, Thomas."
Dankbar lächle ich ihn an und will ihn nur kurz umarmen, bevor ich meinen Einkauf fortsetze, doch er hält mich fest.
„Ich habe keine Ahnung, was ihr euch da antut", spricht er ganz nah an meinem Ohr. „Aber eins weiß ich, Melli, mein Bruder leidet wie ein Hund. Ich wünschte wirklich, ihr würdet mal euren Kopf aus dem Allerwertesten ziehen und sehen, was direkt vor eurer Nase ist."
Er entlässt mich wieder aus seinem Klammergriff und verabschiedet sich, als hätte er mir nie diese Worte ins Ohr geflüstert.
Erschüttert bleibe ich stumm zurück.
All das war ein Fehler. Mit jedem Tag entfernen wir uns weiter voneinander. Wenn Sven zurück kommt, dann werden wir beide nicht mehr dieselben Menschen sein.
Ich kann ihn nicht verlieren, doch ich befürchte, genau das passiert gerade.

5.

Von: **Melina Baur**
An: **Sven Gutknecht**
Betreff: **Armageddon aka Kindergeburtstag**

Hey Sonnenschein,

wie Du dem Betreff entnehmen kannst, hat Dein Bruder mich dazu genötigt, am Kindergeburtstag der Zwillinge teilzuhaben. Du weißt, ich lieb die Beiden wie Bolle, aber zusammen mit einer Horde anderer Kinder sind sie wirklich unerträglich. Ich mache Dir mal eine kleine Auflistung der eigentlich unaussprechlichen Dinge, derer ich an diesem Wochenende Zeuge werden durfte:

- *Ein Junge hat in den Pool gepinkelt. Vom Beckenrand aus.*
- *Laras Freundinnen haben den Inhalt von Janas Nachttischschublade ausgeräumt und auch gleich der ganzen Partygesellschaft präsentiert. Ich freue mich ja für Deinen Bruder, dass er noch so ein aufregendes Sexleben hat, aber ich bin mir nicht sicher, ob diese Mädchen noch mal zu Besuch kommen dürfen.*
- *Ein anderer Junge hat ins Gartenspielhaus gekackt. Direkt auf die Türschwelle. Während noch drei andere Kinder drinnen saßen. (Zu seiner Verteidigung: Er war erst zwei Jahre alt.)*

Ich könnte die Liste weiter führen, doch ich denke, das reicht für einen ersten Eindruck. All das wäre soviel lustiger gewesen, wenn Du dabei gewesen wärst.
Aber mal ehrlich, ich bewundere Deinen Bruder und Deine Schwägerin für ihre Ruhe. Keine Ahnung, ob ich jemals eine solche Gelassenheit bei meinen Kindern hinlegen könnte. Wenn sich 5-6jährige noch aufführen wie die Vandalen (wobei die Eltern auch dabei waren und einfach gütig lächelnd daneben standen), wie wird es dann die nächsten Jahre sein?

Vielleicht sollte ich besser gar keine Kinder haben, wenn mich ein Kindergeburtstag schon so aus der Ruhe bringt. (Und ich war nur Zuschauer dieser Szenen.)

Gestern war ich mit Kim im Krankenhaus. Sie hat vorzeitige Wehen und muss viel liegen. Es sieht so aus, als wollte der Kleine schon raus. Aber es ist noch zu früh. Mindestens vier, besser noch sechs Wochen sollte er drin bleiben. Kim möchte, dass ich mit in den Operationssaal komme. Sie will einen Kaiserschnitt. Der Gedanke alleine macht mir schon Angst, aber ich werde mir wohl das Ereignis nicht entgehen lassen, meinen Neffen als eine der Ersten begrüßen zu dürfen. Ich will nur hoffen, dass ich nicht umkippe.

Wie geht es Dir am anderen Ende der Welt? Hast Du eine gute Zeit? Erzähl mir was. Aber etwas, dass uns die Trennung vereinfacht, nicht noch zusätzlich erschwert.

Ich denke an die kleine Stelle hinter Deinem rechten Ohr, die Dich so willenlos macht, wenn ich Dich dort küsse. Gerade jetzt, in diesem Moment, stelle ich mir vor, wie ich sanft mit meiner Zunge darüber streiche, ehe ich meine Lippen auf diesen Quadratzentimeter Haut drücke. Du liebst meine Lippen. Nicht wahr, Sven? Besonders dann, wenn sie sich fest um Deinen harten Schwanz schließen. Oder liebst Du sie mehr, wenn Du in meinen Mund kommst und ich gierig jeden Tropfen nehme?

Gute Nacht, Sven. (Hier ist es Nacht.)
Ich küsse Dich.
Deine Lina

Von: **Sven Gutknecht**
An: **Melina Baur**
Betreff: **Re: Armageddon aka Kindergeburtstag**

Baby,

ich weiß nicht, ob ich Dich drücken, lauthals lachen oder übers Knie legen soll.
Danke für Deine Mail. Du hast mich zum Lachen gebracht, ich habe mich vor Ekel geschüttelt und gleichzeitig hast Du mir einen Ständer beschert (der besteht jetzt noch), alles innerhalb einer gelesenen E-Mail.

Ist Dir bewusst, welche gemischten Signale Du sendest? In einem Satz sagst Du, ich soll uns die Trennung nicht erschweren, im nächsten verführst Du mich mit Worten.
Lina, es geht mir gut hier. Abgesehen vom Offensichtlichen.

Ich weiß nicht, ob ich wirklich die vollen 12 Monate durchziehe. Bevor Du Dich aufregst, es hat nicht nur mit Dir zu tun. Mein alter Chef hat mir eine Mail geschickt und meinen Job wieder angeboten. Er sucht händeringend nach guten Physiotherapeuten und bettelt mich förmlich an, zurückzukommen. Ich könnte jederzeit anfangen. Er hält mir die Stelle noch sicher für ein halbes Jahr frei, aber er möchte mich lieber Heute als Morgen.
Ich habe ihm gesagt, vier Monate mache ich mindestens noch, dann habe ich ein halbes Jahr durchgezogen. (Das klingt so, als müsste ich das hier machen.)
Es ist ein sicherer Job und ich weiß nicht, ob ich wieder so eine Chance bekomme, wenn ich das ganze Jahr durchziehe.

Wäre das okay für Dich, Lina? Oder ist das noch nicht genug Ab-

stand? Ich habe die Arbeit im Fitnessstudio so satt und wollte schon lange in die Praxis zurück. Mein Bruder hat mir seine Einliegerwohnung angeboten, bis ich etwas Neues gefunden habe, oder auch für länger, wenn ich das möchte. Vorerst bei meinen Eltern unterzukommen, hat bei mir nicht gerade Vorfreude ausgelöst.

Lina, wenn ich in der Nacht erschöpft ins Bett falle, dann habe ich Deine Stimme im Ohr. Deine kleinen Seufzer, wenn ich Dir die Hände über dem Kopf festhalte und Dich mit nur wenigen, kleinen Bewegungen dazu bringen kann, Dich unter mir zu winden. Du lässt Dich gerne etwas härter anfassen und beschwerst Dich bei leichten Berührungen, dass es nur kitzelt. Wenn ich Dir sanft in den Hals beiße, dann öffnen sich Deine Schenkel fast selbstständig, falls ich mich zu diesem Zeitpunkt nicht schon dazwischen geschoben habe.

Doch Du magst es nur selten, wirklich hart gefickt zu werden. Ich habe nie verstanden, warum Du so auf diesem Begriff beharrst. Dich macht es wahnsinnig, wenn ich mich nur langsam in Dir bewege, dann spürst Du jeden Zentimeter. Beim ersten Stoß kaust Du auf Deiner Unterlippe, weil Du leise sein willst, damit die Nachbarn nichts hören. Beim zweiten Stoß kann ich förmlich dabei zusehen, wie sich Deine Selbstbeherrschung in Luft auflöst und Du noch feuchter wirst. Du hast Mühe, den Fokus zu halten und manchmal fühlt es sich so an, als würdest Du durch mich hindurch sehen.

Beim dritten Stoß kannst Du nur noch schwer die Augen aufhalten. Deine Nippel werden so hart, da könnte man Glas mit schneiden (Deine Worte, nicht meine). Du kommst mir entgegen und legst mit leicht geöffneten Lippen, die immer noch diese niedlichen, kleinen Seufzer rauslassen, den Kopf in den Nacken. Meist krallst Du Dich dabei in meinen Armen fest.

Du bist so verdammt eng, dass ich mich manchmal wundere, ob ich Dir nicht wehtue. Aber Deine körperlichen Reaktionen lassen keinen Zweifel zu. Du genießt es. Du genießt das Liebe machen mit mir. Und das ist

es, was wir immer getan haben.
Wenn Du kommst, dann pulsierst Du um meine gesamte Länge und siehst mich voller Verwunderung an. Es ist immer so, als würdest Du gerade Deinen ersten Orgasmus überhaupt erleben und scheinst völlig überfahren von den intensiven Empfindungen.
Ich liebe es, dass Du vor mir keine Scham hast. Lina, ich kenne jeden Zentimeter Deines kleinen Körpers und ich habe das immer noch abgespeichert.
Jetzt brauche ich eine Dusche, denn das ist der einzige Ort, an dem man in diesem verdammten Hostel ein wenig Privatsphäre hat. Und die benötige ich gerade ganz, ganz dringend.

Gute Nacht, Lina.

Dein Sven

PS: Lass Dich von einer Horde Sechsjähriger nicht verunsichern. Du würdest eine wunderbare Mutter abgeben, daran habe ich keinen Zweifel.

6.

Es ist zu früh, viel zu früh. Noch vier Wochen bis zum errechneten Geburtstermin, aber Kim kann die Schwangerschaft nicht mehr halten. Sie hat bedrohlich hohen Blutdruck und steht kurz vor einer Schwangerschaftsvergiftung. Max wird heute geholt, es geht kein Weg daran vorbei.
Die Hebamme hat mich in einen Raum geschoben und mir ein Bündel mit OP-Bekleidung in die Hand gedrückt, damit ich mich umziehe. Mir ist speiübel und ich hoffe inständig, dass ich das durchstehe.
Im OP werde ich neben Kims Kopf platziert, gegenüber vom Anästhesisten, der mich aufmunternd anlächelt. Kim sieht mich panisch an. Sie kann aber nichts sagen, da sie schon eine Sauerstoffmaske auf dem Gesicht hat. Ich streichle ihre Wange, denn ihre Hände sind fixiert. Das hat sie sich sicherlich nicht so vorgestellt. Die Situation hat etwas von einem Vieh auf der Schlachtbank.
Die Ärzte sind mit den Vorbereitungen fertig und instruieren mich wiederholt, nicht über den Sichtschutz zu sehen. Nicht, dass ich das vorgehabt hätte.
„Gleich siehst du deinen Sohn", flüstere ich meiner Schwester zu, während die Ärzte an ihr rumzerren. Sie reißt panisch die Augen auf und versucht, ihre Hände freizumachen. Ihre Stirn ist von Schweiß benetzt und sie keucht unter der Maske. Die Hebamme reicht mir ein Tuch, um sie abzutupfen, doch sie wehrt sich gegen die Berührung.
„Was ist los, Kim? Hast du Schmerzen?"
Sie schüttelt mit dem Kopf und der Anästhesist nimmt ihr die Maske vom Mund, damit sie etwas sagen kann.
„Keine Luft", keucht sie. Sie wehrt sich weiter gegen die Fixierung an ihren Händen, als die Überwachungsmonitore

bedrohlich anfangen zu piepen. Ehe ich mich versehe, hat mich eine OP-Schwester am Arm gepackt und hochgezogen. „Sie müssen den OP jetzt verlassen“, sagt sie mit einer Autorität, die mich den Kopf einziehen lässt. Sekunden später schließt sich die Schiebetür zum OP vor meiner Nase.
Ich ziehe mir den Mundschutz vom Gesicht und versuche, nicht zu hyperventilieren. Eigentlich müsste ich meine Eltern anrufen, aber ich will sie nicht unnötig beunruhigen. Erschöpft rutsche ich an der Wand im Flur runter und schlage die Hände vor mein Gesicht.

Eine Hand tippt mir vorsichtig auf die Schulter. Die Hebamme steht vor, mit dem Mundschutz unter ihr Kinn geklemmt. „Es ist alles okay, Frau Baur. Ihrer Schwester geht es gut und Max ist gerade beim Kinderarzt. Er hat sofort geweint, was ein gutes Zeichen ist. Kim hatte nur eine Panikattacke. Darum mussten wir sie dann doch noch narkotisieren, damit das Baby keinen Stress bekommt. Aber es ist alles in Ordnung, machen sie sich keine Sorgen.“
Erleichtert lasse ich mit einem Seufzer alle Luft aus meinen Lungenflügeln. „Kann ich ihn sehen?“, frage ich hoffnungsvoll.
„Eigentlich müssen wir warten, bis der Kinderarzt fertig ist, aber kommen sie kurz mit. Ich sehe, was ich tun kann.“
Verschwörerisch zwinkert sie mir zu und führt mich in einen Nebenraum.

Von: ***Melina Baur***
An: ***Sven Gutknecht***
Betreff: ***Er ist wunderschön!!!***

Hey Sonnenschein,

im Anhang das erste Foto von meinem Neffen Max. Die Geburt war ein Chaos, aber das erzähle ich Dir ein anderes Mal.
Ich fürchte, er hat mein Herz geklaut. Er ist noch so klein und muss auch noch ein paar Tage zur Beobachtung bleiben, aber er ist fit. Und er ist gesund. Du weißt, wie viele Sorgen ich mir diesbezüglich gemacht habe.

Ich durfte ihn sogar das erste Mal baden, während Kim ihre Narkose ausgeschlafen hat.
Wusstest Du, dass Neugeborene schon so eine ausgeprägte Mimik haben? Auch wenn sie es noch nicht kontrolliert machen.
Ich könnte ihm den ganzen Tag beim Schlafen zusehen. Kim hat mich auch schon aus dem Krankenhaus geworfen, weil sie sonst ihr eigenes Kind kaum in die Finger bekommt.

Ich hoffe wirklich, dass sie klarkommt. Natürlich werde ich ihr helfen, das steht außer Frage, aber letztendlich muss sie ihr Leben alleine regeln.
Du fehlst mir, Sven. Können wir bei Gelegenheit noch mal einen Videochat machen? Ein Foto würde mich auch schon ziemlich glücklich machen. Schreibst Du noch für mich?

Wenn ich an Dich denke (nein, jetzt kommen keine schmutzigen Worte mehr), dann stelle ich mir vor, wie Du in Flipflops und mit Surfershorts am Strand stehst und Dir die Sonne ins Gesicht scheinen lässt. Sind Deine Haare von Meer und Sonne gebleicht? Hat Deine Haut diesen einzigartigen Bronzeton, den Du vom Sonnenbaden bekommst und um den ich Dich so beneide?

Ich liebe Dich.
Lina

Von:	**Sven Gutknecht**
An:	***Melina Baur***
Betreff:	***Re: Er ist wunderschön!!!***

Lina,

habe ich Grund zur Eifersucht? Ist der junge Mann namens Max eine ernsthafte Konkurrenz für mich?
Du hast Dich verliebt, oder?
Ich will Dich ja nicht ärgern, aber das passiert Frauen in Deinem Alter, wenn sie ein Baby in die Finger bekommen. Kommen da vielleicht die ersten Anzeichen für einen Kinderwunsch hoch?

Deine kleine Fantasie von mir als Surferboy hat durchaus schon stattgefunden, aber ich arbeite auch nicht gerade wenig.
Gestern bin ich auf der Magnetic Island angekommen und vor ein paar Stunden habe ich den absolut genialen Job geschossen. Ich kann acht Wochen auf einer Pferderanch arbeiten und darf da auch reiten. Weißt du, wie lange ich schon nicht mehr auf einem Pferd gesessen habe?
Heute Morgen habe ich zum ersten Mal einen Koala gesehen. Ich habe schon fünf Speicherkarten mit Fotos voll. Die müssen wir alle gemeinsam ansehen, wenn ich wieder da bin. Ich kann es nicht erwarten, den kleinen Max kennenzulernen.

Lina, ich werde nach diesem Job meinen Rückflug buchen. Nur damit

du vorgewarnt bist.
Auf der Farm habe ich Internet und werde versuchen, am frühen Morgen online zu gehen, um Dich vielleicht nach Deinem Feierabend für einen Videochat zu erwischen.
Im Anhang schicke ich Dir ein paar Fotos von meinen Surfstunden.

Ich liebe Dich, Lina.
Sven

7.

Max ist noch nicht ganz vier Wochen alt und Kim wird schon wieder unruhig. Ich habe befürchtet, dass der entspannte Zustand nicht lange anhält. Sie kann gerade wieder stehen, ohne sich den Bauch halten zu müssen und ist noch mitten im Wochenbett. Aber sie hat sich in den Kopf gesetzt, heute Abend auszugehen.
Da sie nicht stillt, sieht sie auch keinen Grund, noch länger Zuhause zu bleiben. Damit sie nicht noch auf die waghalsige Idee kommt, Max in irgendwelche Kneipen mitzuschleppen, habe ich mich angeboten, ihn zu nehmen. Ich hatte wirklich die Hoffnung, der Kontakt zu ihrem Freundeskreis würde sich durch die Schwangerschaft zerschlagen. Leider habe ich mich zu früh gefreut. Es macht mich so traurig, aber ich kann sie nicht ändern.

Neben mir auf der Couch schläft Max. Der Fernseher läuft lautlos im Hintergrund. Ich will ihn nicht wecken, aber ins Bett legen werde ich ihn erst, wenn er seine letzte Nachtflasche hatte. Vorsichtig fische ich meinen Laptop vom Couchtisch, was den Kurzen leider aufschreckt.
Max streckt sich und schmatzt auf seiner kleinen Faust herum, was ihn sofort wieder einschlafen lässt.
Mit einer Hand auf seinem runden Babybauch fahre ich den Computer hoch und öffne das Mailprogramm. Direkt springt mir eine neue Mail von Sven ins Auge.

Von:	***Sven Gutknecht***
An:	***Melina Baur***
Betreff:	***Kein Thema***

Lina,
diese E-Mail hat keinen Betreff, weil es für das, was ich Dir sagen möchte, keinen Oberbegriff gibt. Ein paar Worte sind zu wenig.

In 4 Wochen bin ich zurück in Deutschland.
Ich kann es nicht erwarten, Dich endlich wieder im Arm halten zu dürfen. Klingt es sehr mädchenhaft, wenn ich Dir sage, dass mir der Gedanke an unser Wiedersehen Schmetterlinge im Bauch verursacht?

Australien hat mir viel Zeit verschafft, über uns nachzudenken. Dir wird es vielleicht nicht gefallen, was ich zu sagen habe, aber Du musst Dich entscheiden. Entweder Du möchtest eine Partnerschaft mit mir oder nur meine beste Freundin sein. Es gibt für mich keinen Mittelweg mehr, denn der macht mich kaputt.

Lina, ich würde alles für Dich tun, aber gerade das kann ich nicht mehr. Ich muss wissen, dass Du zu mir gehörst. Der Gedanke, Dich bei nächster Gelegenheit an einen Anderen verlieren zu können, macht mich krank.

Der Abend vor meiner Abreise, Baby das war toll (ich bin nur ein Mann und ich müsste lügen, wenn ich etwas anderes behaupten würde), aber warum haben wir das getan?
Für einen Moment habe ich gedacht, dass ich ja selbst schuld bin. Wie kannst Du etwas Festes mit mir wollen, wenn ich solche Sachen mache?

Dass ich nicht mit Daniela geschlafen habe, war übrigens vorher so mit ihr abgesprochen. Auch wenn sie Dir vielleicht einen anderen Eindruck vermittelt hat, es war mein Wunsch. Sie dabei zu haben, war in Ordnung, aber das hätte ich nicht gekonnt. Ich könnte auch nicht dabei zusehen, wie Du Sex mit einem anderen Mann hast.

Melina, ich liebe Dich! Du bist die Eine für mich. Ich will keine Andere und das wird sich auch nicht mehr ändern. Berufe dich nicht immer darauf, dass es vor Jahren nicht mit uns funktioniert hat. Wir waren noch Kinder, die viel zu sehr auf sich selbst fixiert waren, um eine erwachsene Beziehung zu führen.

Ehrlich gesagt weiß ich überhaupt nicht, ob ich eine Antwort auf diese Mail möchte. Wir werden aber darüber reden, wenn ich wieder da bin. Egal was passiert, ich bin immer noch Dein Freund.

Im Anhang habe ich Dir meine Fluginformationen geschickt, in der Hoffnung, dass Du mich in Düsseldorf abholst. Mein Bruder würde mich holen, aber Du bist das vertraute Gesicht, dass ich als Erstes auf deutschem Boden sehen möchte.

Du kannst Dir mein Auto bei Thomas holen, um mich einzusammeln. Er weiß schon Bescheid.

Ich kann es kaum erwarten, Dich wiederzusehen, auch wenn es noch vier Wochen dauert.

Schreib mir zurück. Oder auch nicht. Ich weiß es selbst nicht.

Bis bald.
Sven

Verstohlen wische ich mir die Tränen aus den Augen, auch wenn mir niemand zusieht. Selbst wenn er meine erste Liebe

war, müssen wir der Sache noch eine Chance geben. Wenn ich zu mir selbst ehrlich bin, dann habe ich vor und nach ihm keinen Mann geliebt. Es war immer nur er, der in der Lage war, so nah an mich ranzukommen. Und ich habe noch nie so gelitten, wie in den letzten Monaten.
Langsam wird Max unruhig. Ich sichere ihn mit Kissen ab, damit er nicht von der Couch purzelt, während ich seine Milchflasche aufwärme. Zwar macht er noch längst keine Anzeichen, sich zu drehen, aber irgendwann ist ja immer das erste Mal.
Seine Milch zieht er allerdings schon weg wie ein Großer. Die ganze Zeit beobachtet er mich aufmerksam, während er hungrig an der Flasche saugt. Doch auf den letzten Schlucken macht er schlapp und kämpft schon wieder gegen den Schlaf.
Vorsichtig stelle ich die Flasche beiseite und hebe ihn unter den kleinen Armen vor mein Gesicht, damit ich ihn ansehen kann. Meine Finger unterstützen seinen wackeligen Kopf. In dem Moment stößt er laut auf und reißt erschrocken die müden Augen auf, um mir dann mit einem kleinen Lächeln seinen zahnlosen Mund zu zeigen.
Ich bin hin und weg. Hat er mir gerade tatsächlich sein erstes Lächeln geschenkt? Kim hat nichts davon erwähnt, dass er es bei ihr schon einmal gemacht hat.

Im Kinderzimmer mache ich ihm noch eine frische Windel und lege ihn dann im Schlafsack in sein Bett. Eigentlich wollte ich noch etwas für ihn singen, doch er hat schon fest die Augen zu und atmet tief und ruhig. Seine kleinen Ärmchen liegen ausgestreckt neben ihm, die speckigen Fingerchen zu Fäusten geballt. Als er auch die Hände ausstreckt, weiß ich, dass er endgültig im Tiefschlaf liegt.
Ich lösche das Licht und schleiche mich nach draußen. Vor-

sichtig schließe ich die Tür und greife mir das Empfangsteil vom Babyfon auf der Dielenkommode. Gerade will ich zurück ins Wohnzimmer gehen, um Svens Mail zu beantworten, als es an der Tür klingelt.

Hoffentlich weckt das Geräusch Max nicht wieder auf.

Durch den Türspion sehe ich auf zwei uniformierte Polizeibeamte. Das kann nichts Gutes bedeuten. Da ich aber Kims Umgang kenne, öffne ich die Tür nur einen Spalt mit vorgelegter Kette.

„Guten Abend. Sind sie die Schwester von Kim Baur?"

„Ja?"

„Dürfen wir bitte reinkommen? Wir müssen etwas mit Ihnen besprechen."

„Ich muss sie bitten, sich auszuweisen", sage ich mit soviel Dominanz, wie ich aufbringen kann. Allmählich habe ich ein ganz schlechtes Gefühl im Bauch, dass es mehr ist, als nur Kim, die mal wieder über die Stränge geschlagen hat.

Die Beamten weisen sich ohne Zögern aus und ich lasse sie durch ins Wohnzimmer.

Zaghaft setze ich mich auf die Couch und warte auf die Hiobsbotschaft. Inzwischen schlägt mir mein Herz bis zum Hals.

Der jüngere Polizist sieht auf Max' blaue Babydecke neben mir und schluckt schwer.

„Ihre Schwester war in einen Autounfall verwickelt. Die Rettungskräfte haben alles ihnen Mögliche getan, aber sie hat es leider nicht geschafft."

8.

Von: **Sven Gutknecht**
An: **Melina Baur**
Betreff: **Kein Thema**

Lina,

mit der letzten Mail wollte ich Dir nicht die Pistole auf die Brust setzen und eine Entscheidung erzwingen. Aber nach über einer Woche wäre eine Reaktion wirklich nett gewesen. Irgendeine Reaktion. Ich wäre schon mit ein paar Beschimpfungen zufrieden.

Deine Stille ist beunruhigend.

Ich bin noch Dein Freund. Aber bist Du auch noch meine beste Freundin?

Wir reden, wenn ich zurück bin. Bitte sag mir, dass du noch irgendwo da draußen bist.

Ich liebe Dich, Lina.
Sven

Von: **Sven Gutknecht**
An: **Melina Baur**
Betreff: **Kein Thema**

Lina, bitte. Ich flehe Dich an. In zwei Wochen bin ich wieder Zuhause. Holst Du mich vom Flughafen ab?

Muss ich erst Kim anrufen, um zu erfahren, wie es Dir geht?
Oder soll ich Thomas vorbeischicken, damit er mir sagen kann, ob es Dir noch gut geht?

Ich BRAUCHE ein Lebenszeichen von Dir.

Sven

Von: ***Melina Baur***
An: ***Sven Gutknecht***
Betreff: ***Lebenszeichen***

Ich bin noch da und werde versuchen, Dich abzuholen.
Wenn ich es nicht schaffe, dann kommt Thomas.

Melina

Von: ***Sven Gutknecht***
An: ***Melina Baur***
Betreff: ***Re: Lebenszeichen***

Wow, das war kalt.
Trotzdem hoffe ich auf Deine Anwesenheit.

Sven

9.

Mir war nicht bewusst, dass es solche Stufen von körperlicher Erschöpfung gibt. Ich bin ein Zombie. Max hält Nachtschlaf für überflüssig. Meine Eltern trauern und sind als Unterstützung praktisch nicht anwesend. Dazu habe ich noch Kims Wohnung aufgelöst und die Beerdigung organisiert. Alles mit Max in der Bauchtrage oder im Kinderwagen. Ich bin nicht mehr ich selbst. Mein ganzes Leben ist auf den Kopf gestellt worden und dabei fühle ich mich einfach nur wie betäubt. Nichts dringt richtig zu mir durch, selbst Kims Tod nicht. Ich funktioniere nur noch.
In einer Woche kommt Sven und ich habe keine Ahnung, was ich tun soll. In diesem ganzen Chaos bleibt mir keine Sekunde Zeit zum Atmen. Mit den Ämtern ist noch nichts geregelt. Nur die Vormundschaft für Max ist mir anstandslos zugesprochen worden. Die Anträge für Elterngeld und Kindergeld laufen, doch bisher lassen die Bescheide auf sich warten.
Ein bisschen Geld habe ich auf der hohen Kante, aber das wird uns nicht durchs nächste Jahr bringen. Meine Eltern haben mit der Übernahme der Beerdigung auch alle Reserven ausgeschöpft.
Ich bin so verflucht müde. Der Küchentisch vor mir ist mit unerledigten Papieren übersät und scheint doch so einladend, einfach mal meinen Kopf drauf abzulegen. Max liegt für ein kleines Nickerchen in seinem Bett im Schlafzimmer.
Leider habe ich kein eigenes Zimmer für ihn, aber momentan ist es auch praktischer, ihn nachts neben mir zu haben. Ich gebe der Versuchung nach und lege meine Wange auf einen Unterarm. Nur für einen Moment.

Ein schriller Schrei reißt mich aus meinem Schlummer. Max

ist wieder wach und ich habe keine Ahnung, wie lange ich weggetreten war. Aber das spielt auch irgendwie keine Rolle. Mit einem so kleinen Kind wird Zeit ein relativer Faktor. Tag? Nacht? Eine Stunde, eine Minute. Alles verschwimmt ineinander. Füttern, wickeln, baden, schlafen legen, schmusen, singen.
Ich kann mich nicht erinnern, wann ich das letzte Mal ein Bad genommen habe. Es reicht immer nur für eine schnelle Dusche, mit Max in der Babyschale neben mir, auf dem Toilettensitz. In der Regel habe ich 4 Minuten, bevor er anfängt zu meckern. Dieses Meckern geht dann nach spätestens zwei weiteren Minuten in lautes Aufheulen über.
Natürlich liebe ich den kleinen Mann, aber ich habe mich noch nicht daran gewöhnt, dass er jetzt mein Kind ist. Beim Jugendamt habe ich deutlich gemacht, dass er auf jeden Fall bei mir bleiben soll, doch ich werde noch eine ganze Weile brauchen, um mich mit der Mutterrolle anzufreunden. Es ist nicht so, dass ich mich zu jung dafür fühle, aber mein Leben war noch nicht auf ein Kind eingestellt. Schon gar nicht als Alleinerziehende und so plötzlich.
Sobald ich ein paar Minuten Zeit zum Durchatmen habe, kommt mir Sven in den Sinn.
Ich hatte den festen Willen, ihm per Mail zu sagen, dass wir es probieren können, wenn er wieder hier ist. Nun ist alles anders und ich habe noch keinen Schimmer, wie ich ihm das deutlich machen soll. Es ist nicht so, als wollte ich nicht mehr. Ganz im Gegenteil, es macht mich wütend und traurig, dass mir das Leben nun einen Strich durch die Rechnung gemacht hat.
Gerade bin ich einfach nicht in der Position, das verliebte Turteltäubchen zu spielen. Max hat seine Mama verloren und braucht meine volle Aufmerksamkeit.

Mit müden Gliedern schleppe ich mich zum Flaschenwärmer und teste, ob die Milch noch die richtige Temperatur hat. Regel Nummer Eins, wenn man einen Säugling im Haus hat: Immer eine frische, warme Milchflasche im Anschlag haben, um die eigenen Nerven zu schonen.

Max ist eigentlich ein zufriedenes Baby, aber wenn er etwas will, dann will er es sofort. Da spielt es keine Rolle, ob er Hunger hat, die Windel voll ist oder er einfach nur bei mir sein möchte. In diesen Fällen fängt er nicht leise an, sondern brüllt gleich aus voller Lunge los, sodass ich gezwungen bin, mit zittrigen Fingern sämtliche anderen Tätigkeiten sofort zu unterbrechen und mich um ihn zu bemühen.

Keine Ahnung, ob das ein normales Babyverhalten ist, auf jeden Fall ist es sehr Nerven strapazierend.

Werdenden Eltern hält man gerne Vorträge darüber, welche großen Einschränkungen ein Kind mit sich bringt. Zum Beispiel, dass man nicht mehr ausgehen kann, ohne aufwendig einen Babysitter zu organisieren. Auch finanziell muss man große Einschnitte hinnehmen. Obwohl Geld gerade ein großes Thema ist, kann ich darüber nur lachen. Wenn es nur solche Sachen wären. Niemand sagt einem, dass man keine Mahlzeit mehr in Ruhe verzehren kann. Selbst der Gang zur Toilette wird zur Herausforderung, wenn im Hintergrund ein Baby seinen ganzen Weltschmerz rausbrüllt.

Als ich das Schlafzimmer betrete, verstummt Max augenblicklich. Aufgeregt wackelt er mit Armen und Beinen und wartet auf seine geliebte Milch.

„Hey, kleiner Mann. Hast du schon wieder Hunger?“

Ich nehme ihn aus dem Gitterbett und lege mich mit ihm auf mein Bett. Beschützend rolle ich mich um ihn zusammen und versuche, ein paar Minuten Schlaf zu bekommen, während er seine Mahlzeit trinkt. Ich beobachte, wie sich sein Brustkorb

hebt und senkt, während er saugt. Er hat einen guten Wachstumsschub gemacht und braucht bald neue Kleidung.
Noch hat Max keinerlei Fähigkeiten, wie robben, krabbeln oder drehen. Dennoch schafft er es immer irgendwie, im Liegen so nah wie möglich an mich ran zu rutschen, um jeden möglichen Körperkontakt mitzunehmen.
Er ist jetzt mein Sohn, auch wenn es sich noch nicht so anfühlt. Dennoch bete ich, dass das Jugendamt keine Probleme macht und ich ihn bald adoptieren kann.
Schnell hat er seine Flasche leer getrunken und ist schon wieder eingeschlafen. Er verpennt den ganzen Tag und hält mich dafür in der Nacht auf Trab. Nun wäre der Moment, für ein paar Minuten die Augen zu schließen, doch leider klopft es leise an meiner Wohnungstür. Widerwillig erhebe ich mich vom Bett und lege die Bettdecke in einem Ring um Max, damit er nicht runterfallen kann.
Ich schleiche zur Haustür und sehe Jana durch den Spion. Zaghaft lächelt sie mich an, als ich ihr die Türe öffne. Seit Kims Beerdigung habe ich sie nicht mehr gesehen.
„Hey Süße." Sie schließt mich in ihre Arme und reißt mit dieser kleinen Geste all meine Dämme ein. Wie eine Ertrinkende klammere ich mich an sie und heule mir das Leid der letzten Wochen aus dem Leib. Bevor das ganze Haus meinen Zusammenbruch mitbekommt, führt Jana mich ins Wohnzimmer und lässt sich mit mir auf die Couch sinken. Immer wieder streicht sie mir über den Rücken, lässt mich weinen und sagt einfach nichts.
Mein Tränenvorrat ist nicht so unbegrenzt, wie ich befürchtet hatte. Ich greife nach Taschentüchern vom Couchtisch und putze mir das Gesicht und dann die Nase.
„Wo ist Max?", fragt Jana schließlich. Sie nimmt meine Hände und sieht mich mitfühlend an.

„Der schläft in meinem Bett. Wo sind die Zwillinge?"
„Bei Thomas' Eltern. Du gehst jetzt duschen oder baden, wie du magst und ich sehe mal, was dein Kühlschrank hergibt, damit ich dir etwas kochen kann. Du bist fürchterlich dünn geworden."
„Was ist, wenn Max aufwacht?"
„Dann kümmere ich mich auch noch um ihn. Ich habe das alles in doppelter Dosierung hinter mir. Glaub mir, ich komme klar. Lass dir Zeit."
Sie will mich ins Bad schieben, aber ich kann nicht so einfach die Verantwortung abgeben.
„Jana, du musst das nicht tun. Du hast sicher genug Arbeit Zuhause."
Mit ernstem Blick legt sie mir ihre Hände auf die Schultern.
„Melina, es gibt eine Lektion, die du als Mutter lernen solltest. Nämlich, dass du nie alles alleine schaffen musst. Ich hatte schon vor Tagen auf einen Anruf von dir gehofft. Deine Mutter hilft dir nicht?"
Ich schüttele den Kopf und spüre schon wieder eine neue Tränenflut aufsteigen.
„Für die Zukunft: Ruf mich an, wenn dir alles über den Kopf wächst. Du bist aus dem Nichts in diese Situation geschmissen worden und niemand erwartet, dass alles perfekt klappt. Aber du musst dir helfen lassen. Und jetzt ab ins Bad."

Nach einem ausgiebigen Wannenbad fühle ich mich wie ein neuer Mensch. Vorsichtig öffne ich die Badezimmertür und höre, außer dem Rauschen der Dunstabzugshaube, nichts. Nur im Bademantel tapse ich in die Küche und finde Jana, die mit einer Hand im Kochtopf rührt und mit dem freien Arm Max schaukelt. Auf der Arbeitsplatte steht eine leere Milchflasche.

„Ich habe das Gefühl, dass ich ihn oft nur mit der Flasche beruhigt bekomme und er dadurch zuviel trinkt", flüstere ich, um Max nicht aufzuschrecken. Der dreht jedoch gleich seinen Kopf in meine Richtung und zeigt mir sein zahnloses Grinsen.

„Lass dich nicht durch irgendwelche Tabellen verunsichern. Wenn er Hunger hat, dann hat er Hunger. Dafür werden auch Phasen kommen, wo er fast gar nichts will. Und stör dich bloß nicht an dieser dämlichen Vorgabe, dass man die Kinder nur alle 4 Stunden füttern soll. Wenn er öfter möchte, dafür aber nur kleinere Mengen nimmt, dann lass ihn. Er holt sich, was er braucht und du schonst deine Nerven, wenn du ihn nicht beruhigen musst, weil du unbedingt Zeiten einhalten willst. Solange sich sein Gewicht normal entwickelt, musst du den Stress rausnehmen."

„Meine Mutter hat mir am Telefon das exakte Gegenteil erzählt. Bevor sie wieder in Tränen ausgebrochen ist."

„Deine Mutter kommt aus einer anderen Generation. Da war das Wichtigste, dem Kind bloß nicht den Eindruck zu vermitteln, es könnte nur irgendwie verwöhnt werden. Aber Melina, Max ist gerade ein paar Wochen alt. Alles, was er jetzt braucht, ist Milch, einen trockenen Po und Nähe. Mehr nicht."

„Wenn du das sagst, dann klingt es irgendwie so einfach."

„Ich habe nicht gesagt, dass es einfach ist. Glaub nicht, dass bei uns immer alles reibungslos geklappt hat. Ich hatte eine nette Wochenbettdepression, Thomas war damit beschäftigt, die Werkstatt aufzubauen und meine Mutter ähnlich überfordert mit brauchbaren Ratschlägen. Als die Zwillinge zwei Jahre alt waren, standen wir kurz vor der Scheidung."

„Oh, das wusste ich nicht."

Die beiden schienen immer so glücklich. Ich kenne sie eigent-

lich gar nicht anders.
„Das wusste niemand. Wir haben uns ja auch glücklicherweise wieder gefangen. Glaub mir, ich liebe Thomas und das hat sich nie geändert. Aber wir waren nur noch Eltern und wussten gar nicht mehr, wie man als Paar funktioniert.“
Ich setze mich an den Küchentisch, den Jana aufgeräumt hat. Behutsam legt sie mir Max in den Arm und stellt mir eine Tasse Tee vor die Nase.
„Ich muss kurz die Nudeln abschütten“, sagt sie zur Erklärung. Als würde ich mich beschweren, ihn halten zu müssen.
„Dein Kühlschrank gab nicht wirklich was her. Ich habe nur die Nudeln und eine Dose Tomaten im Schrank gefunden. Also gibt's Tomatensoße. Aber du solltest dringend einkaufen. Vergiss dich nicht selbst.“
Sie bewegt sich so routiniert und wirkt kein bisschen gestresst, obwohl sie bis gerade noch zusätzlich Max versorgt hat. Diese Gelassenheit bekommt man wohl, wenn man Zwillinge großzieht.
„Danke, Jana“, sage ich und hoffe sie versteht, dass ich damit mehr meine, als den Teller Nudeln, den sie mir gerade vor die Nase stellt.
Damit ich in Ruhe essen kann, nimmt sie mir den Kleinen wieder ab.
„Willst du nichts?“, frage ich zwischen zwei Bissen.
„Ich muss heute Abend noch mit der Familie essen. Den Rest stelle ich dir gleich in den Kühlschrank, dann hast du morgen noch etwas. Nudeln sind zwar nicht ideal zum Aufwärmen, aber besser als gar nichts.“
Ich schaffe gerade mal einen halben Teller, da ich in den letzten Wochen kaum etwas gegessen habe.
„Was ist jetzt mit dir und Sven?“
Jana spielt mit Max‘ spärlichem Haarflaum und versucht, ihre

Frage beiläufig wirken zu lassen. Vor Kims Beerdigung habe ich Thomas gebeten, Sven nichts zu sagen, weil ich es lieber selbst machen wollte. Da war noch gar nicht offiziell, dass Max bei mir bleiben kann. Aus diesem Grund weiß Sven noch nichts von meiner neuen Situation und Kims Tod.
„Keine Ahnung. Ich weiß im Moment nicht, wo mir der Kopf steht. Außerdem wird er wohl die Flucht ergreifen, wenn er sieht, was bei mir los ist."
„Warum hast du es ihm noch nicht erzählt? Ich verstehe das nicht." Sie greift hinter sich nach einer bereitgestellten Teeflasche für Max und lässt ihn ein paar Schlucke trinken.
„Weil er sofort zurückgekommen wäre."
„Und das wäre schlimm gewesen, weil?"
„Er kann nicht alles für mich hinschmeißen. Das hier ist nicht sein Problem."
„Oh Melli, du solltest ihm wirklich mehr zutrauen. Er liebt dich."
„Ich weiß."
Genau deswegen habe ich keine Ahnung, wie ich es ihm sagen soll. Sven ist viel zu loyal, um mich in dieser Situation sitzen zu lassen. Doch Loyalität ist die falsche Voraussetzung, um einen Neuanfang zu wagen.
Mein Handy piept auf dem Küchentisch und zeigt den Eingang einer SMS.

- Hey Süße. Ein Becher Ben & Jerrys, 2-3 Frauenfilme auf DVD und eine Großpackung Taschentücher. Wie klingt das? Und nein, es stört mich nicht, wenn Du Dich zwischendurch um Max kümmerst. Wie könnte mich der süße Fratz stören. Sag nicht wieder Nein. Liebe Grüße. Jenny -

Fragend schaut Jana mich an, also halte ich ihr das Telefon hin, damit sie die Nachricht lesen kann.
„Sei froh, dass du eine solche Freundin hast. Meine kinderlosen Freundinnen haben nach der Geburt der Zwillinge nicht mehr viel von sich hören lassen. Denen war das zu anstrengend."
Sie hat ja recht. Wenn ich Jenny weiter abwimmele, bin ich bald ganz alleine.

Jana räumt noch die Küche auf und badet Max für mich, während ich auf der Couch liegen und eine Zeitschrift lesen darf. Doch ich bin nicht mehr in der Lage, einfach die Ruhe zu genießen. In den letzten Wochen stehe ich so unter Strom, dass ich irgendwie gar nicht runterfahren kann, ohne komplett zusammenzubrechen.
Am frühen Nachmittag fährt sie wieder nach Hause und überlässt mich meinen Gedanken, die unvermeidlich in eine Richtung wandern. Sven.
Er kommt bald nach Hause, doch ich weiß wirklich nicht, wie ich ihm gegenübertreten soll.

10.

Jenny ist mein Lebensretter. Seit unserem letzten Frauenabend/Heulfest ist sie fast jeden Abend hier und lenkt mich ein bisschen ab. Sie spielt mit Max, während ich uns Abendessen koche, und weicht beharrlich dem Thema Sven aus.
Allerdings nicht heute Abend. Ich stehe im Bad und versuche, keine Panikattacke zu entwickeln. Der Plan ist, nur für heute wie ein normaler Mensch auszusehen. Ohne Spuckflecken auf meinem Shirt, mit gekämmten Haaren und sogar etwas Wimpertusche.
Svens Flieger landet in zwei Stunden und ich habe noch nicht mal eine saubere Hose. Nur in Unterwäsche gehe ich ins Schlafzimmer, wohin Jenny mir mit Max auf dem Arm folgt.
„Du kommst wirklich klar mit ihm?", frage ich abwesend, während ich ein Langarmshirt aus dem Schrank ziehe und wider besseres Wissen nach einer frischen Jeans suche. Das hat man davon, wenn man sich erst kurzfristig dazu durchringen kann, seinen besten Freund vom Flughafen abzuholen.
„Sicher. Der kleine Mann und ich sind beste Freunde. Du hast mir eine ausführliche Liste gemacht. Hier kann nichts schief gehen. Lass Dir Zeit, Süße. Morgen ist Sonntag und ich muss nicht arbeiten. Meinetwegen geht essen oder vögelt euch die Seele aus dem Leib."
„Ja, als ob …", lache ich höhnisch. Alles was ich will, ist ihn zu sehen. Irgendwie muss ich den Mut aufbringen, ihm zu erklären, was hier gerade Phase ist.
Jenny greift an mir vorbei in meinen Kleiderschrank und zieht ein T-Shirt sowie einen kurzen Jeansrock raus. Ungläubig sehe ich sie an. So kann ich doch wohl kaum da auftauchen.
„Melina Baur, draußen sind es fast 30 Grad. Kein Grund sich zu verhüllen."

Verwundert schaue ich aus dem Fenster und nehme das erste Mal seit Tagen das Wetter wieder richtig wahr. Im Moment geht alles an mir vorbei und ich habe noch nicht mal bemerkt, dass längst der Sommer da ist.

Die Fahrt von Mönchengladbach bis zum Düsseldorfer Flughafen vergeht viel zu schnell. Meine Hände sind klatschnass und mir ist schlecht, als ich das Terminal betrete.
Laut der Anzeigetafel landet Svens Flieger aus Dubai erst in einer Stunde. Mir wäre es lieber, ich müsste nicht mehr so lange warten. Die Anspannung wird mit jeder Minute schlimmer.
Ich hole mir einen großen Milchkaffee und renne in der Halle auf und ab, nicht in der Lage für eine Minute still zu sitzen. Dreimal habe ich Jenny schon angerufen. Beim ersten Mal, um nach Max zu fragen und die anderen Male um mich von ihr ablenken zu lassen.

Jetzt dauert es nur noch 30 Minuten, bis Sven sich wieder auf deutschem Boden befindet und ich habe das Gefühl, ich werde gleich bewusstlos.
Panisch suche ich nach der nächsten Toilette, weil mein Magen gerade einen Salto schlägt. Die Waschräume sind zum Glück nur wenige Meter entfernt. Ich drehe einen Wasserhahn auf und halte meine Handgelenke darunter. Schnell beruhigt sich mein Magen und auch der Schwindel lässt nach.
Den halb vollen Kaffee, der inzwischen nur noch lauwarm ist, schmeiße ich in den Mülleimer und gehe wieder nach draußen.
Jetzt sind die Landezeiten aktualisiert.
Nur noch zehn Minuten.
Einatmen, ausatmen.

Nicht ohnmächtig werden.
Nicht losheulen.
Ein letztes Mal versuche ich, Jenny anzurufen, doch die drückt mich gleich weg, wie sie mir schon beim letzten Gespräch angedroht hat.
Ich setze mich auf die nächste Bank und beschäftige mich ein bisschen mit dem Inhalt meiner Handtasche. Mein Sitznachbar sieht genervt auf mein nervös wippendes Bein, während ich Kaugummipapiere und kaputte Kugelschreiber aussortiere.
So dermaßen in meine sinnlose Tätigkeit versunken, sehe ich nicht direkt, dass der Flug gelandet ist.
GELANDET!
Dieses kleine Wort kommt mir gerade vor wie mein Todesurteil. Dennoch stelle ich mich sofort an die entsprechende Tür, um Sven nicht zu verpassen. Natürlich muss er erst seinen Koffer holen und durch den Zoll, aber jetzt gehe ich hier nicht mehr weg.
Zum ersten Mal gehen die Türen auf und ein Schwung Passagiere schiebt sich nach draußen. Sven ist nicht dabei. Ich kämpfe gegen aufsteigende Schluchzer.
Mit dem zweiten Schwung kommt er raus und mir stockt der Atem. Er trägt einen großen Koffer und einen Rucksack, und bleibt einfach neben der Tür stehen, mit seinem Blick die Menge absuchend.
Wie er da steht, ist er mir fremd und doch so vertraut. Er ist braun gebrannt, seine Haare sind von der Sonne hellblond gebleicht und länger, als ich es jemals an ihm gesehen habe. Seine Brille ist ein deutliches Zeichen für völlige Übermüdung.
Als sich unsere Blicke treffen, verliere ich jedes Gefühl von Anstand. Wie angestochen renne ich los und springe ihn an.

Sofort lässt Sven seinen Koffer fallen und fängt mich auf. Vermutlich zeige ich gerade dem ganzen Flughafen mein Höschen, aber das ist mir scheißegal.
„Lina“, seufzt er in meine Haare. Er riecht nach Flugzeug und Schweiß, doch darunter erkenne ich immer noch seinen typischen Duft. Ich atme ihn ein und entspanne mich in seinem Griff, weil ich mir sicher sein kann, dass er mich hält.
„Ich bin so froh, dass du hier bist“, flüstert er immer wieder in mein Ohr. Ich kann nichts sagen, nur heulen. Langsam lässt Sven mich runter und legt seine Arme um mich. Sanft streicht er mir durch die Haare und sieht mich einfach nur an. Ich lege meine Hand auf seine Wange, um mich zu versichern, dass er real ist. Seufzend schließt er die Augen und genießt meine Berührung.
„Lass uns nach Hause fahren.“
Er legt einen Arm um meine Schultern und drückt mich an seine Seite. Mit dem freien Arm zieht er den gigantischen Koffer hinter sich her und auf den Ausgang zu.
„Ich bin zwar dermaßen müde, aber du musst mich fahren lassen. Mein Auto habe ich auch vermisst. In Australien fahren die alle auf der falschen Seite.“

Im Parkhaus wuchtet er sein Gepäck in den Kofferraum und zieht mich direkt wieder in seine Arme. Mit den Daumen streicht er über meine Wangenknochen und sieht mich flehend an. Wir haben beide nicht viele Worte. Während er einfach froh ist, mich wiederzusehen, weiß ich nicht, wie ich ihm die Neuigkeiten verkünden soll.
Diesen Blick kenne ich. Er will mich, am liebsten jetzt und hier. Sein Mund streift meine Oberlippe, nur ganz leicht, aber gerade genug, um mir kleine Stromstöße durch den Körper zu jagen.

„Du hast mir so gefehlt", flüstert er und drückt endlich seine Lippen auf meine. So muss ich zum Glück nicht antworten, denn ich weiß überhaupt nicht, was ich sagen soll. Ich will diesen Moment noch genießen. Solange Sven mich noch als verfügbar und begehrenswert betrachtet. Denn das wird sich ganz schnell ändern, wenn er von Max und meiner neuen Situation erfährt.
Leider lässt er mich viel zu schnell wieder los.
„Ab nach Hause", sagt er, als wäre es etwas Gutes, wieder in den Alltag zurückzukehren.
Voller Vorfreude schwingt er sich hinters Steuer und wartet, bis ich mich angeschnallt habe, bevor er mit quietschenden Reifen das Parkhaus verlässt. Manchmal kommt doch noch das Kind in ihm durch.
Mein Handy vibriert in meiner Handtasche. Ich fische es umständlich heraus und sehe eine Nachricht von Jenny.

- Ich wollte dich wirklich nicht stören, aber ich denke, du solltest nicht allzu lange bleiben. Max weint die ganze Zeit und so langsam gehen mir die Ideen aus. Es tut mir wirklich leid, Melina. Aber ich will auch nicht, dass der kleine Mann leidet. -

„Kannst du bitte an der nächsten Möglichkeit runterfahren? Ich muss dringend pinkeln."
Sven sieht mich mit einem Stirnrunzeln an, weil er gerade erst auf die Autobahn aufgefahren ist. Hoffentlich fällt es ihm nicht auf, dass das die ersten Sätze waren, die ich seit seiner Rückkehr gesprochen habe.
„Kein Problem, Baby."
Er fährt direkt den nächsten Rastplatz an, der zum Glück in nur 500 Meter Entfernung lag. Vor einem der hell erleuchte-

ten und widerlich dreckigen Toilettenhäuschen will er halten.
„Nein, fahr bitte noch ein Stück. Da hinten zwischen die Bäumen. Auf die versifften Toiletten gehe ich nicht.“
Sven steuert den unbeleuchteten Teil des Rastplatzes an, parkt den Wagen und schaltet die Scheinwerfer aus. Aber er lässt den Motor laufen. Darum drehe ich den Zündschlüssel rum und schon sind wir nur noch von den Geräuschen der Autobahn umgeben.
Verwundert sieht er mich an. Ehe er etwas sagen kann, habe ich mich schon rittlings auf seinen Schoß gesetzt. Ich küsse seinen Hals, seine Wange und seinen Mund. So nah es geht, dränge ich mich an ihn. Sofort wird er hart an meinem Schoß. Seine Hände streicheln über meine nackten Oberschenkel. Der Jeansrock ist komplett auf meine Hüften gerutscht. Unsere Bewegungen sind hastig und verzweifelt.
Ich mache mich an den Knöpfen seiner Jeans zu schaffen, doch er hält inne und greift nach meinen Händen.
„Sollten wir nicht besser erst reden?“
Verneinend schüttele ich den Kopf und suche wieder seinen Mund, um ihn zum Schweigen zu bringen. Ich brauche das jetzt so sehr, den Rest können wir später klären.
Mit geübtem Griff öffne ich seine Hose und befreie ihn aus der Boxershorts, als mir ein unangenehmer Gedanke in den Kopf kommt.
„Hast du in Australien eine andere gefickt?“
Seine Finger, die gerade mit dem Bündchen meines Slips spielen, halten sofort inne.
„Meinst du die Frage ernst?“
Wütend sieht er zu mir auf, doch ich will nur eine Antwort. In einem groben Griff nehme ich sein Kinn in meine Hand und hebe sein Gesicht an.
„Antworte mir, hast du eine andere gefickt?“

„Nein, Lina. Ich habe keine andere gefickt“, faucht er mir entgegen.
Wieder greife ich nach seiner Erektion, was seine Gesichtszüge gleich weicher macht. Vorsichtig schiebt er die Finger in meinen Slip, der schon deutliche Zeichen meiner Erregung aufweist. Mit dem Daumen verteile ich den austreten Tropfen auf seiner Spitze. Er zieht meinen Slip beiseite und massiert meine Klit. Wimmernd dränge ich mich ihm entgegen. Mit sanftem Griff hebt er meinen Po an und lässt mich auf seinen Ständer sinken. Zitternd klammere ich mich an ihn und sauge an seinem Hals, nicht wahrnehmend, dass es einen Knutschfleck hinterlassen könnte. Er ist so warm, so real. Ich will mich auf ihm bewegen, doch Sven drückt meinen Oberkörper gegen das Lenkrad und sieht zwischen uns, wie er in mir gleitet. Mit einer Hand zieht er mein T-Shirt hoch und kneift mir sanft in den Nippel, mit der anderen Hand massiert er wieder meinen Kitzler. Er schaut mich an, als würde er mich zum ersten Mal wirklich sehen. Auch ich habe das Gefühl, eine andere Person vor mir zu haben, die mir dennoch so vertraut ist.
„Oh Gott, Lina“, keucht er. „Davon habe ich fantasiert. Jeden verdammten Abend.“
Er zieht mich zu sich, nimmt meinen harten Nippel in den Mund und saugt daran. Das fühlt sich so fantastisch an, dass ich mich nicht weiter bewege und ihn einfach nur beobachte, wie er mich mit seinem perfekten Mund bearbeitet. Doch ihm ist das zu wenig. Er hebt mich an den Hüften ein Stück hoch und bewegt sich nun selbst, um die so köstliche Reibung zwischen uns zu erzeugen. Ich greife in seine ungewohnt langen Haare und lasse mich von ihm in Richtung Höhepunkt stoßen. Der scheint auch bei ihm nicht mehr besonders fern zu sein. Sanft bearbeitet er mich mit dem Daumen, während sich

sein Mund um den bislang vernachlässigten Nippel kümmert. Hastiger Sex war noch nie mein Ding, und Sven weiß das besser als jeder andere, aber zwischen uns hat sich soviel Anspannung aufgebaut, die muss einfach raus.
„Kommst du für mich, Baby? Lange halte ich nicht mehr durch.“ Sanft beißt er in meine Schulter, schiebt mich fest an sich ran und verschafft meiner Klit noch mehr Reibung an seinem Bauch. Die letzte Blockade löst sich. Zitternd schmiege ich mich in seine Arme und genieße die warmen Wellen, die meinen Körper umspülen. Sven folgt mir gleich und ergießt sich nach zwei weiteren Stößen in mir.
Die Autoscheiben sind beschlagen, der Wagen riecht nach Sex und draußen prasselt ein starker Sommerregen aufs Autodach. Liebevoll küsst Sven mich auf den Mund und hält dabei mein Gesicht in seinen Händen. Wir sind wieder in unserer kleinen Seifenblase, in der niemand uns etwas anhaben kann. In der niemand etwas zu suchen hat und die unsere Ex-Beziehungen schon so oft verzweifelt und erfolglos versucht haben, zu durchbrechen.
Dieser glückselige Zustand hält aber nur so lange an, bis mein Handy uns unterbricht. Ich steige von Svens Schoß, richte meinen Slip und drücke das Gespräch weg. Hastig tippe ich eine Nachricht an Jenny, um ihr mitzuteilen, dass ich in zwanzig Minuten da bin.
„Kannst du mich bitte nach Hause bringen, bevor du zu Thomas fährst?“, sage ich so teilnahmslos wie möglich.
Fassungslos sieht Sven mich an. Er öffnet und schließt mehrfach den Mund, als leide er an einem Verlust seiner Muttersprache. Zu meinem Leidwesen fängt er sich jedoch wieder.
„Was zur Hölle ist los mit dir, Lina? Erst meldest du dich nicht mehr. Dann holst du mich zwar ab, sprichst aber kaum ein Wort mit mir, um mich im Auto auf die Schnelle flachzu-

legen. Und jetzt musst du nach Hause? Ich dachte, wir könnten endlich reden."
„Fahr mich einfach nach Hause, Sven. Ich kann es dir heute nicht erklären."
„Hast du einen Anderen?"
„Wenn es nur so einfach wäre."

Der restliche Heimweg verläuft in eisiger Stille und wird nur durch mein Handy unterbrochen, das noch zwei Mal klingelt. Bevor Sven mich vor meiner Haustür aussteigen lässt, hält er mich am Handgelenk fest und sieht mich eindringlich an.
„Das hier ist noch nicht vorbei, Melina. So lasse ich mich nicht abwürgen."
„Gute Nacht, Sven."
Mit weichen Knien steige ich aus dem Auto aus und schlage heftig die Türe hinter mir zu. In meinem Bauch hat sich soviel Wut angesammelt. Leider ist es zu einfach, sie an ihm auszulassen.
Leise schließe ich meine Wohnungstür auf und finde Jenny, die auf dem Sofa fern sieht. Alleine.
„Wo ist Max?", frage ich und kann meine Panik nicht ganz verbergen.
„Im Bett. Und was machst du hier?"
„Du hast mich zurückgepfiffen. Deswegen bin ich hier."
„Wenn du meine anderen Nachrichten gelesen hättest, dann wüsstest du, dass der Kleine sich doch noch beruhigt hat. Wo ist Sven?"
„Bei seinem Bruder. Denke ich."
„Hast du es ihm gesagt?"
„Ich gehe schnell duschen, dann kannst du meinetwegen nach Hause."
Meine Ausweichmanöver sind nicht geschickt, aber effektiv.

Unter der Dusche lasse ich meiner aufgestauten Tränenflut freien Lauf. Dabei wird mir bewusst, dass ich mir gerade Sven von der Haut wasche und ich nicht weiß, ob ich jemals wieder in den Genuss kommen werde, ihn auf mir zu riechen. Das ist so verflucht unfair. Ich hab mir das alles nicht ausgesucht. Aber es ist auch nicht Max‘ Schuld und ich werde alles dafür tun, damit er nicht unter dem verantwortungslosen Handeln seiner dummen, toten Mutter leiden muss.
Ich bin nicht so kalt, wie das vielleicht klingt, doch die letzten Wochen haben mir keinen Moment Zeit gelassen, um angemessen um meine Schwester zu trauern. Stattdessen wächst mit jedem Tag meine Wut auf sie. Selbst nach ihrem Tod darf ich noch ihr Chaos ausbaden.

11.

Die Vorwarnung, in Form einer Kurzmitteilung, erreicht mich genau eine Minute, bevor es an meiner Haustür klingelt.

- Sven weiß Bescheid. Ich hatte keine Wahl. Er wollte Kim anrufen, um zu erfahren, was mit Dir los ist. Du hättest es ihm gestern Abend sagen sollen. Er ist jetzt auf dem Weg zu Dir. Ich konnte ihn nicht davon abhalten. Thomas -

Mit Max auf dem Arm öffne ich ihm die Tür. Völlig derangiert und mit wildem Blick steht er auf meiner Fußmatte. Seine Klamotten sind noch die gleichen wie gestern Abend, ganz zerknittert, als hätte er darin geschlafen. Wobei die Ringe unter seinen Augen nicht gerade auf einen erholsamen Nachtschlaf schließen lassen.

Mit einer Handbewegung winke ich ihn in die Wohnung, damit er im Hausflur keine Szene macht. Er marschiert direkt ins Wohnzimmer, wo er sich in meinen Sessel fallen lässt. Für einen Moment denke ich, wie richtig er darin aussieht und wie sehr ich ihn dort vermisst habe.

Behutsam lege ich den dösenden Max in die Wiege neben der Couch, bevor ich mich selbst hinsetze. Sven sieht mich immer noch fassungslos an.

„Das musste ich selbst sehen. Ich hätte Thomas fast nicht geglaubt."

Hektisch springt er wieder auf, als wollte er gleich zur Tür rausstürmen, während er mit dem Finger auf Max und mich zeigt.

„Warum hast du mir nichts gesagt, Lina?"

Wie ein Racheengel steht er über mir. Auch wenn er für mei-

nen Geschmack ein bisschen zu sehr die Stimme erhebt, weiß ich, dass er mir nie etwas tun würde. Ich kann schon verstehen, dass er sauer ist.
„Schrei hier nicht rum. Du verschreckst das Baby."
„Scheiße, Scheiße, Scheiße", flüstert er jetzt und lässt sich wieder in den Sessel fallen.
„Ich hab mir das nicht ausgesucht, Sven. Aber die Dinge liegen jetzt nun mal etwas anders als bei deiner Abreise. Ich wollte nicht, dass du dich gezwungen fühlst, wegen mir alles abzubrechen. Du bist immer noch mein Freund, aber Max ist jetzt meine oberste Priorität."
Auch wenn ich mich am liebsten einfach nur auf seinem Schoß zusammenrollen und mal richtig ausweinen möchte.
„Ich bin seit über zwanzig Jahren dein bester Freund. Du hättest es mir sagen sollen."
„Und dann? Das hier ist nicht deine Verantwortung. Dennoch hättest du dich verpflichtet gefühlt, zurück zu kommen."
„Ich liebe dich, Lina."
Flehend sieht er mich an, doch das macht mir nur wütend.
„Das hilft mir aber nicht, Sven. Ich habe gerade so viel um die Ohren, dass ich nicht weiß, wo mir der Kopf steht. Bislang ist noch nichts Finanzielles geklärt und ich weiß nicht, wie lange ich hier noch die Miete bezahlen kann. Nein, ich weiß noch nicht mal, wie ich Max neue Klamotten und Windeln kaufen soll, ohne an meine mageren Reserven zu gehen. Das macht mir solche Angst, dass ich im Moment einfach keine Zeit habe, mir über andere Sachen den Kopf zu zerbrechen. Mein Chef hat mir recht deutlich gemacht, dass er an einer mit Kindern belasteten Mitarbeiterin nicht interessiert ist und will meine Stunden nicht reduzieren. Theoretisch müsste ich mir einen Teilzeitjob suchen, aber das gestaltet

sich schwierig ohne Betreuung. Max ist erst ein paar Wochen alt und ich finde dafür einfach keine passende Option am Ort, zudem ich ohne Auto jobmäßig echt aufgeschmissen bin."
Meine Wangen sind heiß, so habe ich mich in Rage geredet, wobei ich immer noch meine Stimme unten gehalten habe.
„Lass mich dir helfen."
Ich möchte weinen. Genau deswegen wollte ich es ihm erst mal nicht sagen. Zweifellos würde er mir helfen. Als Freund. Aber ich möchte ihn nicht mehr nur als Freund, ich will ihn als meinen Partner. Ich will mit ihm die Zeit genießen. Sonntags zusammen aufwachen, Liebe machen, den Tag vertrödeln. Gemeinsam kochen, irgendwann die Zukunft planen. Meine Zukunft hat sich jetzt von selbst geplant. Sven würde mich vielleicht auch jetzt noch wollen, aber ich möchte keine Mitleidsbeziehung. Ich bin gerade mal 26 und ich wollte noch ein bisschen frei sein. Natürlich will ich Kinder, aber nicht jetzt schon und nicht unter diesen Umständen.
Es ist schlimm genug, dass ich so etwas überhaupt denke. Max soll sich willkommen fühlen, aber ich brauche immer noch Zeit, mich mit der Situation zu arrangieren. Andere Mütter haben wenigstens neun Monate Zeit, um sich mit dem Gedanken anzufreunden.
„Du kannst mir nicht helfen", sage ich schweren Herzens, aber offenbar mit genügend Überzeugungskraft. Sven steht auf und verlässt mit hängendem Kopf die Wohnung.

Am nächsten Vormittag steht überraschend Jana vor meiner Tür. Sie ist umgeben von Kartons und sieht verschwitzt zu mir auf.
„Was machst du da?", frage ich skeptisch.
„Das sind alles Sachen von meinem Speicher, aus denen Tim rausgewachsen ist. Für Max", erklärt sie mit einem Fingerzeig

auf den Berg brauner Kartons.
„Und das sind Windeln.“ Sie zeigt auf den Stapel grüner Kartons.
„Im Auto habe ich noch ein paar Kartons mit Babymilch.“
„Jana, wofür ist das alles? Die Klamotten sind wirklich nett, auch wenn es nicht nötig gewesen wäre. Aber die Windeln und Milch? Das Zeug ist sauteuer.“
Sie winkt nur ab und trägt unaufgefordert die ersten Kartons in meine Wohnung.
„Windeln und Milch sind nicht von mir. Ich bin nur der Lieferant“, sagt sie beiläufig.
Auf ihrem Weg zu weiteren Kartons halte ich sie am Arm fest.
„Muss ich fragen, von wem die Sachen sind?“
„Ach Liebchen, du kennst die Antwort doch schon längst.“
Liebevoll streicht sie mir über die Wange und geht dann weiter ihrer Arbeit nach, bei der ich ihr rasch mithelfe.
Als sie sich eine Stunde später verabschiedet, um die Zwillinge aus dem Kindergarten zu holen, machen wir noch einen Termin für nächste Woche. Sie will mir helfen, die Ämter abzuklappern und ein paar Dinge zu regeln. Zwar bin ich nicht völlig hilflos, aber dennoch froh um diese Unterstützung. Außerdem hat Jana eine Freundin beim Jugendamt, die eventuell ein paar Fäden ziehen und die Bearbeitung damit beschleunigen kann.

Heute war Max zum ersten Mal über Tag mehrere Stunden wach und somit traue ich mich, auf eine etwas ruhigere Nacht zu hoffen, als ich ihn am frühen Abend ins Bett lege.
Erschöpft lasse ich mich im Wohnzimmer auf die Couch fallen und überlege meinen Laptop hochzufahren, um noch etwas im Internet zu surfen. Meine Müdigkeit siegt jedoch

und ich beschließe, nach einer schnellen Dusche, auch ins Bett zu verschwinden.
Auf dem Weg ins Bad verspottet mich mein Handy. Es ist nur höflich, sich zu bedanken, wenn man einen Monatsvorrat an Babymilch und Windeln geschenkt bekommt.
Ich tippe eine kurze Nachricht.

- Max sagt Danke für die großzügigen Gaben. Lina -

Mit Babyfon und Handy in der Hand gehe ich ins Bad und trete vor der Tür noch meine Schuhe in die Ecke. Allmählich sollte ich mir abgewöhnen, mit Straßenschuhen in der Wohnung zu laufen, da Max ja irgendwann auch das Krabbeln anfängt und es dann wohl hygienischer ist. Über diese Dinge habe ich mir früher nie Gedanken gemacht.
Vor Schreck lasse ich fast das Telefon fallen, als es in meiner Hand vibriert.

- Sehr gern geschehen, Lina. Mein Auftritt tut mir leid. Darf ich den kleinen Mann bald mal kennenlernen? Sven -

Trotz allem ist er immer noch mein Freund. Auch wenn eine Beziehung zurzeit einfach außer Frage steht.

- Natürlich. Wann immer du magst. Gute Nacht, Sven. -

- Es tut mir leid, was mit Kim passiert ist und ich wünschte, ich hätte bei dir sein können. Das hätte ich dir eigentlich gestern schon sagen müssen. Gute Nacht, Lina. -

Es ist so unfair. Meine Gefühle für Sven gehen nicht einfach weg. Doch jetzt, mit der Verantwortung für Max, habe ich keine andere Wahl, als sie vorerst zu ignorieren.

12.

Janas Hilfe ist Gold wert. Dank ihr bekomme ich in spätestens zwei Wochen die ersten Zahlungen für Kindergeld, Elterngeld und einen Unterhaltsvorschuss vom Jugendamt, obwohl der Vater unbekannt ist. Man hat mir zwar problemlos die Vormundschaft übertragen, aber niemand hat mich darüber informiert, dass ich Anspruch auf diese Leistung habe. Das Elterngeld fällt dank meines vorherigen Jobs zum Glück auch nicht so niedrig aus. Das ermöglicht mir, Max bis zu seinem ersten Geburtstag Zuhause betreuen zu können, ohne mir einen Job suchen zu müssen.
Natürlich hat mich die Dame vom Jugendamt auch wieder um Namen aus Kims Bekanntenkreis gebeten, um eventuell einen Vater ermitteln zu können. Aber selbst wenn ich wollte, ich könnte ihr niemanden nennen. Mir war immer schon wohler, wenn ich mir dieses Gesindel vom Hals halten konnte.
Es ist traurig, dass ich so wenig Nettes über meine Schwester zu sagen habe, aber das war nun mal die Realität in den letzten Jahren. Ehrlich gesagt bin ich erstaunt, dass sie bei diesem Umgang nicht tiefer abgestürzt ist.
Auch wenn Max mir das vielleicht irgendwann übel nimmt, ich möchte seinen Vater, egal wer er ist, in diese ganze Sache nicht mit reinziehen. Und ich kann nur hoffen, dass mir nicht noch böse Überraschungen drohen. Einen von Kims Junkiefreunden gezwungenermaßen Umgang mit Max gewähren zu müssen, ist ein Albtraum. Ich will erst gar nicht daran denken, was passieren würde, wenn er Max einfordern sollte.

Als Dank für Janas wertvolle Hilfe habe ich ihr einen freien Abend mit Thomas zugesichert. Die beiden brauchen drin-

gend ein paar Stunden für sich und mir macht es nichts aus, für einen Abend die Zwillinge zu betreuen. Zudem ist Max in Anwesenheit von anderen Kindern immer sehr ruhig und bestaunt mit großen Augen das laute Gewimmel.
Mit Max in der Bauchtrage mache ich den beiden Abendbrot und verfrachte sie nach dem Sandmann ins Bett. Für eine Weile höre ich noch Gemurmel aus dem Kinderzimmer, doch die beiden reden sich schnell in den Schlaf. Lara werde ich wohl gleich wieder in Tims Bett finden, wenn ich noch mal nach ihnen sehe. Die Zwei haben eine so zuckersüße Geschwisterbeziehung. Gegen diese Einheit haben Jana und Thomas eigentlich gar keine Chance, da sie sich immer gegenseitig decken, wenn sie Mist gebaut haben.
Völlig ausgelaugt von der emotionalen Berg- und Talfahrt der letzten Tage lehne ich mich mit Max, der immer noch in der Bauchtrage sitzt und friedlich eingeschlafen ist, auf der Couch zurück.
Das Risiko ihn zu wecken, um ihn dort rauszunehmen, will ich gar nicht erst eingehen. Mit meiner Wange an sein duftendes Babyköpfchen gelehnt, schließe ich auch für einen Moment die Augen. Seine tiefen, entspannten Atemzüge beruhigen mich.
Diese Stille hält allerdings nur so lange an, bis Sven vorsichtig an die Terrassentür klopft und mich zaghaft anlächelt. Den ganzen Abend habe ich den Gedanken verdrängt, dass er nur wenige Meter entfernt in der Einliegerwohnung seines Bruders lebt und heute vielleicht sogar Zuhause ist.
Ich winke ihn zu mir, damit er sich die große Schiebetüre selbst öffnet. Als er einen Fuß ins Wohnzimmer setzt, lege ich einen Finger an die Lippen und zeige auf Max, der leise auf meiner Brust schnarcht.
Sven hält einen großen Becher Eiscreme meiner bevorzugten

Schokoladensorte hoch und sieht mich fragend an. Nach all den Jahren kennt er mich einfach viel zu gut.
„Später“, flüstere ich ihm zu.
Mit einem Nicken bringt er das Eis in den Gefrierschrank in der Küche. Auf leisen Sohlen kommt er wieder zurück und setzt sich vorsichtig neben mich. Er legt seinen Kopf auf die Lehne der Couch und beobachtet uns.
„Hey“, flüstert er und lächelt.
„Selber hey“, antworte ich. Der Wunsch ihn anzufassen ist so stark, dass es schon fast körperlich wehtut.
„Wie geht es dir?“, fragt er und beobachtet grinsend Max, der im Schlaf heftig an seinem Schnuller saugt.
„Gut wäre übertrieben, aber es spielt sich langsam ein. Jana hat mir wahnsinnig geholfen und mir erst mal ein paar Sorgen abgenommen.“
„Das ist schön.“ Seufzend schließt er die Augen.
„Wie geht es dir, Sven? Du siehst müde aus. Hast du dich schon wieder eingelebt?“
Max wimmert leise vor sich, beruhigt sich aber gleich wieder, als ich ihm meine Hand auf den Rücken lege.
Langsam öffnet Sven die Augen und sieht mich traurig an.
„Die Wohnung nebenan ist okay, aber nichts auf Dauer. In einer Woche fange wieder in meinem alten Job an.“
Er zuckt mit den Schultern, als wäre er an all dem nicht beteiligt.
Behutsam schnalle ich mir die Gurte der Bauchtrage ab, um Max neben mich zu legen. Auf Dauer ist diese Position nichts für meinen Rücken. Vorsichtig hebe ich ihn von meiner Brust, doch er fängt schon wieder an zu murren.
„Kann ich dir helfen?“, fragt Sven.
„Wenn du nur kurz aufpassen würdest, dass er nicht von der Couch rollt, das würde mir schon helfen. Ich muss seine Fla-

sche vorbereiten. Wenn er wach wird, dann hat er auch sofort Hunger."

„Kein Problem, Baby."

Erschrocken über seine Verwendung des eigentlich vertrauten Kosenamens, atmet er scharf ein. Ohne darauf einzugehen, stehe ich auf und überlasse ihm meinen Platz. Ich weiche seinem Blick aus, als ich an ihm vorbei gehe. So vertraut sich all das doch anfühlt, kann ich es jetzt nicht an mich ranlassen. Es ist einfach zuviel. Wie soll ich einem Baby gerecht werden und gleichzeitig noch eine Beziehung aufbauen? Mein Verstand sagt mir, dass unsere Beziehung schon einen ziemlich stabilen Sockel hat, doch das ändert nichts daran, dass mich der Gedanke alleine momentan schon überfordert.

Die Milch braucht ein paar Minuten, bis der Flaschenwärmer sie auf die richtige Temperatur aufgeheizt hat. Es besteht keine Veranlassung, solange daneben stehen zu bleiben, doch ich brauche einen Moment, um tief durchzuatmen. Auf der einen Seite ist Svens Anwesenheit zuviel, auf der anderen Seite genau das, was ich jetzt brauche. Es ist so schwer, dem nicht einfach nachzugeben.

Mit der erhitzten Milch gehe ich zurück zum Wohnzimmer und bleibe im Türrahmen stehen, um Sven mit Max zu beobachten. Er hat ihn hochgenommen und wiegt ihn sanft auf seiner Schulter, während er ihm ganz leise etwas ins Ohr flüstert. Mit einer zufriedenen Miene und leicht geöffnetem Mund hört Max gespannt zu, was ihm da erzählt wird.

Räuspernd mache ich auf mich aufmerksam. Sven sieht erschrocken zu mir.

„Das ist hoffentlich okay, Lina? Er wollte gerade anfangen zu weinen, deswegen habe ich ihn hochgenommen."

Ich winke seine Rechtfertigung ab. Wenn ich ihm nicht ver-

trauen würde, dann hätte ich ihn erst gar nicht mit Max alleine gelassen.
„Er hat Hunger“, sage ich, obwohl ich das vor ein paar Minuten schon erklärt habe, und nutze die Gelegenheit, mich ganz nah neben die Beiden zu setzen. Sanft streichle ich Max über den noch fast haarlosen Kopf. Sven wendet seinen Blick nicht von mir ab, womit er mich auch nach all den Jahren noch verlegen machen kann.
„Magst du?“
Ich halte ihm die Flasche vor die Nase und bin gespannt auf seine Reaktion. Unsicher sieht er von mir zu Max und dann auf die Milch.
„Wenn der Kleine nichts dagegen hat.“
„Wenn er etwas gegen dich hätte, dann würde er jetzt nicht so entspannt auf dir abhängen.“
Sven grinst mich breit an.
„Du musst mir aber mal aushelfen. Ich weiß nicht genau, wie ich ihn hinlegen muss, damit er sich nicht verschluckt.“
Behutsam nehme ich Max von seiner Schulter und zucke fast zurück, als meine Fingerspitzen seinen Brustkorb berühren. Max wird gleich unruhig und meckert wegen des verlorenen Körperkontakts vor sich hin. Ich zeige Sven, wie er ihn halten soll und lege den Kleinen in seinen Arm.
Hilflos hält er die Milchflasche in der Hand und weiß nicht, wie er anfangen soll. Also lege ich meine Hand auf seine und zeige ihm, wie er ihn mit dem Sauger am Kinn kitzeln muss, damit er den Mund öffnet. Max schnappt gleich zu und schon gibt es keine Fragen mehr, ob er alles richtig macht.
Völlig entspannt sitzt er da und sieht ihm beim Trinken zu. Leise schleiche ich mich in die Diele und hole mein Handy aus der Handtasche. Im Wohnzimmer stelle ich mich den beiden gegenüber und mache ein Foto. Ein warmes Lächeln

von Sven treibt mir die Tränen in die Augen, doch ich weigere mich, sie überlaufen zu lassen. Er streckt mir seine freie Hand entgegen und zieht mich wieder neben sich auf die Couch.
„Ich bin immer noch dein Freund, weißt du? Und es tut weh, von dem hier ausgeschlossen zu werden."
„Ich wollte dich nie ausschließen, Sven. Es ist nur alles so verflucht kompliziert im Moment."
„Ich versteh das, Lina. Aber ich kann trotzdem für dich da sein. Für mich ist es auch nicht einfach in meinen Kopf zu bekommen, dass du jetzt Mutter bist. Das ändert aber nichts daran, dass ich wirklich für dich da sein möchte."
Um ihn die aufsteigenden Tränen nicht sehen zu lassen, wende ich meinen Kopf zur Seite. Sven kennt mich dafür jedoch zu gut. Er schafft es, für einen Moment mit einem Arm Max und die Flasche zu halten, um mit der freien Hand meinen Kopf auf seine Schulter zu drücken und mich auf den Scheitel zu küssen.

Den restlichen Abend verbringen wir damit, auf Svens Laptop Fotos aus Australien anzusehen und dabei Max wach zu halten, damit er später in seinem Bett schläft. Wir essen Eiscreme aus der Packung und können fast wieder reden wie in alten Zeiten.
Früher als erwartet kommen Jana und Thomas wieder nach Hause. An dem Blickkontakt zwischen Thomas und Sven wird schnell klar, dass dieser Abend nicht nur zum Gefallen von Jana und Thomas war.
Jana holt mir eine Babyschale von den Zwillingen vom Speicher, damit Sven mich nach Hause fahren kann. Bislang hatte ich keine Verwendung für so ein Teil, da ich selbst kein Auto habe und alles mit dem Kinderwagen erledige.

Erst will ich das Angebot ablehnen, doch schnell reden alle drei auf mich ein, dass es wohl nicht zur Diskussion steht, mich mitten in der Nacht zu Fuß nach Hause zu schicken.
Sven fährt mich nach Hause und trägt für mich Max in seiner neuen Babyschale hoch in die Wohnung. Da der Kleine unterwegs eingeschlafen ist, lege ich ihn direkt in sein Bett.
Unsicher steht Sven in der Diele und wartet scheinbar darauf, entlassen zu werden. Leise schließe ich die Schlafzimmertür und gehe auf ihn zu. In einer spontanen Eingebung lege ich meine Arme um seinen Hals und drücke ihn fest an mich.
„Gute Nacht, Sonnenschein“, wispere ich fast unhörbar und schiebe ihn dann gleich zur Wohnungstür raus.
Wenn er nur eine Minute länger hier bleibt, dann garantiere ich für nichts. Und das tut am Ende wieder nur uns beiden weh.
So sehr ich es auch will, ich kann ihn jetzt nicht wieder in mein Bett lassen, auch wenn es mir unmöglich ist, ihn aus meinem Kopf und Herzen zu bekommen.

13.

Zwei Tage später klingelt mich der Paketbote aus dem Bett. Max hat die Nacht durchgemacht und ist erst um 4.30 Uhr eingeschlafen, also wollte ich eigentlich auch noch etwas liegen bleiben.
Auf Zehenspitzen schleiche ich aus dem Schlafzimmer und ziehe mir in der Diele eine dünne Strickjacke über, um niemandem in meinem hauchdünnen Trägernachthemd eine Show zu bieten. Der blutjunge Kerl vor meiner Tür sieht mich von oben bis unten an, bevor er mir ein bleischweres Paket überreicht. Absender ist eine unbekannte Adresse in Australien.
Ich hieve das Teil auf meine Dielenkommode und unterschreibe auf dem mir gereichten Touchscreen. Mit lüsternem Blick starrt der Typ auf meine nackten Beine, was bei mir das Verlangen weckt, ihn rückwärts die Treppe runterzustoßen. Als hätte ich sonst keine Probleme…
Ich horche kurz ins Schlafzimmer, doch da ist noch alles ruhig. Mit dem Paket unterm Arm gehe ich in die Küche und starte die Kaffeemaschine.
Vorsichtig trenne ich mit einem Küchenmesser das stabile Paketband auf und öffne den Deckel. Der ganze Karton ist voller Notizbücher. Da ich eines davon als das erkenne, was ich Sven vor der Abreise in den Koffer gesteckt habe, schließe ich hektisch den Deckel. Mir war nicht klar, dass er soviel für mich geschrieben hat.
Es macht Sinn, dass er dafür kein Übergepäck zahlen wollte und sie deswegen auf dem Postweg verschickt hat. Aber warum schickt er die Bücher an meine Adresse? Auch wenn ich mir die Antwort schon denken kann, muss ich trotzdem nachfragen.

Ich bereite mir einen Kaffee mit reichlich Milch und setze mich damit an den Küchentisch, um Sven eine Nachricht zu schreiben.

- Deine Notizbücher sind angekommen. Hat es einen bestimmten Grund, warum Du sie an meine Adresse geschickt hast? Lina -

- Es sind Deine! Sven -

- Ich hab nie gesagt, dass Du für mich schreiben sollst. -

- Und dennoch habe ich es getan. Akzeptier es, Du Sturkopf. Ich will sie nicht. -

- Fuck you! -

- Ist das ein Angebot? -

Er weiß ganz genau, wo er mich packen muss, um mich zu provozieren. Und er weiß verdammt genau, dass es mir wehtun wird, all das zu lesen.
Mit meinem Kaffee gehe ich auf den Balkon, um nicht die ganze Zeit den Karton ansehen zu müssen. Trotz der frühen Uhrzeit ist es schon sehr warm. Ich streife die Strickjacke von meinen Schultern und hänge sie über die Stuhllehne. Mit der Tasse in der Hand stelle ich mich an das Balkongeländer und beobachte die Straße. Deswegen sehe ich auch gerade noch, wie Sven im Haus verschwindet. Wenige Sekunden später klingelt es auch schon.
Oh, er hat besser nicht Max damit aufgeweckt. Wütend knalle ich meine Tasse auf den Tisch, sodass die Hälfte der heißen

Flüssigkeit überschwappt. Vor mich hinfluchend stampfe ich zur Haustür. Bevor er seine Hand zum Klopfen heben kann, habe ich schon die Türe aufgerissen.
Sven sieht zum Anbeißen aus und sein verführerisches Grinsen möchte ich ihm gerade aus dem Gesicht schlagen.
„Hey Lina“, sagt er mit seiner tiefen Sexstimme, die früher nur dazu geführt hat, dass ich sofort für ihn bereit war. Jetzt macht sie mich … Scheiße, es funktioniert immer noch. Ich versuche, meine Reaktion zu verbergen, doch das hauchdünne Material meines Nachthemds versteckt nicht viel von meinen harten Nippeln. Deswegen verschränke ich meine Arme vor der Brust und sehe wütend auf die Brötchentüte, die er mir entgegenhält.
Sven grinst nur wissend und geht einfach an mir vorbei.
„Bist du hier, um deine Notizbücher abzuholen?“, rufe ich ihm hinterher.
Sven lacht ein kehliges Lachen.
„Ja, genau. Träum weiter.“
Das Klappern von Tellern verrät seinen Aufenthaltsort. Genervt schließe ich die Wohnungstür und folge ihm.
Er steht in meiner Küche und macht uns Frühstück. Etwas hilflos bleibe ich ihm Türrahmen stehen, immer noch die Hände vor dem Brustkorb verschränkt.
„Hast du nichts zu tun?“, frage ich pampig.
Mit einem Blick fragt er mich, ob ich auch Orangensaft möchte. Ich nicke und warte immer noch auf seine Antwort.
„Genau genommen nicht. Da ich diese Woche ja noch frei habe, dachte ich, wir könnten etwas unternehmen.“
Angestrengt dehne ich meine verkrampften Nackenmuskeln, die durch das ständige Tragen eines Babys zum Dauerzustand geworden sind, und überlege, wie ich ihm etwas begreiflich machen kann, ohne ihn wieder anzufahren.

„Du weißt, dass ich jetzt Max habe. Ich kann nicht mehr einfach alles fallen lassen und spontan etwas unternehmen“, seufze ich und massiere dabei den Knoten über meiner rechten Schulter.
Sven sieht mich völlig entsetzt an.
„Das ist mir bewusst, Lina. Glaub es, oder lass es, aber Max war in meinen spontanen, völlig irrsinnig und egoistischen Gedanken mit einbezogen. Bei dem Wetter dachte ich an den Stadtwald. Wir könnten was zum Essen einpacken und für den Kleinen einen Sonnenschirm, damit er Schatten hat.“
Jetzt fühle ich mich wie der schlechteste Mensch und bin froh darüber, dass ich die ersten Meckerlaute von Max höre. Mit einem gequälten Lächeln drehe ich mich zum Schlafzimmer um, um ihn zu holen. Meinen Sohn, wenn alles glatt geht.
Max liegt im Schlafsack auf dem Rücken und rudert mit seinen kleinen Ärmchen, als er mich sieht.
„Hey Baby!“, flüstere ich in der kindlichen Tonlage, die nur für ihn reserviert ist. Beim Klang meiner Stimme dreht er den Kopf sofort in meine Richtung und strahlt mich über die kleinen Speckbäckchen an. Rasch öffne ich den Schlafsack und befreie ihn daraus, bevor ich ihn hochnehme. Er drückt sofort sein kleines Köpfchen an meinen Hals und gluckst zufrieden.
„Ich freue mich auch, dich zu sehen, mein Süßer.“
Hinter mir vernehme ich ein leises Lachen.
„Was ist so lustig?“, frage ich und lege Max zum Wickeln auf dem Bett ab.
„Gar nichts, Lina. Du und der Kleine, das ist toll. Nicht lustig.“
Mechanisch wickele ich das zappelnde Baby und ziehe ihm einen frischen Strampler an, um nicht darauf reagieren zu müssen. Max und ich, das ist nicht toll, sondern traurig und

ungeplant. Ich will nicht sagen, ungewollt. Wenn ich ihn nicht wollte, hätte ich ihn nicht nehmen müssen. Dennoch habe ich immer noch große Probleme, mich mit dem ganzen Babyleben anzufreunden.
„Also, was ist? Habt ihr heute Zeit?"
Sven lehnt im Türrahmen und sieht mich abwartend an. Mein Nacken bringt mich um und langsam zieht mir die Verspannung in den Kopf.
„Wir haben heute zum ersten Mal Babyschwimmen", antworte ich und versuche, mit Max auf dem Arm, an ihm vorbeizugehen, doch er bleibt stur stehen.
„Kann ich mitkommen?"
Diese Frage überrascht mich. Er streckt Max die Hände entgegen und der kleine Verräter schiebt sich natürlich gleich in seine Richtung.
Vertrauensvoll überreiche ich ihm das Baby und will an ihm vorbei in die Küche.
„Lina, beantwortest du bitte meine Frage?", fordert er.
„Was willst du, Sven? Ich verstehe nicht, was du hier machst? Hast du verstanden, dass ich Max nicht nur vorübergehend habe? Wenn alles gut geht, dann ist er hoffentlich auch bald vor dem Gesetz mein Sohn. Er geht nicht mehr weg. Das Ganze ist nicht bloß eine nette, kurzweilige Ablenkung vom Alltag."
In seinem Gesicht steht deutlich die Verletzung geschrieben. Doch das musste raus.
„Ich hab das verstanden. Nur du tust dich offensichtlich schwer, die ganze Situation anzunehmen. Sonst wärst du nicht so wütend." Er dreht sich um und geht in die Küche, wo er eine vorbereitete Flasche aus dem Kühlschrank nimmt und in den Flaschenwärmer stellt. Vorsichtig schaukelt er den hungrigen Max auf seinem Arm, damit der nicht weint, bis seine

Milch fertig ist, und vermeidet jeden Blickkontakt mit mir.
Als Max' Frühstück aufgewärmt ist, verschwindet er mit ihm im Wohnzimmer, um ihn auf der Couch zu füttern. Ich beschäftige mich weiter damit, den Tisch zu decken. Für Sven schlage ich noch ein paar Eier auf und mache ihm Rührei. Über der Pfanne fange ich an zu heulen und weiß selbst nicht wieso.
Zwei warme Hände legen sich auf meine nackten Schultern.
„Wo ist Max?", frage ich, ohne mich umzudrehen. Er soll nicht sehen, dass ich mal wieder weine.
„Auf der Krabbeldecke, auf dem Boden. Sicher, satt und schon wieder müde."
„Hm…", antworte ich und wische mir eine Träne weg, damit sie nicht in der Pfanne landet.
„Ich kann dir helfen." Sven zieht mich mit einem Arm an sich. „Keine Beziehungsgespräche mehr, weil ich weiß, dass du das nicht willst. Aber ich kann für dich und Max da sein. Als Freund. Du musst mich nur lassen. Eine weitere feste Bezugsperson ist wichtig für ihn."
Dass meine Eltern keine Hilfe sind, weiß niemand besser als Sven. Ihm muss ich solche Dinge nie erklären.
„Und wie lange kannst du das sein, Sven?", antworte ich tränenerstickt, aber nicht mehr wütend. „Was ist, wenn du eine Frau kennenlernst? Sie wird nicht verstehen, dass du dich um ein Kind kümmerst, welches nicht deins ist."
„Wenn sie es nicht versteht, dann ist sie nicht die Richtige."
Er lässt mich wieder los und sucht Besteck aus der Schublade hinter mir.
„Und heute Abend kümmere ich mich um deinen Nacken."
Ich drehe mich um und sehe ihn stirnrunzelnd an.
„Was ist mit meinem Nacken?"
„Du bist verspannt, das habe ich schon beim Reinkommen

gesehen."
Warum muss er so aufmerksam sein? Er macht es mir dermaßen schwer, ihn auf Abstand zu halten.

14.

Ein überheiztes Hallenbad im Sommer ist nicht gerade meine Definition von Vergnügen, aber für die Babys ist das Freibad einfach noch zu kalt.

Sven hat Max ausgezogen und in einer Schwimmwindel verpackt, während ich mir den Badeanzug angezogen habe. Zusammen gehen wir in die Schwimmhalle und warten mit einer Horde von Müttern und einem einzigen Vater auf weitere Anweisungen. Aus dem Augenwinkel sehe ich, wie Sven der Schweiß von der Stirn rinnt. Er hat sich nur die Schuhe ausgezogen und trägt immer noch sein T-Shirt und eine kurze Cargohose.

„Ich setze mich hinten auf die Liegen und sehe euch zu“, flüstert er mir ins Ohr und reicht mir dabei Max. Sein knackiges Hinterteil bewundernd, sehe ich ihm hinterher und versuche, das Geschwätz der anderen Mütter auszublenden. Ich weiß nicht, ob mir die nötigen Hormone der Geburt dafür fehlen, aber diese Hennen gehen mir auf den Keks. Eigentlich wollte ich die ganzen Babykurse ohnehin vermeiden, aber irgendwie habe ich mich von Jana in die Richtung schieben lassen. Ihrer Meinung nach brauche ich andere Mütter mit Babys im selben Alter. Ich bin mir da noch nicht so sicher. Diese Frauen reden den ganzen Tag nur von Windelinhalten, Stillen, Beikost, Impfungen, etc. Die Liste könnte ich endlos weiterführen. Natürlich kann ich verstehen, dass man in solchen Gruppen auf Babythemen zu sprechen kommt, aber manche Frauen scheinen wirklich ihre Persönlichkeit an der Kreissaaltür abgegeben zu haben. Hoffentlich ist das nicht ansteckend.

Die Kursleiterin schickt uns ins Wasser, wo ich Max erst mal beruhigen muss. Eigentlich liebt er das Baden, aber das Was-

ser hier ist leider nicht ganz so warm.
Ich sehe zu Sven, der mir aufmunternd zuzwinkert. Jetzt bereue ich es, dass ich sein Angebot nicht angenommen habe, mit Max ins Wasser zu gehen. Der scheint sich nämlich nicht beruhigen zu wollen.
Der einzige Vater der Gruppe stellt sich mit seiner Tochter neben uns und lächelt mich an.
„Eliana hat die ersten beiden Male auch nur gebrüllt, aber jetzt kann sie gar nicht genug davon bekommen."
Er hält seine Tochter, mit dem Arm unterm Bauch, über der Wasseroberfläche. Die quiekt vergnügt, was Max Aufmerksamkeit erregt und sein Heulen für den Moment abstellt.
„Wie ist sein Name?"
Der Typ gibt nicht auf. Zu meiner Überraschung finde ich keinen Ehering an seinem Finger. Er ist sicherlich schon Mitte 30, aber nicht unattraktiv. Durchtrainiert, tätowiert und mit einem dichten, schwarzen Haarschopf.
„Max", antworte ich knapp. Ich versuche, der Kursleiterin zu folgen und die Übungen mitzumachen, aber sobald ich Max nur einen Millimeter von meinem Körper entferne, schreit er mit allem, was er hat.
„Jakob", sagt der Typ neben mir.
„Bitte was?"
„Jakob. Mein Name."
Oh, okay. Das ist wohl der Part, wo von mir erwartet wird, dass ich mich vorstelle.
„Melina."
Ich lächle ihn kurz an, obwohl ich schon einen vagen Verdacht habe, warum er sich ausgerechnet an mich hält. Die anderen Frauen hier haben alle vor ein paar Wochen ein Kind geboren, was man in den meisten Fällen auch sieht, und ich habe immer noch meinen alten Körper. Männer sind manch-

mal so einfach gestrickt.
„Ist der Surferboy dahinten dein Freund?“
Sag ich‘s doch.
„Der Surferboy dahinten ist mein bester Freund Sven“, antworte ich lachend. Er sieht wirklich so aus, seit er aus Australien zurück ist. Braun gebrannt, von der Sonne gebleichte Haare und ein von körperlicher Arbeit definierter Körper. Und ich gebe mir wirklich Mühe, diese Details zu ignorieren, um ihn nicht bei der nächsten Gelegenheit anzuspringen.
„Was sagt Max‘ Vater zu der Art, wie Sven dich ansieht?“
Der Typ hat offensichtlich ein paar Probleme mit angemessener Distanz zu Fremden.
„Max‘ Vater ist nicht existent. Und was sagt Elianas Mutter dazu, dass du fremde Frauen beim Babyschwimmen angräbst?“
„Wir sind geschieden“, antwortet er mit einem Schulterzucken. Die Kursleiterin sieht streng in unsere Richtung und ich kann förmlich fühlen, wie sich Svens Blick in meinen Rücken bohrt.
Jakob lehnt sich zu mir.
„Meine Ex behauptet, ich hätte keinen verbalen Filter“, flüstert er neben mir. Als ich zu ihm aufsehe, grinst er mich an. Er weiß selbst ganz genau, dass es stimmt.
Ich versuche noch mal mein Glück mit Max, doch der brüllt gleich wieder los.
„Ich gehe besser raus“, sage ich zu Jakob. „Der Kleine wird mir sonst zu kalt.“
„Melina, warte.“
Er legt mir eine Hand auf die Schulter, um mich zurückzuhalten. Da ich mich schon umgedreht habe, trifft mich Svens giftiger Blick, der jedoch nicht mir, sondern Jakob gilt.
„Was denn?“, frage ich und drehe mich wieder zu Jakob.

„Ich weiß, dass ich vielleicht ein bisschen zu aggressiv rüberkomme, aber hättest du Lust auf einen Kaffee nach dem Schwimmen? Falls du noch keine anderen Pläne hast."
Er sieht über meine Schulter zu Sven, dessen Gesichtsausdruck ich mir gerade gar nicht ausmalen mag.
„Heute geht es nicht. Vielleicht ein anderes Mal", versuche ich ihn abzuwimmeln.
„Überleg es dir. Ich bin nächste Woche wieder hier."
Er lehnt sich zu mir und sieht mir verschwörerisch in die Augen.
„Ich brauche deine Unterstützung gegen die Legehennen da vorne", flüstert er und zwinkert mir dabei zu.
„Okay", antworte ich, ohne genau zu wissen worauf. Ich gehe mit dem zitternden Max aus dem Wasser. Mit ausdruckslosem Blick kommt Sven mir entgegen und wickelt uns in ein Badetuch. Er will etwas sagen, doch es ist offensichtlich, dass er sich ordentlich auf die Zunge beißt, um es sich zu verkneifen.
„Sieh mich nicht so an", sage ich. „Deine Schwägerin hat gesagt, dass ich die Möglichkeit nutzen soll, andere Eltern kennenzulernen."
„Ich bin mir sicher, dass sie das nicht meinte", murmelt er vor sich hin und geht dann zu den Umkleiden. Ich riskiere einen letzten Blick ins Wasser, bevor ich ihm folge, und sehe gerade noch, wie Jakob mir kurz zuwinkt.

Es war ein verdammt langer Tag. Den Nachmittag haben wir im Stadtwald verbracht und es hätte so entspannt sein können. Wir drei gemeinsam im Schatten auf einer Decke. Max konnte die anderen Kinder beobachten und hat ein Nickerchen zwischen uns gemacht. Doch Sven hat beschlossen, den ganzen Tag nur das Nötigste mit mir zu reden. Er hat sich auf der Decke ausgestreckt und mit der Sonnenbrille auf der Nase so getan, als würde er schlafen. Aber ich kenne ihn zu gut und habe schon zu oft neben ihm geschlafen, um zu wissen, dass er nur geschauspielert hat.

Jetzt liegt Max im Bett und wir sitzen schweigend nebeneinander im Wohnzimmer.
„Soll ich dich massieren?“, fragt er schließlich. Natürlich hat er nicht vergessen, was er mir heute Morgen versprochen hat.
„Erst will ich wissen, warum du sauer bist?“
Ich drehe mich zu ihm und warte darauf, dass er mich ansieht.
„Ganz ehrlich?“
„Ganz ehrlich.“
„Der Typ im Schwimmbad, Lina. Ich sag es nicht gerne, aber ich bin eifersüchtig.“
Natürlich habe ich mir das gedacht, aber dennoch wollte ich es von ihm hören.
„Warum, Sven? Du hast früher nie so reagiert, wenn ich mich mit anderen Männern unterhalten habe.“
„Du hast auch sonst nicht so interessiert ausgesehen.“
„Schwachsinn. Er hat mich angequatscht und wir haben über unsere Kinder gesprochen. Nicht mehr und nicht weniger.“
Das ist nicht ganz die Wahrheit, aber er muss das nicht wissen.
„Ich hol das Massageöl aus dem Bad“, beende ich das Thema und lasse ihn auf der Couch sitzen.

Fast hätte ich vergessen, wie talentiert er mit seinen Händen ist. Sven sitzt hinter mir, während ich, nur mit einer kurzen Shorts und einem BH bekleidet, rittlings auf einem Küchenstuhl vor ihm sitze. Der BH hängt aufgrund des geöffneten Verschlusses lose an meinem Oberkörper.

Mit angewärmten Händen verteilt er das Öl auf meinem Rücken und Nacken. In leichten Streichbewegungen findet er die verkrampften Muskeln und knetet sie sanft. Immer wieder reibt er mit der flachen Hand über die massierten Partien und jagt mir damit Schauer durch den ganzen Körper. Ich bin so entspannt, nur meine erregten Nippel und meine pulsierende Klit scheinen noch eine halbwegs feste Substanz in meinem Körper zu haben. Der Rest hat sich komplett zu Pudding verwandelt.

Sven hat wirklich ein gutes Gefühl dafür, gerade so fest zu massieren, dass es noch nicht wehtut, aber trotzdem effektiv ist und mich immer wieder zum Aufstöhnen bringt.

„Lina“, seufzt er hinter mir, lässt aber nicht von seiner Tätigkeit ab. Für ihn ist es einfach, bei einer Massage professionell zu bleiben, weil das auch sein Job ist. Für mich ist es das nicht, zudem Sven der Einzige ist, der mich je richtig massiert hat. Abgesehen von ein paar Exfreunden, die sich sehr unbeholfen angestellt haben und nach spätestens zwei Minuten sowieso ihre Hände auf meinen Titten hatten.

Mir ist es unangenehm, mich von einem Fremden so intim berühren zu lassen. Das könnte auch daran liegen, dass ich bei einer guten Massage stöhne, als würde es mir gerade jemand besorgen.

Scheinbar hat er alle Verspannungen zu seiner Zufriedenheit gelöst. Er schließt die Häkchen meines BHs und legt mir mein T-Shirt über die Schultern, damit mein Rücken nicht auskühlt.

„Okay?“, fragt er heiser.

Mit der Stirn auf dem Unterarm abgelegt, nicke ich nur. Wenn ich aufblicke, dann weiß ich nicht, was ich in seinem Gesicht sehe und ob ich damit umgehen kann.

„Ich sollte jetzt besser nach Hause gehen.“

Nur widerwillig steht er auf und drückt mir einen Kuss auf die Haare. Ich will nicht, dass er geht. Jeden Tag habe ich Max um mich und tagsüber fast permanent an mir dran, aber trotzdem fühle ich mich so einsam, wie noch nie in meinem Leben. Außerdem fehlt er mir auf so vielen Ebenen.
„Geh nicht", sage ich und schaue zu ihm hoch. Seine Augen sind mir in den letzten Monaten fast fremd geworden. Australien hat ihm ein ganzes Stück seines jungenhaften Auftretens genommen, aber in einem positiven Sinn.
Sven zieht mich vom Stuhl hoch, direkt in seine Arme. Er scheint selbst überrascht über sein forsches Vorgehen. Das T-Shirt rutscht mir von den Schultern.
Wie von selbst wandern meine Hände unter sein Shirt und über seinen definierten Rücken.
„Lina", sagt er mit einem warnenden Unterton.
Er zittert unter meinen Fingern, und das liegt nicht an der Raumtemperatur, wie mir das Pochen an meinem Bauch beweist. Ich lasse meine Lippen über seinen Hals gleiten. Es ist mir egal, was morgen ist. Ich will ihn jetzt und er scheint auch keinen Widerstand zu leisten. Vorsichtig schiebt er seine Hände in meine Shorts und streicht über die empfindliche Haut meiner Pobacken. Wir stöhnen beide, als sich unsere Lippen treffen. In dem Moment gibt es für uns kein Zurück mehr.
Sven nimmt seine Hände wieder zurück. Dafür öffnet er den Knopf an meiner Shorts und zieht langsam den Reißverschluss runter. Sein Bein schiebt sich zwischen meine Knie, um meine Schenkel zu öffnen. Mit einer Hand fährt er in mein Höschen und lässt die ausgestreckten Finger auf meiner Scham ruhen. Auf der verzweifelten Suche nach etwas Reibung, winde ich mich unter seiner Berührung.
Schließlich hat er Gnade mit mir. Er lässt den Mittelfinger

zwischen meine Schamlippen gleiten. Mit Zeige- und Mittelfinger massiert er meinen Kitzler und verteilt dabei die angesammelte Nässe. Er küsst meinen Mund, meine Wange, mein Ohrläppchen und meinen Hals. Mit der freien Hand zieht er ein BH-Körbchen nach unten und beißt sanft in den freigelegten Nippel. Ich bin Wachs in seinen Händen und kann nicht viel mehr tun, als mich an ihm festzuhalten. Sanft knabbert er an meinem Ohrläppchen und streicht mit der Zunge hinterher.
„Soll ich dich ficken, Lina?"
Es liegt eine gewisse Aggressivität in dieser Frage, aber zu diesem Zeitpunkt kann ich darum nichts geben.
„Ja", stöhne ich.
Er zieht die Hand aus meiner Hose, worauf ich einen klagenden Laut von mir gebe. Auch ich will seine Hosenknöpfe öffnen und ihn befreien, doch er nimmt meine Hände und dreht mich um. Er beugt mich ein Stück nach vorne und legt meine Handflächen auf dem Küchentisch. Quälend langsam zieht er meine Shorts und den Slip nach unten. Ich höre das Rascheln seiner Hose hinter mir und fühle ihn gleich darauf heiß und hart zwischen meinen Schenkeln.
„Sag es!", fordert er. Er packt meine Haare zu einem Schopf zusammen und zieht meinen Kopf nach hinten.
„Fick mich."
Bevor ich den Satz beenden kann, ist er schon in mich eingedrungen. Er legt eine Hand unter meinen Bauch und bewegt sich langsam in mir. Überwältigt von der angestauten Spannung, zittern wir beide gleichermaßen.
Bereits kurz vor einem Höhepunkt pulsiere und zucke ich um seinen harten Schaft, was ihn dazu bringt, ein kehliges Stöhnen auszustoßen. Er fühlt sich schon fast fiebrig heiß in mir an. Seine Lippen wandern über meine Schulterblätter, wo er

zwischendurch kleine Bisse verteilt und eine feuchte Spur hinterlässt. Es braucht nur ein wenig Aufmerksamkeit seiner Finger auf meiner Klit und das beständige Stoßen in meine Pussy, um mich gehen zu lassen. Meine Fingerspitzen suchen sinnlosen Halt auf der Tischplatte. Sven lässt meine Haare los und nimmt beide Hände, um meine Hüften zu packen und mich fester vögeln zu können. Die letzten Nachbeben meines Höhepunkts reißen ihn mit und er kommt in mir. Erschöpft lässt er sich über mich sinken und legt seinen Kopf zwischen meine Schulterblätter, um wieder zu Atem zu kommen.
„Meine Beine", jammere ich. In dieser Position kann ich mich nicht länger halten. Sven gleitet aus mir heraus, immer noch halb hart. Langsam richte ich mich auf und drehe mich zu ihm um. Er grinst selbstgefällig, doch unterschwellig sieht er eher traurig aus. Hier sind wir also wieder, an dem Punkt, zu dem er sich geweigert hat, zurückzukehren.
Mein Blick wird von dem Schriftzug auf seiner Hüfte eingefangen. Das hatte ich in dem Stress der letzten Monate komplett verdrängt.

She has always been the one

Mir fehlen die Worte. Ich strecke meine Finger aus, um über die Worte zu streichen, doch Sven tritt einen Schritt zurück.
„Warum, Sven?", frage ich mit einem riesigen Kloß im Hals.
„Du weißt, warum."
Er schließt seine Hose und fährt sich nervös durch die Haare. Natürlich weiß ich das und eigentlich will ich es auch nicht aus seinem Mund hören, denn das macht alles nur schwerer.
Ein leises Weinen aus dem Schlafzimmer rettet mich für den Moment. Ich ziehe meine Shorts hoch und richte meinen BH.

Hastig binde ich mir die Haare zusammen und gehe ins Schlafzimmer. Vermutlich hat Max nur seinen Schnuller verloren.

Als ich wieder in die Küche komme, ist Sven weg.
So sehr ich auch auf ihn wütend sein möchte, ich kann es einfach nicht. Er hat jedes Recht, sich so zu verhalten.
Momentan weiß ich nicht, wo oben und unten ist, geschweige denn, was richtig oder falsch ist. Alles was ich will, ist ein gutes Leben für Max. Und das erreiche ich nicht, indem ich die Unbeständigkeit meiner Schwester weiter führe.
Unseren Neustart hätten wir alleine geschafft, doch diese Belastung kann ich Sven einfach nicht zumuten. Es reicht doch, wenn einer Kims Fehler ausbaden muss. Max ist zwar kein Fehler, aber so ziemlich jede Lebensentscheidung meiner Schwester war es.

15.

She has always been the one. - Sie war immer die Eine. Dieses Tattoo macht mich fertig. In meinen Augen ist das beinahe eine Steigerung zu einem Namenstattoo.
Fünf Tage lang hat er sich schon nicht mehr gemeldet und ich habe auch keinen Mut, den Anfang zu machen. Das wird er nie einer anderen Frau als Jugendsünde verkaufen können. Vielleicht dachte er, dass er das nie wieder muss. Aber als er sich das hat stechen lassen, da wusste er ja noch nicht, dass ich jetzt nur noch mit Anhang zu haben bin.
Mit Max auf dem Schoß sitze ich auf dem Spielplatz. Auch wenn er noch zu klein ist, um mitzuspielen, liebt er es, andere Kinder zu beobachten und meistens lässt ihn das auch einschlafen.
Schlaf könnte ich auch gebrauchen, allerdings nicht nur ein paar Minuten am Tag, zusammen mit Max. So ein gepflegter, durchgehender Nachtschlaf wäre wirklich nicht zu verachten.
Während ich über Max nachgrübele, setzt sich jemand neben mich auf die Bank, mit einem Baby in der Bauchtrage.
„Hallo Melina", erklingt eine tiefe, vage vertraute Stimme neben mir. Verwundert schaue ich zur Seite und begutachte den Kerl neben mir für einen Augenblick, bis es bei mir klickt.
„Hey Jakob."
Ich grinse ihn an, weil ich mich ehrlich freue, ihn zu sehen. Ohne Badehose und in Jeans und T-Shirt hätte ich ihn fast nicht erkannt.
„Wie geht's euch?", fragt er und deutet dabei auch auf Max.
„Uns geht es gut. Wir gewöhnen uns langsam aneinander." Die Aussage wird definitiv Fragen nach sich ziehen. In letzter Zeit rede ich öfter, ohne vorher nachzudenken. Jakob sieht

mich nur an und sagt nichts. Diese Methode kenne ich, die vielsagende Stille. Er weiß genau, dass ich irgendwann versuchen werde, die Stille zu füllen.

„Max ist biologisch betrachtet mein Neffe. Meine Schwester ist bei einem Autounfall ums Leben gekommen."

Noch immer sagt er nichts, sondern nickt nur. Er ist so vollkommen anders als beim Babyschwimmen.

„Ich werde ihn adoptieren, aber das kann wohl noch etwas dauern." Keine Ahnung, warum ich all diese Informationen preisgebe.

„Was ist mit dem Kaffee? Mein Angebot steht immer noch", sagt er nach einer Weile, ohne auf mein Gebrabbel einzugehen. Eliana schläft friedlich an seiner Brust, doch Max wird langsam unruhig auf meinem Arm.

„Jetzt?"

„Gerne. Wenn du Zeit hast. Ich muss heute Abend wieder zum Dienst, aber das hat noch ein paar Stunden Zeit."

Eine Ablenkung kann ich gut brauchen und da kommt mir sein Angebot gerade gelegen.

Wir gehen gemeinsam in das nächstgelegene Café und suchen uns einen ruhigen Tisch.

„Zu welchem Dienst musst du?", frage ich, nachdem die Kellnerin unsere Bestellung aufgenommen und freundlicherweise unsere Milchflaschen zum Aufwärmen mitgenommen hat.

„Ich bin Chirurg in der Kinderklinik."

Er sieht eher aus, wie jemand, der Motorräder repariert und in seiner Freizeit in einer Band Gitarre oder Schlagzeug spielt.

Meine Verblüffung sieht man mir wohl an.

„Ich kann professionell sein, wenn ich das möchte", sagt er und lächelt.

„Das habe ich ja gar nicht bestritten, aber irgendwie passt es nicht in mein Bild. Wie regelst du das denn mit Eliana? Ist sie oft bei dir?“

„So oft es geht, was aber doch meist zu wenig ist. Mit meiner Ex gibt es keinen Stress. Sie ist zum Glück sehr flexibel und lässt mich Lia so häufig nehmen, wie ich es einrichten kann.“

„Hört sich doch entspannt an. Wenn man von den Umständen einer Trennung absieht.“

Nervös kratzt sich Jakob hinter dem Ohr.

„Das war es nicht immer. Eliana war alles andere als geplant.“ Er grinst mich unsicher an. Etwas an der Situation ist ihm unangenehm.

„Du musst mir das nicht erzählen.“

Endlich kommt die Kellnerin mit unserem Kaffee und den aufgewärmten Milchflaschen wieder. Max zappelt direkt los. Er entwickelt schon eine ordentliche Kraft für seine paar Wochen. Mit der Flasche im Mund entspannt er jedoch und nuckelt zufrieden vor sich hin.

„Versteh das nicht falsch, Melina. Die Kleine ist das Beste, war mir jemals passiert ist, aber ich bin nicht stolz darauf, wie es passiert ist. Eliana ist am Tag unserer Scheidung gezeugt worden. Es gab einen nostalgischen und etwas unvorsichtigen Moment, der im Nachhinein einfach nur dumm war.“

Mit zusammengekniffenen Lippen halte ich den Kommentar über Männer, die ihre Schwänze nicht in der Hose lassen können, zurück.

„Keine Story, die man stolz seinen Enkel erzählt“, sage ich stattdessen.

Jakob grinst mich von unten herauf an.

„Definitiv nicht, nein.“

Wir reden noch eine Weile über unsere Kinder und das gewöhnungsbedürftige Leben mit ihnen. Schließlich sieht Jakob

auf die Uhr.
„Ich muss los. Fast hätte ich die Zeit verpasst. Ich muss Eliana zurück zu ihrer Mutter bringen und dann ins Krankenhaus."
Hektisch packt er seine Sachen in die Wickeltasche und setzt Eliana wieder in die Bauchtrage. Jakob ist ein gigantischer Kerl und sieht in dieser Aufmachung ein wenig aus wie Vin Diesel in der Babynator. Nur mit Haaren.
Natürlich bemerkt er mein Grinsen.
„Ja ja, sehr witzig. Der Riese mit der Wickeltasche."
„Es gibt Frauen, die finden das sexy. So ähnlich wie Männer, die mit Welpen im Park spazieren gehen."
„Ich mag dich", wechselt er aus dem Nichts das Thema. „Kann ich dich wiedersehen?"
„Ich weiß nicht."
Leicht errötet sehe ich nach unten. So klare Ansagen machen mich verlegen.
Jakob legt eine Hand auf meinen Unterarm und sucht meinen Blick.
„Hör zu, Melina. Mir ist bewusst, dass du gerade einiges um die Ohren hast. Aber wenn du mal jemanden brauchst, der dir völlig vorurteilsfrei zuhört, dann ruf mich an. Wir sind beide auf ziemlich unkonventionelle Weise zu unseren Kindern gekommen, deswegen können wir uns vielleicht ein wenig gegenseitig den Rücken stärken."
„Ich weiß nicht, Jakob."
Es wird Sven nicht gefallen, wenn ich mich mit Jakob treffe. Auch wenn es nur freundschaftlich ist.
Jakob schreibt mir dennoch seine Handynummer auf eine Serviette, bevor er das Café verlässt. Um nicht zu zickig zu erscheinen, schicke ich ihm gleich eine Nachricht. Somit hat er automatisch auch meine Nummer.

- Wie alt bist Du eigentlich, Doktor Jakob? Melina -

Er kann gerade mal den Weg bis zum Auto geschafft haben, doch er antwortet mir sofort.

- Ich bin mir nicht sicher, ob Du diese Wahrheit verkraften kannst. ;-) Jakob -

- Sag schon. Ich bin ein großes Mädchen. Im Übrigen bin ich 26. -

- Jetzt fühl ich mich gleich noch älter. Ich bin 35. Schlimm? -

- Schlimm? Ist ja nicht deine Schuld. ;-) Bis morgen, beim Babyschwimmen. -

Wieder Zuhause stecke ich Max in die Badewanne und kuschele mich anschließend mit ihm auf die Couch.
Mit großen Augen sieht er zu mir auf und beobachtet jede Regung meiner Mimik. Ich spiele mit seinen Ohren, die mich von Anfang an fasziniert haben. Zwar sehen sie aus wie die Ohren eines Erwachsenen, nur kleiner, aber wenn man sie anfasst, sind sie noch total weich. Max fallen die Augen zu, wenn ich sie ein bisschen mit dem Daumen massiere. Wie kleine Aus-Knöpfe. Lustig.
Mit einer Hand greife ich blind zum Telefon, das hinter mir auf dem Couchtisch liegt, um meine Eltern anzurufen. Ich beobachte das dösende Baby vor mir, während ich dem Freizeichen lausche.
„Baur."

Die tiefe Stimme meines Vaters lässt mich zusammenzucken.
„Hallo Papa“, sage ich so fröhlich es geht.
„Wer ist da bitte?“
„Hier ist Melina, Papa. Wie geht es euch?“
Er hat nur noch eine Tochter und fragt mich, wer ich bin. Manchmal wundere ich mich, ob er schon dement ist oder einfach nur furchtbar unkonzentriert. Die letzte Alternative wäre auch, dass ich ihnen egal bin, was ich leider nicht vollständig ausschließen kann.
„Gut, gut. Ich geb dir deine Mutter.“
Danke der Nachfrage, Papa. Max und mir geht es auch gut.
Ich höre ein Rascheln im Hintergrund und gleich darauf die Stimme meiner Mutter.
„Hallo mein Kind“, begrüßt sie mich. An ihrer Tonlage höre ich schon wieder, dass heute kein guter Tag ist. Meine Eltern haben ihre Tochter verloren und ich erkenne ihren Schmerz in vollem Umfang an. Aber nicht einmal seit Kims Tod haben sich mich gefragt, wie es mir geht und wie es mit Max läuft. Es scheint, als wollten sie Max ohne Kim komplett ignorieren und sich nur noch in ihrer Trauer suhlen. Sicher ist Kim noch nicht lange tot, aber so langsam sollten sie bemerken, dass ich noch lebe und das ihre Lieblingstochter etwas Wertvolles zurückgelassen hat.
„Wie geht’s dir, Mama?“, frage ich und bereue es auch gleich wieder.
„Es muss, Melina. Es muss. Mein Zucker ist wieder schlimmer geworden. Der Doktor ist gar nicht zufrieden.“
Das könnte daran liegen, dass du nicht auf deine Schokolade und Sahnetorte verzichten möchtest. Aber wer bin ich schon, dass ich dazu etwas sagen könnte?
„Wie geht es Papa?“
„Er ist gar nicht gut dran. Die Sache mit Kim hat ihn schwer

mitgenommen."
Danke für den Hinweis, ich wäre gar nicht drauf gekommen, dass er um seine Tochter trauert. Ich habe ihr Erbe hier vor mir liegen, aber wen interessiert das schon.
„Habt ihr schon nach einem Grabstein geschaut?"
Jede Frage bereue ich, sobald ich sie gestellt habe, aber es sind meine Eltern. Ich muss doch wissen, was bei ihnen los ist.
„Der Helga ihr Schwiegersohn ist Steinmetz, der macht uns einen guten Preis."
Das beantwortet nicht meine Frage, lässt mich aber wundern, wie ich jemals geradeaus Deutsch sprechen gelernt habe. Meine Eltern sind echte Gladbacher Urgesteine, doch bei solchen Satzkonstrukten kann ich nur mit den Augen rollen. Bei früheren Familienfeiern hätte ich einen Übersetzer brauchen können, wenn die ältere Generation einmal losgelegt hat.
„Okay, Mama."
Ich werde nicht weiter bohren, denn ehrlich gesagt ist es mir auch egal, wenn das Holzkreuz drauf bleibt.
„Was macht der Max?", fragt meine Mutter doch schließlich. Im Hintergrund höre ich die Anfangsmusik von GZSZ, was bedeutet, dass sie jetzt sowieso nicht mehr länger ansprechbar ist.
„Dem geht es gut. Bestell Papa noch schöne Grüße."
„Mach ich Kind. Bis dann."
Und schon hat sie aufgelegt, ehe ich überhaupt eine Chance hatte, mich zu verabschieden.
Behutsam wecke ich Max aus seinem Schlummer und gebe ihm seine Abendflasche, um ihn dann ins Bett zu packen. Nie hätte ich vermutet, dass Kinder so einsam machen können.
Ich schreibe eine Nachricht an Jenny und frage sie, ob sie Lust hat vorbeizukommen. Doch sie antwortet gar nicht erst. Vermutlich ist sie bei ihrem neuen Kerl, den sie letztes Wo-

chenende in irgendeinem Club aufgerissen hat.
Dann also Sven. Wenn er keinen Anfang macht, dann werde ich es eben tun.

- Das Leben ist manchmal verdammt unfair. Und Kinder machen echt einsam. Lina -

- Beim ersten Punkt gebe ich Dir recht. Die Einsamkeit ist allerdings eine selbst gewählte, Lina. Hattest du schon Abendessen? Sven -

- Zählen ein Müsliriegel und eine Apfelschorle? -

- Ich bin in einer halben Stunde bei Dir. Pizza oder Pasta? -

- Tortellini Gorgonzola von Nido und Du bist mein Held. -

Er braucht exakt 35 Minuten.
Da es noch so warm ist, essen wir auf dem Balkon. Keiner von uns erwähnt den letzten Vorfall und wir verhalten uns, als wäre es nie passiert. Ich weiß nicht, ob ich das gut finden oder hassen soll.
„Wie läuft der Job?“, frage ich mit halb vollem Mund. Eigentlich habe ich bessere Manieren, aber der Duft der Pasta hat mir schon das Wasser im Mund zusammenlaufen lassen, als er damit die Tür reinkam.
Amüsiert grinst Sven mich an.
„Es läuft gut. Ich bin froh, dass ich wieder das tun kann, was ich gelernt habe.“
Er streckt die Hand zu meinem Gesicht aus und wischt mir

mit dem Zeigefinger Nudelsoße aus dem Mundwinkel.
„Du hattest da was." Beiläufig steckt er sich den Finger in dem Mund und leckt ihn ab, um sich dann wieder seiner Pizza zu widmen.
„Wie geht es Max? Geht ihr morgen wieder schwimmen?", fragt er, um diese so vertraute Geste zu überspielen.
„Max geht's gut. Wir haben morgen früh einen Termin für die U4. Mit dem Schwimmen werden wir es noch mal probieren, aber wenn er morgen immer noch weint, dann lassen wir es bleiben."
„Du siehst nicht gut aus, Lina. Ich mache mir Sorgen. Du bist furchtbar dünn geworden."
„Mit Max vergesse ich einfach das Essen."
Mit ihm werden viele Dinge unwichtig. Nur meine Gefühle für Sven nicht.
„Dann muss ich dich wohl öfter zum Abendessen überreden." Statt mich anzusehen, schaut er lieber über das Balkongeländer in die Ferne. Ehe eine peinliche Stille entstehen kann, erklingt Max' Weinen übers Babyfon. Ich will gerade aufstehen, um zu ihm zu gehen, doch Sven hält mich am Handgelenk fest.
„Darf ich gehen?"
„Du musst das nicht tun."
„Ich will es. Darf ich?"
Ich nicke. Natürlich darf er. Sofort springt er auf und geht in die Wohnung.
Was mache ich nur mit ihm?

Während Sven sich um Max kümmert, sammele ich die Reste vom Abendessen ein und räume die Küche noch ein bisschen auf. Schließlich bereite ich auch schon Max' Nachtflasche vor, doch Sven ist immer noch nicht aus dem Schlafzimmer zu-

rückgekommen.
Vorsichtig öffne ich die Tür einen Spalt. Er liegt mit geschlossenen Augen auf dem Rücken in meinem Bett. Eine Hand durch die Gitterstäbe von Max Bett gesteckt, schläft er tief und fest. Max umklammert seinen kleinen Finger und schläft dabei selbst den Schlaf der Gerechten. So bringe ich es nicht übers Herz, Sven aufzuwecken und rauszuschmeißen. Leise streife ich meine Shorts von den Beinen. Irgendwie schaffe ich es, seine Schuhe auszuziehen, ohne ihn zu wecken. Er grummelt nur kurz vor sich hin, wird jedoch nicht wach. Nur mit Slip und T-Shirt bekleidet lege ich mich neben ihn und betrachte solange sein entspanntes Profil, bis auch mir die Augen zufallen.

Um 6 Uhr am nächsten Morgen werde ich von Max' fröhlichem Geplapper geweckt. Svens Seite vom Bett ist leer, er muss irgendwann in der Nacht gegangen sein. Nur das eingedrückte Kissen und der vertraute Duft erinnern an seine Anwesenheit. Seufzend drücke ich mein Gesicht in sein Kissen und sauge ihn in mich auf, ehe ich mich aufraffe und mit Max aufstehe.
Erst in der Küche wird mir bewusst, dass das die erste Nacht war, in der Max durchgeschlafen hat und auch ich eine gute Mütze Schlaf bekommen habe.

16.

„Du siehst gut aus."

Jakob stupst mich mit seiner Schulter an. Wir tragen beide noch unsere Badesachen, während wir unsere Kinder abtrocknen. Erschrocken schaut er auf, als ihm bewusst wird, dass er gerade meine nackte Haut berührt hat.

„Nicht, dass du sonst nicht auch gut aussiehst", fügt er hinzu. „Aber du siehst gesünder aus als gestern noch."

„Danke, Herr Doktor."

Ich kann es mir nicht verkneifen, ihn mit seinem Titel zu ärgern. Er hat mir bei unserem gemeinsamen Kaffee gesagt, dass er im Privatleben so nicht angesprochen werden will.

„Max hat zum ersten Mal die Nacht durchgeschlafen. Es war traumhaft."

Unter anderem, weil Sven einen Teil der Nacht bei mir verbracht hat, aber das sage ich ihm nicht.

„Kann ich nachvollziehen. Eliana hat noch keine Nacht durchgeschlafen."

„Die eine Nacht bedeutet ja noch gar nichts."

Ich packe Max in den Kinderwagen und ziehe ihn mit mir zu einer großen Umkleidekabine, damit ich mich auch anziehen kann.

„Melina?" Jakob sieht mir über die Schulter hinterher.

„Ja?"

„Hast du am Wochenende schon etwas vor?"

„Nicht richtig, aber ich habe Geburtstag und sollte mich wohl noch mal bei meinen Eltern blicken lassen."

„Oh, okay. Darf ich dich denn wenigstens anrufen, um dir zu gratulieren?"

„Ja, sicher."

Wie sollte ich ihn auch davon abhalten? Er hat ja schließlich schon meine Telefonnummer.

Obwohl wir nichts verabredet haben, steht überraschend Sven vor dem Schwimmbad und wartet auf mich. Lässig lehnt er an seinem Auto und lächelt mir zu. Im letzten Moment sehe ich, wie er eine Kippe unter seinem Fuß austritt. Er weiß genau, wie sehr ich das hasse.
Jakob legt mir eine Hand auf den Arm und verabschiedet sich von mir. Etwas abwesend winke ich ihm hinterher, bevor ich auf Sven zugehe.
„Was machst du denn hier? Hatten wir ein Date?"
„Nein, hatten wir nicht. Aber ich dachte, ich überrasche dich. Ich hatte früh Feierabend und wollte dir die Tortur mit dem Bus ersparen."
„Das ist lieb, aber wegen mir musst du dir keine Umstände machen."
Mit einem Wangenkuss und einer Umarmung begrüße ich ihn. Natürlich sieht Sven dabei über meine Schulter in Richtung des Parkplatzes. Vermutlich will er sichergehen, dass Jakob es auch gesehen hat. Ich ignoriere sein Platzhirschverhalten und nehme Max hoch.
„Sollen wir beim Supermarkt vorbeifahren, damit ich uns etwas kochen kann?", fragt er, während er den Kinderwagen zusammenklappt und im Kofferraum verstaut.
„Klingt gut. Es ist zwar noch früh, aber ich habe keinen Bock mehr, heute noch irgendetwas zu tun. Du kannst dir nicht vorstellen, wie Max heute Morgen beim Kinderarzt gebrüllt hat. Ich musste mich wirklich zusammenreißen, damit ich nicht mit heule."
„Wieso hat er denn so geweint? Ich dachte, es wäre nur eine Vorsorgeuntersuchung."
„Ja, dachte ich auch. Leider war heute auch eine Impfung

fällig. Ich muss mich dringend besser mit seinen Unterlagen auseinandersetzen. Von der Vorsorgeuntersuchung wusste ich auch nur, weil die Helferinnen mich angerufen haben, um einen Termin zu vereinbaren. Ich schwöre dir, Sven, das sind die Momente, wo ich mir vorkomme, wie die größte Rabenmutter. Manchmal bin ich ehrlich erstaunt darüber, dass ich Max noch nicht versehentlich kaputt gemacht habe. Babys sollten mit Bedienungsanleitung kommen."

Sven lacht kopfschüttelnd.

„Du bist keine Rabenmutter. Der kleine Scheißer könnte es kaum besser haben, als bei dir."

„Denkst du?"

Auch nach Wochen bin ich immer noch so unsicher in all diesen Dingen und das nagt wirklich an mir.

Sven wirft den Kofferraumdeckel zu und kommt an meine Seite. Als ich Max ordnungsgemäß in seiner Babyschale angeschnallt habe, zieht er mich in seine Arme. Obwohl es viel zu warm für unnötigen Körperkontakt ist, versinke ich in seiner Umarmung.

„Wenn du eine Rabenmutter wärst, dann würdest du dir gar keine Gedanken um diese Dinge machen. Du machst das verdammt gut und ich bin ehrlich stolz auf dich."

Er küsst mich auf die Stirn und öffnet mir dann die Beifahrertür.

Mit einem mehr als vollen Einkaufswagen verlassen wir den Supermarkt. Da Sven den mageren Bestand in meinem Kühlschrank kritisiert, hat er sich zu meinem Unmut nicht davon abhalten lassen, das alles auch noch zu bezahlen. Natürlich ist es seine subtile Art zu zeigen, dass er in Zukunft gerne wieder öfter bei mir sein möchte.

Ich laufe neben ihm, während er den Einkaufswagen, mit

Max in der Babyschale obenauf, über den heißen Parkplatz schiebt. An seinem Auto stoppt er und ich hole sofort Max aus der Sonne, um ihn ins Auto setzen. Damit wenigstens die größte Hitze entweichen kann, lasse ich alle Fenster runter. Der Kleine ist sowieso schon total aufgeheizt und hat ganz rote Wangen.

„Kann ich dir helfen“, frage ich, da Max direkt wegzudösen scheint. Sven hat die Großpackung Eis am Stiel aufgerissen und sich gleich eins davon in den Mund geschoben. Er hält es komplett mit den Lippen umschlossen, um beide Hände fürs Einkäufe verräumen freizuhaben. Fasziniert sehe ich dabei zu, wie es an den Rändern schmilzt und langsam auf sein T-Shirt tropft. Bevor er komplett bekleckert ist, ziehe ich es ihm aus dem Mund. Ich lecke die geschmolzenen Tropfen an den Seiten ab und halte es Sven wieder hin, der mich mit leicht geöffneten Lippen und schwer atmend anstarrt.

„Was?“, frage ich verlegen.

Statt einer Antwort schmeißt er die Packung Reis, die er gerade in der Hand hält, wieder in den Einkaufswagen und legt eine Hand in meinen Nacken. In einem Wimpernschlag liegen seine Lippen auf meinen und sein warmer Körper presst mich ans Auto.

Er schmeckt nach Vanilleeis, aber das tue ich auch. Wehrlos lasse ich die Arme an den Seiten runter hängen. Das Eis fällt mir aus der Hand, doch das merke ich schon gar nicht mehr, als sich seine Zunge in meinen Mund schiebt. Sven drückt sein Knie zwischen meine Beine und lässt mich die Hitze seines Körpers spüren. Eine Gruppe Jugendlicher geht johlend an uns vorbei. Doch selbst das kann mich nicht stören, wenn er von meinem Mund kostet und mir unmissverständlich klar macht, dass er mich immer noch will.

Schließlich löst er sich von meinen Lippen und sieht mir tief

in die Augen.
„Ich liebe dich."
Trotz dieses leidenschaftlichen Moments steckt in seinen Worten nichts als die pure Ehrlichkeit. Sven sagt solche Dinge nie, wenn er sie nicht auch von ganzem Herzen meint.
„Du solltest mich nicht so küssen", erwidere ich atemlos.
„Dann halt mich davon ab, Lina."
Grinsend stößt er sich vom Auto ab und widmet sich wieder dem Einräumen der Einkäufe.

Max fängt schon im Hausflur an zu weinen. Wahrscheinlich ist er einfach nur überhitzt von der Autofahrt, doch trotzdem gefällt er mir nicht.
In der Wohnung nehme ich ihn gleich aus der Babyschale und stelle fest, dass er glüht.
Sven kommt hinter mir mit den Einkäufen die Treppe hoch.
„Was ist los?", fragt er besorgt.
„Ich weiß nicht genau. Er ist total heiß. Vielleicht hat er Fieber."
Max' Weinen wird immer eindringlicher.
„Dann solltest du mal messen. Er sieht nicht gut aus."
Scheinbar geht er davon aus, dass ich weiß, was zu tun ist, denn er verschwindet mit den Einkaufstaschen in der Küche.
„Sven?" Ich kann die Panik in meiner Stimme nicht unterdrücken.
„Ja?" Erwartungsvoll schaut er aus der Küchentür.
„Was mach ich jetzt? Ich hab noch nicht mal ein Fieberthermometer für ihn. Hab ich es nicht gesagt? Ich bin eine Rabenmutter."
Mittlerweile brüllt Max in voller Lautstärke an meiner Schulter. Beruhigendes Schaukeln hilft da auch nicht mehr. Sven verschwindet wieder in der Küche, kommt aber ein paar Se-

kunden später mit dem Telefon wieder raus. Er hält mir den Hörer entgegen.
„Möchtest du vielleicht deine Mutter anrufen? Sie hat zwei Kinder großgezogen, da wird sie vielleicht einen Tipp haben. Ich gehe aber gleich noch mal los und besorge ein Thermometer. Und hör bitte auf mit dem Rabenmutterscheiß."
„Meine Mutter ist nutzlos. Sie heult mir nur die Ohren voll, wenn ich sie anrufe."
„Dann ruf ich jetzt Jana an."
„Okay, Sven. Danke."
Meinen Dank winkt er nur ab. Ich hole eine Teeflasche aus der Küche und versuche, Max auf der Couch im Wohnzimmer etwas Flüssigkeit einzuflößen.
„Der Kurze ist heute geimpft worden?", fragt Sven nach, während er mit seiner Schwägerin telefoniert.
„Ja, ist er."
Der Stress macht mich wieder überemotional und so heule ich Max voll, der in meinem Arm Tee nuckelt.
Nach ein paar Minuten legt Sven sein Telefon auf den Wohnzimmertisch und kniet sich vor mich hin. Er wischt die Tränen von meinen Wangen und lächelt mich aufmunternd an.
„Jana sagt, er hat wahrscheinlich eine ganz normale Reaktion auf die Impfung. Eigentlich hätte der Kinderarzt dich darüber aufklären müssen. Solange seine Temperatur nicht über 39 Grad steigt, gibt es keinen Grund zur Panik. Zur Nacht sollst du aber trotzdem ein Fieberzäpfchen geben, damit er nicht unkontrolliert hoch fiebert und ein bisschen Ruhe bekommt."
„Ich hab auch keine Fieberzäpfchen. Ich weiß ja noch nicht mal, wie hoch sein Fieber ist", schniefe ich.
„Lina, schau mich an."
Sanft drückt er mein Kinn hoch, damit ich ihn ansehe.
„Jana hat mir genau gesagt, was wir brauchen. Zwei Häuser

weiter ist eine Apotheke. Ich werde eben rüberlaufen und die Sachen besorgen. Es ist alles kein Problem. Hör auf zu weinen. Ich bin hier, ich helfe dir."

Am späten Abend ist Max dank der Medikamente fieberfrei und auf Svens nacktem Oberkörper eingeschlafen. Die beiden liegen entspannt auf dem Sessel. Max trägt nur eine Windel und einen dünnen Body, da es so warm in der Wohnung ist. Das Wohnzimmer ist von der untergehenden Sonne in rotes Licht getaucht. Obwohl es schade ist, dieses tolle Bild zu zerstören, pflücke ich das schlafende Baby von Svens Brust.

„Wenn du magst, kannst du duschen gehen. Ich lege den Kleinen schlafen", flüstere ich. Sven nickt und setzt sich auf. Er war selbst kurz vorm Einschlafen und reibt sich die Augen, um wieder wach zu werden. Auch wenn es egoistisch und falsch ist, hoffe ich, dass er heute Nacht wieder bei mir bleibt.

Natürlich wird Max sofort wach, als ich ihn in seinem Bett ablege. Etwas Tee und ein paar Streicheleinheiten bringen ihn aber schnell wieder zum Schlafen. Leise schleiche ich mich aus dem Schlafzimmer und gehe in die Küche, um mir etwas zum Trinken zu holen. Für einen Moment genieße ich die kalte Luft, die mir aus dem Kühlschrank entgegenströmt. Gerade nehme ich mir eine Dose Cola, als mich zwei Arme von hinten umschlingen. Sven legt sein Kinn auf meiner Schulter ab.

„Bekomm ich auch eine?", fragt er und streicht mit der Nasespitze über meine Ohrmuschel. Seine nassen Haarspitzen tropfen auf mein Dekolleté. Wortlos reiche ich ihm meine Dose und nehme mir eine Neue.

Ich winde mich aus seinem Griff und gehe ins Wohnzimmer, wo ich die Dose auf dem Tisch abstelle.

„Ich spring schnell unter die Dusche“, sage ich und ziehe mir auf dem Weg ins Bad schon das T-Shirt über den Kopf. Ein gequältes Stöhnen aus Svens Richtung begleitet mich.
Es ist so schwer, die Grenze in unserer Vertrautheit zu ziehen, wenn wir nie einen Grund hatten, uns voreinander zu verstecken.
Das lauwarme Wasser wäscht mir das klebrige Gefühl von der Haut, kühlt mich aber nicht genügend ab. Noch tropfnass ziehe ich mir ein T-Shirt und einen Slip über. Es ist einfach zu warm, um mehr anzuziehen. Außerdem hat Sven mich schon so oft nackt gesehen, dass es auch keine Rolle spielt.
Mit einem Handtuch um meine nassen Haare gewickelt, gehe ich wieder ins Wohnzimmer, wo Sven entspannt im Sessel liegt und fern sieht. Ich will mich gerade auf die Couch setzen, doch er zieht mich am Handgelenk auf seinen Schoß. Für einen Moment hoffe ich, dass er mich wieder küsst, doch er greift mir nur in den Nacken, um mich an seine Schulter zu ziehen.
„Ist es in Ordnung, wenn ich für einen Moment meinen Mist bei dir ablade?“
Es ist schlimm genug, dass er überhaupt das Bedürfnis verspürt, mich vorher zu fragen.
„Natürlich, Sven. Was ist los?“
Zärtlich streiche ich kleine Kreise auf seinen nackten Brustkorb und sehe dabei zu, wie seine Muskeln unter meinen Fingerspitzen zucken.
„Mein Vater wird nächsten Monat operiert. Er bekommt drei Bypässe.“
Svens Vater hatte schon lange Probleme mit seinem Herzen, was wohl unter anderem an seiner Vorliebe für Zigaretten und fettiges Essen liegt. Letztes Jahr hatte er seinen ersten Herzinfarkt mit Anfang 60.

„Das klingt nicht gut."
„Du sagst es."
„Machst du dir Sorgen?"
„Du hast keine Vorstellung. Mein Vater überspielt alles, aber meine Mutter dreht bald durch. Die Ärzte sagen, dass für ihn die OP ein hohes Risiko bedeutet. Aber ohne den Eingriff geht es langfristig auch nicht mehr."
„Ich bin für dich da. Das weißt du hoffentlich."
„Jetzt weiß ich es. Ich war mir in den letzten Wochen nicht mehr so sicher."
„Sven, ich bin immer deine Freundin, so lange ich es noch sein darf."
Gerade fühle ich mich sehr wohl auf seinem Schoß und ich habe auch nicht mehr die Energie, über grundlegende Dinge zu diskutieren. Deswegen bin ich sehr froh, dass er das Thema wechselt.
„Lina, würdest du Thomas und Jana den Kleinen für einen Abend anvertrauen? Ich würde dich am Samstag gerne entführen."
„Das ist keine Frage des Vertrauens. Ich weiß nicht, ob Max da mitspielt."
Außerdem weiß ich nicht, ob ich schon bereit bin, so lange von ihm getrennt zu sein, aber das mag ich gerade nicht zugeben.
„Jana wird das schon hinbekommen, da bin ich zuversichtlich."
„Wohin willst du mich denn entführen?"
„Da ja dein Geburtstag ist, dachte ich an die große Kirmes in Düsseldorf."
„Echt? Obwohl du dir beim letzten Mal so den Magen verdorben hast?"
Ich liebe das fettige Kirmesessen und ich sterbe für kandierte

Äpfel. Svens Magen ist da leider nicht so flexibel.
„Natürlich Baby. Für dich tue ich doch alles. Außerdem wollte ich dich vorher sowieso zum Essen ausführen. Somit müssen wir dort nicht so viel essen. Du kannst ja auch Jenny fragen, ob sie Lust hat mitzukommen."
Darüber muss ich nachdenken. Ich bin mir nicht sicher, ob ich Sven an dem Tag teilen will und Jenny möchte unter Garantie ihren neuen Lover mitbringen. Was ja nicht weiter schlimm wäre, wenn es nicht so fürchterlich nach einer Verabredung unter Pärchen aussehen würde.
„Morgen rufe ich Jana an und klär mit ihr das Babysitten von Max. Allerdings muss ich mich vorher noch kurz bei meinen Eltern blicken lassen. Aber danach stehe ich zu deiner vollen Verfügung."
„Tust du das?"
Er dreht den Kopf zur Seite. Sein Mund berührt meine Lippen, doch er macht keine Anstalten mich zu küssen. Sein Atem schmeckt nach Cola und Sven.
„Ja, das tue ich", hauche ich und streiche mit meiner Zunge über seine Oberlippe.
„Lina!", warnt er, jedoch wenig überzeugend. Ich spüre ihn schon eine ganze Weile halb hart an meinem Oberschenkel. Mein Mund wandert an seinem Hals entlang. An seiner Schulter verteile ich kleine Bisse, die ich mit meinen Lippen beruhige. Sven beobachtet mich schwer atmend, während ich an seinem Bauch runter rutsche. Ich ziehe mein T-Shirt über den Kopf und gönne uns einen Moment Hautkontakt. Der Zustand unterhalb seines Hosenbundes ist nicht mehr nur als kleine Erektion zu bezeichnen, da sich dort schon eine deutliche Beule abzeichnet.
„Was machst du da, Baby?"
Seine Stimme klingt gleich ein paar Oktaven tiefer, als ich den

obersten Hosenknopf öffne. Ich streichle über seinen Bauch und küsse ihn über den gespannten Stoff seiner Hose.

„Lina!“

Diese Warnung ist schon nicht mehr sehr kraftvoll. Die restlichen Knöpfe seiner knielangen Cargohose gehen fast von selbst auf, als meine Zunge über die weiche Haut seines Unterbauches leckt. Sven hilft mir beim Runterziehen der Hose, indem er kurz den Hintern anhebt. Sein harter Schwanz springt mir entgegen. Mit fiebrigem Blick sieht er dabei zu, wie ich ihn festhalte und in den Mund nehme. Meine freie Hand wandert in meinen Slip, wo ich mich schon sehr feucht vorfinde. Ich verteile ein wenig von der angesammelten Feuchtigkeit und massiere damit meine Klit. Sven keucht auf, als ich mit meiner Zunge immer wieder über das kleine Bändchen unter seiner Eichel fahre.

Er fasst mir in die Haare und zieht mich ein Stück von seinem Schoß weg, bis er aus meinem Mund rutscht.

„Wenn du so weiter machst, dann komme ich gleich.“

„Das war der Sinn der Sache“, sage ich und greife gleich wieder nach ihm, doch er schiebt mich beiseite. Noch mit der Hose auf den Knien steht er auf und zieht mich aus meiner knienden Position hoch, um mich gleich darauf in den Sessel zu drücken.

Fast schon grob streift er mir das Höschen über die Schenkel und drückt meine Beine auseinander, um sich dazwischen zu positionieren. Mit einem Ruck zieht er mich ein Stück weiter nach vorne bis an die Sesselkante, um dann seinen Schwanz in die Hand zu nehmen und langsam in mich einzudringen. Wie immer lässt er mich jeden Zentimeter spüren. Mit dem Daumen massiert er meine Klit und sieht dabei zu, wie er in mich gleitet.

„Ich hab die perfekte Aussicht hier“, stöhnt er und sieht mir

in die Augen. Mit der freien Hand zieht er mich in eine halb sitzende Position, damit ich sehen kann, was er sieht. Er kneift in meine Nippel und stößt unablässig in mich.
„Sieh hin, Lina!", lenkt er meinen Blick wieder auf unsere intime Verbindung.
„Kannst du nicht sehen, wie perfekt wir sind?"
„Ich sehe es. Und ich spüre es. Oh Gott, das fühlt sich so gut an."
Sven lehnt sich nach vorne und hält sich an meinen Hüften fest, womit er mich wieder zurück in den Sessel drückt. Er saugt mein Ohrläppchen zwischen seine Lippen und erhöht etwas sein Tempo. Es dauert nicht lange, bis ich um ihn komme und er mir dadurch direkt folgt.
„Ich liebe dich", flüstere ich, weil es einfach stimmt. Auch wenn ich keine Ahnung habe, wie das hier weiter laufen soll.
Er antwortet diesmal nicht und bedeckt stattdessen meinen Hals mit Küssen, während er sich langsam aus mir zurückzieht.
Als wir beide wieder zu Atem kommen, nimmt er wortlos meine Hand und zieht mich ins Schlafzimmer, wo ich einfach nur erschöpft in seinen Armen einschlafe.
Am nächsten Morgen ist mein Bett allerdings wieder leer. Nur ein kleiner Zettel erinnert an seine Anwesenheit.

Zusammen sind wir perfekt.

Das sind wir. Aber bleiben wir das auch, wenn Max mit im Spiel ist? Zur Zeit habe ich so viele Dinge im Kopf, dass ich mich nicht in der Lage fühle, bezüglich Sven einen klaren Gedanken zu fassen. Ich weiß nur, dass ich nicht bereit bin, ihn gehen zu lassen.

17.

Jennys neuer Freund Daniel ist auf den ersten Blick ein bierernster Typ im Businessanzug. Gut aussehend, keine Frage. Von Jenny erwarte ich auch nichts anderes. Nicht, dass er bei unserem Ausflug auf die Kirmes einen Anzug tragen würde, aber er ist halt durch und durch Geschäftsmann und tritt auch so auf. Solange, bis keiner mehr hinsieht.
Ich habe seit Wochen nicht mehr so gelacht. Der Typ schafft es, trockene Sprüche zu klopfen, dass mir manchmal die Augen aus den Höhlen treten. All das, ohne eine Miene zu verziehen und so zu tun, als wäre nichts gewesen. Wenn er sein eigenes Verhalten nicht so gut übergehen könnte, hätte er sich von den Schaustellern heute sicher schon eine gefangen.
„Es tut gut, dich wieder lachen zu sehen. Auch wenn ich nicht der Auslöser dafür bin."
Sven legt einen Arm um mich und zieht mich an sich, als wir in die nicht wirklich gruselige Geisterbahn reinfahren.
„War ich wirklich so schlimm in den letzten Wochen?"
„Baby, du hast jeden Grund dazu."
Er drückt mir einen Kuss auf die Stirn und streicht mir durch die Haare.
„Aber ich liebe dich auch, wenn du grimmig bist."
„Sven…", seufze ich und sehe zu ihm auf.
„Nimm es einfach hin. Ich erwarte keine Entscheidung bezüglich unseres Status', nicht unter den aktuellen Umständen, aber ich werde auch nicht so tun, als wärst du meine Schwester."
Er drückt mein Kinn nach oben und presst sanft seine Lippen auf meine.
„Außerdem würde ich mit einer Schwester nie die Dinge tun wollen, die ich mit dir tue und bei denen du sehr willig mit-

machst."

Wir haben gemeinsam schon so ziemlich alles Mögliche ausprobiert und kennen auch keine Scham voreinander, aber dennoch bringt er mich mit solchen Bemerkungen zum Erröten.

„Meinst du, ich kann gleich noch Jana anrufen? Um zu hören, wie es Max geht?", lenke ich vom Thema ab.

Sven grinst wissend und holt sein Handy aus der Hosentasche. Er tippt eine Nachricht und bekommt kurz drauf schon Antwort. Mit einer hochgezogenen Augenbraue hält er mir das Display entgegen. Jana hat ein Foto von Max geschickt, wie er friedlich schlafend im Reisebett liegt.

Auch wenn ich Jana vertraue und sie wirklich genug Erfahrung durch die Zwillinge hat, kann ich schwer loslassen. Eigentlich fällt mir das mit jedem Tag schwerer. Vielleicht gewöhne ich mich doch allmählich daran, dass ich jetzt Mutter bin.

„Du weißt, dass wir ihn heute Nacht nicht mehr holen müssen. Er schläft, und eigentlich wäre es dumm, ihn mitten in der Nacht wieder in deine Wohnung zu schaffen."

Sven sieht mich hoffnungsvoll an.

„Und das heißt gleichzeitig, du hättest gerne einen Schlafplatz in meinem Bett für heute Nacht?"

„Wer redet hier vom Schlafen? Ich würde es bevorzugen, dich meinen Namen schreien zu hören. Und das nicht, weil ich dir auf die Nerven gehe."

Er zwinkert und zieht mich aus der Gondel der Geisterbahn, die schon stehen geblieben ist. Von der Fahrt habe ich nicht wirklich viel mitbekommen.

Draußen warten Jenny und Daniel auf uns. Meine Freundin zieht mich beiseite und geht mit mir vor, während die Männer hinter uns her schlendern.

„Was läuft jetzt bei euch beiden?"
Sie hakt sich bei mir ein und sieht mich erwartungsvoll an.
„Alles beim Alten, würde ich sagen."
„Melina, er liebt dich. Wann siehst du das endlich?"
Daran habe ich nie gezweifelt. Mangelnde Liebe zwischen uns beiden war ja nie das Thema.
„Ich weiß das. Und ich liebe ihn auch. Aber so einfach ist es eben nicht."
Liebe ist nicht genug, um gemeinsam ein Kind großzuziehen.
Bevor wir in eine weitere Diskussion ausbrechen können, holen die Männer auf und ziehen uns in eines der Bierzelte. Wir suchen uns einen Tisch und bestellen Getränke. Jenny kann es jedoch nicht lassen und fängt jetzt bei Sven an.
„Was läuft da eigentlich zwischen euch, Sven? Erleuchte mich mal, denn irgendwie bin ich mit eurer Form der Beziehung überfordert."
Selbst Daniel sieht sie erschrocken von der Seite an. Doch dann grinst er einfach nur und lehnt sich zurück, um sich das Schauspiel anzusehen.
Sven lässt sich nicht verunsichern.
„Für mich ist die Sache vollkommen klar. Lina kommt irgendwann hoffentlich auch über ihre Bedenken weg. Solange warte ich halt."
Er zuckt mit den Schultern, als wäre das etwas völlig Normales.
„Wenn es nach mir ginge, dann wäre sie schon längst meine Frau. Aber nach mir geht es hier leider nicht."
Für einige Sekunden vergesse ich zu atmen. Als der Schwindel in meinem Kopf zu stark wird, erinnere ich mich wieder daran, Luft zu holen.
„Bitte was?"
Fassungslos starre ich ihn an.

„Du hast mich schon verstanden. Wenn du meine Notizbücher lesen würdest, dann hättest du es vielleicht auch inzwischen begriffen."
Wie kann er so etwas sagen?
Ausgerechnet in diesem Moment klingelt mein Handy. Es ist Jakob. Froh über die Möglichkeit, mich aus der Situation zu entfernen, stehe ich vom Tisch auf und gehe aus dem Zelt, um mit ihm zu telefonieren.
„Hey Jakob", melde ich mich.
„Hey Süße. Happy Birthday."
„Danke dir", sage ich knapp und versuche, nicht auszurasten.
Wieso kommt er jetzt auch noch mit Kosenamen?
„Wo bist du gerade? Es ist ganz schön laut im Hintergrund."
„In Düsseldorf, auf der Kirmes."
„Ist alles okay, Melina? Du klingst gestresst."
Nichts ist okay. Mein bester Freund hat mir gerade praktisch einen Antrag gemacht.
„Nicht wirklich. Lange Geschichte. Danke für deinen Anruf, Jakob."
Ich will einfach nur nach Hause und habe nicht mehr die Energie für Freundlichkeiten.
„Gern geschehen. Meldest du dich, wenn ich dir helfen kann? Du hörst dich wirklich nicht gut an."
„Es ist alles okay. Wir reden später. Gute Nacht, Jakob."
Ich lege einfach auf, ohne seine Antwort abzuwarten.
Wütend stampfe ich zurück ins Zelt und bleibe an unserem Tisch stehen. Drei Augenpaare sehen erwartungsvoll zu mir auf.
„Können wir nach Hause fahren? Mir ist die Lust vergangen."
Daniel will gerade zu einem Spruch ansetzen, aber mein Blick lässt ihn augenblicklich verstummen.

Die Fahrt nach Hause ist mehr als angespannt, da ich mich beharrlich weigere, auch nur ein Wort zu sagen.
Vor der Haustür bleibt Sven im Auto sitzen und sieht mich abwartend an.
Nur widerwillig breche ich mein Schweigen.
„Kommst du nicht mit hoch?“
„Willst du denn, dass ich hochkomme?“
Ich zucke mit den Schultern und steige aus. Sven öffnet seine Autotür und folgt mir.
Die Wohnungstür lasse ich hinter mir auf, ohne ihn reinzubitten. Sonst braucht er ja auch keine Extraeinladung. Ich streife mir gerade die Schuhe ab, als schon wieder mein Handy klingelt. Dieses Mal nehme ich das Gespräch an, ohne nachzusehen, wer der Anrufer ist.
„Ja?“, frage ich ungehalten.
„Hey Melina. Ich bin es noch mal. Ist wirklich alles in Ordnung? Ich will nicht aufdringlich sein, aber du klingst nicht gut.“
„Es ist alles in Ordnung, Jakob“, sage ich energisch. „Ich muss jetzt auflegen.“
Und das tue ich auch. Als ich mich umdrehe, steht Sven wie angewurzelt im Türrahmen.
„Jakob?“
Er sieht mich an, als hätte er mich gerade beim Fremdgehen erwischt.
„Ja, Sven. Jakob! Und falls du glaubst, es gäbe da irgendetwas zu rechtfertigen, dann irrst du. Er hat mich angerufen, um mir zum Geburtstag zu gratulieren. Erinnerst du dich? Der Tag, den du mir nett gestalten wolltest und stattdessen gründlich versaut hast. Was zur Hölle, Sven? Wieso sagst du so etwas?“
In meiner Wut fange ich an zu zittern. Mein verfluchtes Handy knallt auf den Boden und der Akku fällt raus. Erschöpft

sinke ich auf dem Boden zusammen und greife nach den Einzelteilen meines Telefons, doch durch den Tränenschleier kann ich nichts sehen. Sven hockt sich neben mich und reicht mir ein Taschentuch. Normalerweise würde er mich in den Arm nehmen, aber er hat wohl gerade Angst davor, sich eine zu fangen.

„Warum bist du so wütend, Lina?"

„Warum ich wütend bin?", schluchze ich. „Weil mein Leben ein Haufen Scherben ist. Ich habe ein Kind, das ich nicht wollte. Meine Schwester ist tot und ich kann noch nicht mal darüber weinen. Ich habe Eltern, denen ich am Arsch vorbeigehe und die mich immer nur als Belastung betrachtet haben. Mein Job ist weg und ich weiß noch nicht mal, ob ich ihn überhaupt wiederhaben will. Aber ich weiß auch sonst nicht mehr, was ich eigentlich will. Das Einzige, was ich wusste, kurz bevor du aus Australien zurückkamst, war, dass ich dich wollte. Jetzt sitze ich in diesem Haufen Scheiße, mit einem Kind, dem ich nur ein schlechter Ersatz einer Mutter sein kann. Und zur Krönung des Ganzen kommst du jetzt auch noch damit an, dass du mich heiraten würdest. Ich will keinen verdammten Versorger, Sven. Ich bin jetzt 27 Jahre alt und habe das Gefühl, ich kann nicht mehr vor und auch nicht zurück. War das jetzt alles? Alleinerziehende Adoptivmutter, die nicht weiß, wie sie ihre Rechnungen bezahlen soll? Ja, Sven. Ich bin stinkwütend. Und dennoch darf ich es Max zuliebe nicht sein. Er kann nichts dafür und er soll nicht mit dem Gefühl aufwachsen, nur eine Belastung gewesen zu sein. Aber wie mache ich es richtig? Kannst du mir das sagen?"

Keine Ahnung, ob mein Gerede überhaupt einen Zusammenhang hat, aber als ich meinen Vortrag beendet habe und in mich zusammensacke, zieht er mich endlich auf seinen Schoß und hält mich fest.

„Du bist keine Belastung für mich", flüstert er.
Vielleicht bin ich es nicht. Doch was ist mit Max?

Zwei Stunden und eine Dusche später habe ich mich etwas beruhigt. Wir sitzen bei einem Glas Wein auf dem Balkon und sehen in den Sternenhimmel.
„Hast du Lust, morgen zur Lagune zu fahren? Meine Eltern sind übers Wochenende da und haben gefragt, ob wir vorbeikommen wollen. Sie würden auch furchtbar gerne Max kennenlernen."
Svens Eltern haben an einem See nahe der holländischen Grenze ein Ferienhaus, welches wir in den letzten Jahren im Sommer oft mit genutzt haben.
„Natürlich. Ich vermisse deine Mama."
Von ihr könnte meine Mutter sich so einiges abschauen.
„Wir können ja morgen früh gleich die Badesachen packen und auf dem Weg Max einsammeln."
Sven nimmt meine Hand und drückt sie, ohne mich anzusehen.
„Deine ganzen Tränen in den letzten Wochen...", setzt er an. „Dir ist es sicher nicht bewusst, aber ich denke, die waren auch für Kim bestimmt."
Vielleicht hat er recht. Ich muss dringend einen klaren Kopf bekommen. In allen Dingen. Doch Svens Rückkehr, Kims Tod und Max, das ist verdammt viel zu verarbeiten. Irgendwie muss ich all die Dinge wieder in Reihe bringen.

In unserer gewohnten Vertrautheit stehen wir später gemeinsam im Bad am Waschbecken und putzen unsere Zähne. Sven trägt nur seine Pyjamahose und ich meine Unterwäsche. Er schlingt von hinten einen Arm um mich und blickt mich über meine Schulter an. Mit der Zahnbürste im Mund lächelt er

mir zu, und ich kann nicht anders als zurückzugrinsen.
In dieser Nacht erzähle ich ihm, wie Kim gestorben ist und weswegen mich ihr Tod so wütend macht. Es ist für mich immer noch unfassbar, wie sie sich vier Wochen nach der Geburt ihres Kindes total zugekokst zu ihrem Dealer ins Auto setzen konnte. Der Unfall ist passiert, weil er noch heftiger als meine Schwester zugedröhnt war und dabei ein entgegenkommendes Fahrzeug mit vier Jugendlichen auf dem Weg zur Disco mitgenommen hat. Alle sechs Unfallbeteiligten sind noch am Unfallort gestorben.
Meine Eltern weigern sich, darüber auch nur ein Wort zu verlieren. Für sie wird Kim immer die brave Prinzessin bleiben. Sie sind zu alt, ich kann ihnen nicht mehr die Augen über ihre ältere Tochter öffnen.
In seinen Armen fließen auch endlich die Tränen für Kim. Ich heule und schluchze, bis ich irgendwann vor Erschöpfung einschlafe. Sven hält mich einfach nur. Das ist auch alles, was ich jetzt brauche.

18.

Svens Eltern begrüßen uns stürmisch und machen mir damit bewusst, wie sehr ich sie vermisst habe. Bei ihnen habe ich mehr ein Zuhause, als ich es bei meinen eigenen Eltern jemals hatte.
Bedenkenlos lasse ich mir von Marianne sofort Max aus dem Arm nehmen.
„Ein kräftiges Kerlchen, der Kleine!“, sagt sie und zwickt ihm sanft in die kleinen Speckbeinchen.
„Er geht hart auf die 7 Kilo zu. Mein Rücken spürt das auch schon.“
Svens Vater Peter legt mir einen schweren Arm um die Schultern und drückt mich an sich.
„Gut dich zu sehen, Kleine. Wir haben dich vermisst.“
„Ich hab euch auch vermisst. Aber wie du siehst, war ich schwer beschäftigt“, sage ich und zeige auf Max.
Marianne lächelt mir zu und bemerkt dabei meine geschwollenen Lider vom Heulfest der letzten Nacht, doch sie sagt nichts dazu.

Mit Svens Mutter gehe ich in das kleine, aber gemütliche Holzhaus, wo wir gemeinsam ein zweites Frühstück vorbereiten. Max sitzt wie ein kleiner Buddha in seinem Autositz auf dem Küchentisch und bekommt von Marianne mehr Aufmerksamkeit als für ihn gut sein kann.
„Wie klappt es mit dem Kleinen?“, fragt sie beiläufig, während sie eine Ladung Brötchen aus dem Ofen holt.
„Ganz gut, hoffe ich. Was ich verbocke, wird er mir in spätestens 18 Jahren vorwerfen.“
Marianne lacht und stellt den Korb mit heißen Brötchen hinter Max ab, um ihn aus seinem Sitz heben zu können.

„Und wie läuft es mit dem Großen?“
Sie lehnt neben mir am Herd und schaukelt dabei Max auf dem Arm.
„Keine Ahnung, Marianne“, seufze ich. „Ich hab das Gefühl, dass ich nicht mehr in der Lage bin, eine rationale Entscheidung zu treffen.“
Ihr muss ich nichts vormachen. Sie weiß genau, was zwischen uns läuft. Sven hat ein viel zu gutes Verhältnis zu seinen Eltern, als dass er nicht mit ihnen darüber reden würde.
„Wenn du einverstanden bist, dann kümmern die Alten sich heute um Max und du machst dir einen entspannten Tag mit meinem Sohn am Strand.“
Das mag ich besonders an ihr, sie erteilt keine ungebetenen Ratschläge.
„Ihr müsst das nicht tun. Wir können Max mitnehmen. Ihr seid doch auch hier, um euch auszuruhen.“
Marianne drückt mich an sich, mit Max zwischen uns.
„Meine Enkel sind schon so groß, ich würde mich sehr gerne heute um dein Baby kümmern. Das ist für mich Entspannung.“
„Mein Baby. Das klingt immer noch so fremd.“
„Das ist normal, Melina. Daran muss sich jede Mutter erst gewöhnen.“
„Ehrlich? Manchmal weiß ich nicht, ob es genug ist, was ich für Max empfinde. Versteh das nicht falsch, ich liebe ihn und ich kümmere mich, aber irgendwie denke ich, das sollte tiefer gehen.“
Marianne zieht mich vom Herd weg und schiebt mich auf einen Küchenstuhl. Sie legt Max wieder in die Babyschale, setzt sich mir gegenüber und nimmt meine Hände.
„Ich verrate dir jetzt mal etwas, was sonst keine Mutter laut aussprechen wird. Dieser rosarote Mutterglückscheiß ist

Humbug. Wenn man Kinder gebärt, dann hat man sofort einen riesigen Mutterinstinkt, der einem sagt, dass man das Baby zu versorgen und beschützen hat. Aber das hat nur wenig mit Liebe zu tun. Man verliebt sich auf gewisser Ebene in dieses kleine Geschöpf, aber alles andere sind nur Hormone. Die Liebe zu einem Baby muss auch erst wachsen. Denn mal ehrlich, wie kann ich jemanden lieben, den ich erst ein paar Minuten lang kenne. Melina, diesen Mutterinstinkt hast du bewiesen, als du Max in deine Obhut genommen hast. Und das sogar ganz ohne Hormone. Die Liebe wird langsam wachsen, glaub mir. So wie die Liebe zwischen zwei Erwachsenen auch ihre Zeit braucht."

Liebevoll lächelt sie mir zu und streichelt mir über die Wange. Das ist eine Ansprache, die eigentlich von meiner eigenen Mutter gebraucht hätte.

„Danke, Marianne. Das hilft mir. Ehrlich."

Ich stehe auf, drücke ihr einen Kuss auf die Wange und widme mich weiter der Frühstückszubereitung, um nicht schon wieder zu heulen.

Nach dem Frühstück schlendere ich mit Sven Händchen haltend zum Strand. Ohne Max. Marianne hat sich durchgesetzt und mir einen freien Tag verschafft. Da er gestern schon bei Jana und Thomas war, habe ich ein schlechtes Gewissen, aber bei ihr ist er zweifellos gut aufgehoben.

Wir haben unsere Decke auf dem Sand ausgebreitet und ich will mir gerade das Strandkleid über den Kopf ziehen, als Sven seine Arme um mich legt.

„Geht's dir gut, Baby?", fragt er.

Er küsst meine Nasenspitze und bringt mich damit zum Lachen.

„Alles prima", kichere ich. Ich greife unter sein Shirt und

kitzele ihn an den Rippen, genau dort, wo er am Empfindlichsten ist. Grinsend weicht er zurück, zieht mich aber mit, da meine Hände immer noch unter dem gespannten Stoff sind.

„Du willst mich ärgern, du kleines Biest?", fordert er mich spielerisch heraus. Mit Unschuldsmiene beiße ich mir auf die Unterlippe und nicke.

„Das wirst du bereuen!"

Sven nimmt meine Hände runter und beugt sich nach vorne, um mich über seine Schulter zu werfen. Er trägt mich über den Strand und lässt sich nicht davon beeindrucken, dass ich noch mein Kleid anhabe oder dass uns jetzt fast jeder zusieht, weil ich so laut schreie.

„Lass mich runter, mein Kleid wird nass."

Meine Versuche, mich gegen ihn zu wehren, sind eher halbherzig. Zielstrebig marschiert er ins Wasser, während ich nur noch lauthals lache.

An der ersten Stelle, die tief genug ist, schmeißt er mich einfach rein und springt mir hinterher. Prustend tauche ich wieder auf und werde gleich von hinten gegriffen. Sven presst sich an mich. Durch unsere nasse Kleidung spüre ich ihn hart an meinem Po. Seine Hände wandern in meinen Schritt und bringen mich zum Aufkeuchen. Er saugt an meinem Ohrläppchen und reibt seine Länge an mir.

„Dieses kleine Kleidchen macht mich wahnsinnig", flüstert er in mein Ohr. „Ich hätte dich schon im Auto vernaschen können."

„Schluss jetzt, hier sind überall Leute. Und vor allem Kinder."

Er lässt mich los, aber nur um mich zu ihm umzudrehen.

„Dein Glück, Lina."

Warme Lippen wandern über meinen Hals. Sven greift mir in die Kniekehlen und legt meine Beine um seine Hüften. Es kostet mich eine Menge Beherrschung, ihm nicht einfach die Shorts runterzuziehen und ihn in mich zu schieben, denn ich spüre ihn direkt auf meiner Klit.

„Du quälst mich“, keuche ich und halte mich dennoch weiter an ihm fest. Langsam geht er ein Stück weiter, wo das Wasser noch tiefer ist.

„Dein Körper spricht eine andere Sprache.“

Er beißt mir leicht in die Schulter und lässt mich dann einfach los, sodass ich an ihm herab ins Wasser rutsche.

Hustend tauche ich wieder auf und haue ihm auf den Arm.

„Das war nicht nett, du Penner.“

Meine Empörung ist nicht wirklich echt.

Sven zieht mich wieder an sich.

„Gib es zu, du liebst den Penner.“

„Jetzt gerade nicht.“

Ich mache mich von ihm los und gehe zurück zum Strand, um aus dem nassen Kleid rauszukommen. Einen Moment später folgt er mir. Auch er schält sich aus seinem nassen T-Shirt und legt es neben mein Kleid zum Trocknen. Mit einem Seufzer lässt er sich neben mich auf die Decke fallen und sieht mir dabei zu, wie ich mir die Arme mit Sonnencreme einschmiere.

„Was ist?“, frage ich.

„Nichts. Auch wenn du zickig bist, scheinst du mir doch glücklich heute.“

„Ich freue mich einfach, deine Eltern wiederzusehen. Außerdem geb ich dir gleich zickig.“

Sven grinst und verschmiert mit dem Zeigefinger einen Tropfen Sonnenmilch auf meiner Schulter.

„Hast du nicht Lust, noch ein paar Tage hierzubleiben?“, fragt er.

„Wie meinst du das? Du musst doch arbeiten.“

„Von mir rede ich auch nicht. Aber du könntest doch noch ein paar Tage bleiben. Freitagabend würde ich dann nachkommen, damit wir wieder zusammen nach Hause fahren können."
„Willst du mich loswerden?"
Natürlich will er das nicht, aber dennoch verstehe ich seine Motivation nicht so ganz.
„Unsinn. Aber gegen ein paar Tage Tapetenwechsel wäre doch nichts einzuwenden. Das Wetter soll noch eine Weile so bleiben und unter der Woche ist hier nicht viel los, sodass du Ruhe mit Max hättest."
„Was ist denn mit deinen Eltern?"
„Die fahren morgen früh wieder nach Hause. Mein Vater hat nächste Woche noch ein paar Arzttermine. Dann hättest du genug Zeit, meine Notizbücher zu lesen", sagt er und zeigt auf meine Tasche, aus der das erste Buch herausschaut.
„Ich weiß nicht, Sven. Wir haben noch nicht mal genug Kleidung, geschweige denn Milch und Windeln eingepackt."
Es reizt mich schon, ein paar Tage aus dem Trott rauszukommen, auch wenn ich ihn lieber bei mir hätte.
„Kein Problem. Der kleine Supermarkt am Campingplatz müsste da aushelfen können. Und Klamotten würde ich euch morgen Abend noch vorbeibringen, wenn du das möchtest."
Ich setze meine Sonnenbrille auf und lehne mich auf meine Ellbogen. Sven sieht mich abwartend an.
„Nur wegen mir brauchst du dir die Fahrerei nicht antun. Du musst doch arbeiten."
„Ich will nur wissen, ob du es möchtest. Dann bringe ich die Sachen morgen."
„Lust hätte ich schon."
„Dann ist es ausgemacht. Willst du ein Eis?"
Schnell wechselt er das Thema, damit ich es mir nicht wieder

anders überlege.
„Gerne."
Womit ich ihn verdient habe, erschließt sich mir schon lange nicht mehr. Er hätte genügend andere Angebote, wenn er nur wollte, aber das hat ihn immer schon kalt gelassen. Sven verschwindet zur Strandbar und ich angele sein Notizbuch aus der Tasche.
Obwohl ich Angst davor habe, was es mit mir machen wird, wenn ich seine Worte lese.

19.

Es ist ein merkwürdiges, aber gutes Gefühl, alleine weg von Zuhause zu sein. Hier bin ich wirklich vollkommen allein. Heute ist Mittwoch, und seit Sven mir Montagabend Wechselsachen gebracht hat, habe ich mit keiner erwachsenen Person mehr gesprochen. Da noch keine Sommerferien sind, ist der Park unter der Woche nur mit Rentnern besetzt. Morgens und Nachmittags mache ich lange Spaziergänge mit Max. Mittags gönnen wir uns eine Siesta, da das Wetter unverändert heiß ist und es am Strand für Max unerträglich wird.
Auch jetzt liege ich mit einem großen Glas Eistee unter dem Sonnenschirm auf der Terrasse. Max macht drinnen Mittagsschlaf, also beschäftige ich mich mit dem Lesematerial, dass Sven mir zusätzlich zur Wechselwäsche mitgebracht hat. Gerade arbeite ich mich durch das Fünfte von insgesamt fünfzehn Notizbüchern.
Sven schreibt über seine Arbeit, die Erlebnisse und seine Erfahrungen in einem fremden Land. Es versetzt mir einen Stich, dass ich bei diesem Teil seines Lebens völlig außen vor war. Dennoch strotzen seine Worte vor Heimweh. Jeden Tag unserer Trennung scheint er bereut zu haben. Mir war das natürlich alles schon vorher bewusst, doch es so schwarz auf weiß zu sehen, ist ganz schön hart.
Mein Handy bringt mit dem Vibrationsalarm den ganzen Campingtisch neben mir zum Vibrieren. Es ist Jakob, der wissen will, wo ich bin.

- Hey Süße. Kein Babyschwimmen heute? -

Das hatte ich völlig vergessen.

- Hey Jakob. Nein, heute nicht. Ich bin gar nicht in Mönchengladbach. Hab mir eine kleine Auszeit gegönnt. -

- Das klingt verlockend. Wo soll ich hinkommen? -

Das könnte ihm so passen. Vor allem wäre Sven sicherlich sehr begeistert, wenn er hier aufschlagen würde.

- Nichts da. Die Auszeit habe ich von allem. Bin mit Max alleine an der blauen Lagune in einem Ferienhaus. -

- Das schmerzt. Mein armes, altes Herz. ;-) Nein, im Ernst. Ich glaube, dass Du es wirklich brauchen kannst. Falls du bis dahin schon wieder Zuhause bist, ich mache Samstag in zwei Wochen eine Grillparty bei mir im Garten. Meinetwegen kannst du auch deinen Surferboy mitbringen. Es kommen ein paar Kollegen und meine Schwester mit ihrer Tochter. -

- Nicht weinen, alter Mann. Die Auszeit tut wirklich gut. Ich werde den Surferboy/Sven fragen. -

Donnerstagabend werde ich langsam unruhig. Zehn Notizbücher habe ich durch. Svens Erlebnisberichte werden immer knapper, dafür werden die Ausführungen darüber, wie sehr er mich liebt und vermisst, immer ausführlicher.
Da Max schon im Bett liegt, gönne ich mir ein Glas von Mariannes Rotwein und mache es mir damit auf der Couch gemütlich.
Sie hat mir gesagt, ich soll mich bedienen, also tue ich das

jetzt.
Jeden Abend hat Sven mir kurz getextet, um nach dem Rechten zu sehen, mich ansonsten aber völlig in Ruhe gelassen, doch jetzt will ich seine Stimme hören. Die Tage alleine haben mir gut getan, aber er fehlt mir und ich freue mich nur noch, wenn er morgen Abend zu uns kommt.
„Hey Lina“, dringt seine warme Stimme durch den Hörer. Nur er nennt mich Lina. Jedem, der jemals diesen Spitznamen übernehmen wollte, habe ich ausdrücklich untersagt, mich so zu nennen. Das ist ausschließlich ihm vorbehalten.
„Hey Sonnenschein. Wie läuft es drüben, in der Stadt?“
„Alles ruhig. Ihr fehlt.“
Mit einem Stoßseufzer lässt er sich gerade vermutlich auf die Couch fallen.
„Bist du müde?“, frage ich. Ich will ihn nicht aufhalten, wenn er lieber schlafen möchte, aber ich mag ihn auch noch nicht gehen lassen.
„Erschöpft ja, aber zu aufgedreht um zu schlafen.“
„Was ist denn los? Ist was vorgefallen?“
„Nein, nicht wirklich. Wie gesagt, ihr fehlt.“
Es ist das erste Mal, dass er Max bei solchen Äußerungen einbezieht.
„Hey, du hast uns hier gelassen.“
Ich nehme einen großen Schluck vom Wein, der mir schon eine Menge Wärme in die Wangen gezaubert hat. Die Hitze des Sonnentages strahlt noch zusätzlich von meiner Haut ab.
„Ich wollte dir nur etwas Gutes tun.“
„Das weiß ich doch und das hast du. Du fehlst mir auch.“
„Und Max? Meinst du, dem fehle ich auch?“
„Keine Ahnung. Ich frag ihn, wenn er noch mal wach wird.“
„Im Ernst, Lina.“
Ich höre ihn seufzen und gleichzeitig das Klicken eines

Feuerzeugs.
„Max ist noch so klein, aber er mag dich. Besonders, wenn du nicht nach Nikotin stinkst."
„Ach, Baby."
Ich höre, wie er den Rauch ausatmet und gleich den nächsten Zug nimmt.
„Wann kommst du morgen?", frage ich, um keinen Streit anzufangen.
„Nach der Arbeit wollte ich mich noch kurz umziehen gehen und ein paar Sachen einpacken. Dann komme ich gleich zu euch. Wir bleiben doch übers Wochenende?"
„Natürlich. Das Wetter soll ja noch so bleiben, da wäre es dämlich, Zuhause zu versauern. Ich bin schon richtig braun geworden."
Das ändert gleich seine ganze Stimmfarbe.
„Hmmm…, ich kann es nicht erwarten, mir das anzuschauen."
„Meinst du, meinen käseweißen Hintern? Der hat nämlich keine Sonne gesehen."
Ich höre das Knistern einer Zigarette, die gerade ausgedrückt wird. Es raschelt im Hintergrund. Er scheint sich gerade zurückzulehnen. Vermutlich auf seiner Couch, vielleicht aber auch im Bett.
„Ich liebe dein Hinterteil, egal ob weiß oder braungebrannt."
„Was hast du an, Sven?"
Der Wein zeigt seine Wirkung, aber vorsichtshalber nehme ich noch einen Schluck.
„Nichts als meine Boxershorts. Es ist verdammt warm in meiner Wohnung."
Seine Stimme ist gleich viel rauer.
„Was trägst du, Lina?"
„Nur das dünne, kurze Nachthemdchen, dass du mir mitge-

bracht hast."
„Und was darunter?"
„Ich sagte doch, nur das Nachthemd."
Im Hintergrund höre ich ihn aufstöhnen.
„Hast du die Tür abgeschlossen und die Vorhänge zugezogen? Ich will nicht, dass dich jemand sieht."
„Wobei sollte mich denn jemand sehen?"
Wir kennen uns schon so lange, und dennoch beherrschen wir immer noch das so reizvolle Spiel des Flirtens miteinander.
„Dabei, wie du mit einer Hand deine Klit verwöhnst und mit der anderen an deinen harten Nippeln spielst."
Dieser Satz ist mein Untergang. Ich hatte schon mit ein paar Männern Sex. Lust und Erregung war mit ihnen immer wie ein beständiges Tröpfeln, dass ein imaginäres Fass irgendwann zum Überlaufen brachte. Mit Sven ist es jedes Mal wie eine Flutwelle, die mich komplett umspült und überwältigt. Dafür reicht oft nur ein Wort oder eine Geste von ihm.
„Was tust du da?", frage ich. Er atmet heftig und ich weiß genau, was er gerade macht, aber ich möchte es aus seinem Mund hören.
„Jetzt gerade ziehe ich meine Shorts ein Stück herunter, um meinen harten Schwanz zu befreien, der eigentlich nur ein Stückchen von dir will, süße Lina."
„Was willst du mit mir machen?"
Völlig atemlos konzentriere ich mich nur auf die Geräusche aus dem Telefonhörer.
„Dich schmecken!", keucht er.
„Wo?"
„An deiner Pussy!"
Er atmet immer heftiger. Es ist offensichtlich, was er dort macht, aber bis jetzt habe ich mich ihm noch nicht ange-

schlossen.
„Was tust du jetzt?“, frage ich unschuldig.
„Ich massiere meinen Schwanz, du kleine Hexe. Als ob du das nicht wüsstest. Und was machst du?“
„Nichts.“
Ich kann mir ein Grinsen nicht verkneifen.
„Berühr dich, Lina!“, bettelt er.
Entspannt lehne ich mich auf der Couch zurück, lege ein Bein über die Lehne und klemme mir den Hörer zwischen Ohr und Schulter ein. Nur zu gerne komme ich seiner Aufforderung nach. Ich streichle die empfindliche Haut an meinem Unterbauch, direkt über meiner Scham, und fahre mit dem Daumen über meine harten Brustwarzen.
„Ich vermisse dich“, seufze ich und lasse meine Finger ein paar Zentimeter tiefer wandern. Die kurzen Locken auf dem Venushügel kitzeln meine Fingerspitzen. Ich lasse einen Finger in meine Spalte gleiten und finde mich feucht und bereit vor. Ein Stöhnen dringt aus meiner Kehle, vor dessen Lautstärke ich mich schon fast erschrecke.
„So ist es richtig, Baby“, höre ich Sven am anderen Ende. „Oh Gott, wie gerne würde ich das jetzt sehen.“
„Vielleicht zeige ich es dir morgen“, provoziere ich ihn.
Erst jetzt merke ich, wie viel sexuelle Spannung sich in der vergangenen Woche bei mir angestaut hat. Ich reibe sanft über meine Klit und spüre die Wärme, die sich in meinem Unterleib sammelt. Meine Schenkel zittern und meine Zehen krümmen sich unter den ersten Spasmen.
„Sven“, wimmere ich, fast schon hilflos.
„Oh Baby…“, stöhnt er.
Nur ein paar Liebkosungen später wird mein Körper von den Wellen meines Höhepunkts erfasst, wobei mir der Telefonhörer vom Ohr rutscht.

Ich brauche einen Moment, um mich zu sammeln und wieder genug Gefühl in meine Gliedmaßen zu bekommen, um ihn aufzuheben.
„Bist du noch dran?", frage ich schwer atmend und höre ihn auch schon lachen.
„Hast du mich gerade wirklich fallen gelassen?"
„Scheint so. Ich habe für einen Moment die Kontrolle verloren."
„Ging mir auch so, Lina. Das hörte sich verdammt heiß an. Zum Glück hatte ich die Lautsprecher eingeschaltet und das Telefon ohnehin schon neben mir liegen."
Da hätte ich auch drauf kommen können.
Ich höre ein entspanntes Seufzen und dann das Klicken eines Feuerzeugs. Diesmal werde ich nichts sagen. Telefonsex ist ja ganz nett, aber jetzt fühle ich mich einsam.
„Geht's dir gut, Lina?"
„Ich bin froh, wenn du morgen Abend wieder da bist."
„Hast du gelesen?"
Er muss nicht erläutern, was er damit meint.
„Ja. Die ersten zehn Bücher habe ich durch."
„Und?"
„Was soll ich dir sagen, Sven? Das macht mich ziemlich sprachlos. Im Moment fällt mir dazu eigentlich nur ein, dass du deine Zeit dort mehr hättest genießen sollen, statt soviel über mich nachzudenken."
„Einfacher gesagt als getan."
Es ist besser, das Thema zu beenden.
„Hast du nächstes Wochenende schon etwas vor?", frage ich.
„Nein, warum?"
Er zieht an seiner Zigarette und hält für einige Sekunden die Luft an, bevor er den Rauch wieder ausatmet.
Moment, warum hält er so lange die Luft an?

„Sven, kiffst du?“
Für einen Augenblick herrscht Stille am anderen Ende.
„Vielleicht…“
Ich kann ihn förmlich grinsen sehen.
„Oh, du, du…. Ich bin so neidisch.“
„Ich kann morgen gerne etwas mitbringen.“
Das klingt so verdammt verlockend. Es scheint Jahre her, dass wir gemeinsam einen Joint durchgezogen haben, um danach die ganze Nacht durchzuvögeln.
„Nicht, solange ich Max habe.“
„Stimmt, blöder Vorschlag. Was war jetzt eigentlich mit nächstem Wochenende?“
„Jakob hat uns zu einer Grillparty eingeladen. Wenn du Lust hast.“
„Jakob?“
„Sven, bitte. Er ist ein Freund, mehr nicht.“
„Ich bin mir ziemlich sicher, dass er sich auf Dauer damit nicht zufrieden gibt.“
„Das lass mal meine Sorge sein.“
Auch wenn ich Jakob mag, brauche ich wirklich nicht noch mehr Liebeschaos. Natürlich ist er nett anzusehen, aber er interessiert mich nur als Freund. Was uns verbindet, sind die Kinder. Mit den Hennen aus dem Schwimmkurs würde ich es keine fünf Minuten aushalten.
„Gehst du hin?“
„Ja.“ Ich trinke den Rest von meinem Wein und gehe in die Küche, um das Glas in die Spülmaschine zu stellen.
„Dann komme ich mit.“
Natürlich wird er das. Er kann mich ja nicht alleine in den Fängen des attraktiven Doktors lassen. Ich versuche wirklich, nicht allzu sehr mit den Augen zu rollen. Es gelingt mir nur bedingt, aber das sieht er zum Glück nicht.

„Ich gehe jetzt schlafen. Bis morgen, Sonnenschein.“
„Das werde ich auch tun. Gute Nacht, Melina.“
Er nennt mich nur in sehr emotionalen Momenten bei meinem vollen Namen. Denkt er wirklich, ich würde etwas mit Jakob anfangen?

Als Max in der Nacht weint, hole ich ihn zu mir ins Bett. Fasziniert sehe ich dabei zu, wie sich sein angespannter, kleiner Körper unter meinen Streicheleinheiten entspannt und schließlich im Tiefschlaf völlig erschlafft.
Mein Herz und mein Verstand sind fast wieder im Einklang. Ich will Sven, aber ich weiß immer noch nicht, ob er für ein Leben mit Kind schon bereit ist. Max hat ein stabiles Umfeld verdient. Mit ihm kann ich mir keine Versuche mehr leisten.

20.

Sven kommt am späten Nachmittag, mit einem Haufen Grillzeug und Jenny und Daniel im Schlepptau, vor das Haus gefahren. Eigentlich hatte ich mich auf einen Abend mit ihm alleine gefreut und eigentlich bin ich immer noch sauer auf Jenny.
Ehe ich protestieren kann, nimmt er mich in den Arm.
„Du ignorierst seit einer Woche ihre Anrufe. Ich kann nicht zulassen, dass du deine einzige, weibliche Freundin verlierst."
Er küsst mich stürmisch und geht dann mit Daniel ins Haus, um das Fleisch in den Kühlschrank zu packen.
„Jetzt guck nicht so. Wir stören die Turteltäubchen nicht unnötig lange."
Jenny umarmt mich und ich lasse sie.
„Melina, ich hab deinen Dildo in der Küchenspüle gefunden. Soll ich ihn auf dein Bett legen? Wir müssen hier gleich das Fleisch abwaschen", höre ich Daniel hinter mir so laut grölen, dass man es vermutlich auch noch drei Häuser weiter gehört hat.
Jenny reißt die Augen auf, als könnte auch nur ein Wort davon wahr sein.
„Ist der wirklich immer so?", frage ich.
Hilflos zuckt sie mit den Schultern.
„Er hat seine ruhigen Momente, wenn wir alleine sind."
„Liebst du ihn?"
Wenn sie sich in mein Liebesleben einmischt, dann wird diese Frage wohl auch genehmigt sein.
„Ich weiß nicht. Für Liebe ist es noch viel zu früh. Wir haben eine gute Zeit und er ist unkompliziert, auch wenn ich manchmal das Verlangen habe, ihm in die Eier zu treten. Seine Qualitäten in der Horizontalen sind allerdings nicht zu

verachten."
„Ugh..., das war mehr Information, als ich gebraucht hätte."
Jenny nimmt meinen Arm und geht mit mir zum Haus.
„Hab dich nicht so. Sven und du, ihr seid doch auch bei jeder Gelegenheit zugange."
„Die Zeiten sind auch vorbei. Meistens kommt Max dazwischen."
„Wo ist der kleine Scheißer eigentlich?"
„Der macht ein Nickerchen."
Ich öffne die Tür und lasse sie in die Küche vorgehen. Die Männer stehen am Kühlschrank und haben schon das erste Bier in der Hand.
„Daniel wollte noch ein bisschen schwimmen gehen, bevor wir den Grill starten. Seid ihr dabei?"
Sven sieht mich fragend an.
„Geht ihr ruhig. Ich will Max nicht wecken. Wenn ihr am Strand seid, kann ich ja schon das Essen vorbereiten."
Daniel trinkt hastig sein Bier aus, legt einen Arm um Jenny und geht mit ihr nach draußen.
„Was ist mit dir?", frage ich Sven.
„Wenn du nicht gehst, dann bleibe ich auch. Wir haben uns die ganze Woche nicht gesehen."
Er greift nach meiner Hand und zieht mich in seine Arme.
Jenny steckt den Kopf zur Tür rein.
„Kommst du, Sven?
„Ich bleib bei Lina", antwortet er und winkt sie gleich wieder raus.
„Hey", flüstere ich und sehe zu ihm auf. Meine Finger fahren durch seine Haare, die im Ansatz schon wieder die ersten Spuren von Rot zeigen.
„Hey." Er küsst meine Stirn und lächelt müde.
„Australien wächst dir aus den Haaren."

Stirnrunzelnd sieht er auf mich runter.
„Die roten Strähnen kommen wieder durch“, erläutere ich meine Aussage.
„Da bin ich ja froh.“ Der Sarkasmus tropft aus jedem Wort.
„Sei nicht so. Ich mag dein rotblond.“
Er schüttelt ungläubig den Kopf und zieht mich am Kinn zu einem Kuss. Seine Lippen schmecken nach Bier, doch es ist nicht unangenehm. Ich lege meine Arme um seine Taille und schiebe mich enger an ihn.
„Wie lange, bis Max wach wird?“, fragt er zwischen zwei Küssen.
„Schwer zu sagen. Wir müssten es drauf ankommen lassen.“
Mehr Ermunterung braucht er nicht, um mich auf den Küchentisch zu heben und sich zwischen meine Schenkel zu schieben. Mein kurzes Sommerkleid rutscht mir auf die Hüfte und gibt meine knappe Bikinihose frei. Er zieht mich an die Tischkante und presst seinen harten Schaft an meine Scham.
„Wie ich sehe, bist du vorbereitet angereist“, grinse ich und öffne seinen obersten Hosenknopf.
„Du hast ja keinen Schimmer!“, stöhnt er und wandert mit der Nasenspitze über mein Ohr. Seine Zunge schnellt über mein Ohrläppchen. Er streicht mir über die Oberschenkel und greift nach meinem Höschen, um es mir in einem Rutsch auszuziehen. Seine Hose kann ich gar nicht schnell genug öffnen. Endlich habe ich ihn daraus befreit. Ich schmecke seinen Atem auf meinen Lippen, so nah ist er, doch er küsst mich nicht auf den Mund. Hastig schiebt er den Träger meines Kleides beiseite und drückt ein Körbchen meines Bikinioberteils runter, um an dem entblößten Nippel zu saugen. Ich kralle mich an seinen Schultern fest und dränge mich an ihn.
„Fick mich endlich“, wimmere ich und greife nach seinem Ständer.

„So ungeduldig heute, kleine Lina?"
„Bitte, Sven", bettele ich und beiße mir auf die Zunge, um nicht hinzuzufügen, dass Max jeden Moment aufwachen könnte. Mit einem Ruck dringt er in mich ein und drängt mir zeitgleich seine Zunge in den Mund. Ich halte mich an seinem Rücken fest und bereue es, dass wir nicht ins Bett gegangen sind. Es scheint Ewigkeiten her, dass ich ihn komplett nackt hatte. Der Hautkontakt fehlt mir in diesem Moment sehr. Sven packt meine Hüften und bewegt sich langsam in mir. Er küsst meinen Hals, meine Schultern und zurück zu meinem Ohr.
„Du bist so wunderschön, Lina."
Mit einer Hand fasst er zwischen meine Schenkel und massiert mit dem Daumen meine Klit. Wir bemerken beide nicht, dass die Tür aufgegangen ist. Erst ein erschrockener Ausruf von Daniel lässt uns hochschrecken.
„Heilige Scheiße, Alter. Ich kann verstehen, dass du das hier dem Strand vorgezogen hast."
Sven ist immer noch in mir und versucht, mich mit seinem Körper zu bedecken.
„Daniel! Raus!", brülle ich. Jenny zieht ihn nach draußen und weist ihn zurecht, bis ihr einfällt, die Tür wieder zu schließen.
„Sorry, Leute", ruft sie nach drinnen und schmeißt die Tür hinter sich zu.
Ich fange an zu lachen, was Sven zum Aufstöhnen bringt, da ich dadurch meinen Beckenboden anspanne. Er bewegt wieder seine Hüften und macht einfach dort weiter, wo er vorhin aufgehört hat.
„Die beiden warten vor der Türe", wehre ich ihn halbherzig ab.
„Dann können sie auch noch ein paar Minuten länger warten, wenn sie mich nicht den ganzen Abend mit einem Ständer

sehen wollen. Außerdem wollten sie zum Strand, also sollen sie jetzt besser verschwinden, wenn sie das nicht hören wollen."

Ich lache schon wieder und spüre dadurch seine ganze Länge ihn mir. Das Gefühl nimmt mir jeglichen Widerstand. Bei jedem Stoß komme ich ihm entgegen und bin, trotz oder wegen der ganzen Aktion, schon kurz vorm Höhepunkt. Es hat schon seinen Reiz, erwischt zu werden.

Sven nimmt mein Gesicht in seine Hände und zwingt mir seinen Blick auf.

„Sieh mich an, Lina", fordert er. „Sieh mich an, wenn du kommst." Er setzt die Massage zwischen meinen Schenkel fort und bringt mich damit zum Zittern.

Ich spüre ihn in mir anschwellen und weiß, dass er auch nicht mehr weit entfernt ist. Also lasse ich alle Blockaden fallen, um mich in meinem Höhepunkt von ihm auffangen zu lassen.

Er sieht mir die ganze Zeit in die Augen, als auch er in mir kommt.

Mit Max auf dem Schoß sitze ich neben Jenny. Wir beobachten die Männer beim Grillen, die sich schon den ganzen Abend aufführen, wie kleine Kinder.

„Bist du noch sauer?", fragt meine Freundin und streckt die Arme nach meinem Sohn aus. Ich reiche ihn ihr und greife nach meinem Weinglas.

„Im Moment habe ich keine Ahnung, was ich überhaupt bin", stöhne ich und lehne den Kopf nach hinten, um in den Himmel zu sehen. Die Sonne geht gerade unter und der komplette Horizont hat sich rot verfärbt.

„Ich werde nichts mehr sagen, Melina. Aber du kennst meine Meinung und ich habe keinen Schimmer, wo dein Problem liegt. Sven liebt dich und du liebst ihn."

Wieso glaubt eigentlich jeder, mich immer wieder darauf hinweisen zu müssen? Als ob es das einfacher machen würde.
„Er will mich heiraten, Jenny. Das ist doch irre. Wir sind beide noch nicht mal 30. Er soll sich lieber eine unbelastete Frau suchen. Was will er denn jetzt noch mit mir?"
Ich habe nicht bemerkt, dass Sven neben mir steht, bis er sich über mich beugt und mir direkt ins Gesicht sieht.
„Ich will keine andere Frau, Lina. Du bist meine einzige Option. Das warst du immer schon."
Er sagt das so beiläufig, als würden wir uns übers Essen unterhalten. Nach einem kurzen Kuss geht er wieder an den Grill und ich sehe in das Gesicht einer grinsenden Jenny.
„Was stimmt mit ihm nicht?"
Fassungslos sehe ich meine Freundin an.
„Mit ihm ist alles in Ordnung. Ohne dich beleidigen zu wollen, mit dir stimmt etwas nicht." Entschuldigend zuckt sie mit den Schultern. „Aber die Taktik, die er gerade fährt, finde ich extrem lässig", fügt sie lachend hinzu.
Als lässig würde ich es nicht bezeichnen, beharrlich ist wohl der bessere Ausdruck.

Nach einem langen Abend sind Jenny und Daniel wieder auf dem Weg nach Hause. Ich habe gerade Max für die Nacht hingelegt und gehe wieder nach draußen auf die Terrasse, wo Sven schon auf der Sonnenliege auf mich wartet. Lächelnd streckt er seine Arme nach mir aus und ich lasse mich auf seinen Schoß ziehen.
„Hey, sexy Mama", flüstert er und küsst mich auf die Schulter.
Ich lehne mich an seinen Brustkorb und würde so gerne einfach nur ein paar Momente der Stille genießen, doch eine Sache muss ich ihm noch erzählen.

„Für Montag hat sich eine Frau von Jugendamt angekündigt, für einen Kontrollbesuch, und ich habe solche Angst etwas falsch zu machen.“
Bei Sven brauche ich nie große Einleitungen.
„Lina“, seufzt er. „Max wird sehr gut versorgt und geliebt. Mehr braucht er zurzeit sowieso nicht. Du kannst gar nichts falsch machen. Sei einfach du selbst und mach deutlich, dass du ihn als deinen Sohn betrachtest.“
„Manchmal tue ich mich noch schwer, es selbst so zu sehen.“
Sven packt mich an den Schultern und dreht mich zu sich, damit ich ihn ansehe.
„Mach es dir doch nicht so schwer. Ihr braucht natürlich noch Zeit, um zusammenzuwachsen. Aber meinst du, das geht Eltern, die ein fremdes Kind adoptieren, anders?“
„Keine Ahnung, Sven. Ich bin so verdammt müde. Emotional bin ich vollkommen ausgelaugt. Kannst du das verstehen?“
„Natürlich kann ich das. Du hattest eine Menge zu verarbeiten, in den letzten Monaten. Aber ich bin für dich da, Lina. Oder?“
„Bist du“, nicke ich.
„Wenn du mal einen Abend Auszeit brauchst, auch von mir, und mit Jenny ausgehen willst, oder einfach nur alleine sein möchtest, dann sag es mir und ich nehme Max. Ich liebe den kleinen Mann und ich wäre froh, wenn du mich lassen würdest.“
„Danke.“
Ich lasse meinen Kopf auf seine Schulter sinken und entspanne mich in seinen Armen. Bei ihm fühle ich mich sicher und manchmal möchte ich glauben, dass alles gut sein kann, zwischen uns. Dass wir dauerhaft glücklich werden könnten.
Dass wir eine kleine Familie bilden könnten, in der Max den Vater hätte, den er verdient.

21.

Meine Wohnung war noch nie so sauber und aufgeräumt, und mir war noch nie so schlecht, wie in diesem Moment. Ich habe Max in seinem besten Strampler auf dem Arm, als es pünktlich um 9.00 Uhr an meiner Tür klingelt.

Mit zitternden Fingern betätige ich den Türöffner und lasse die Dame vom Jugendamt ins Haus.

„Guten Morgen, Frau Baur", begrüßt sie mich lächelnd.

„Guten Morgen, Frau Claßen."

Wir schütteln uns förmlich die Hände und ich bitte sie in die Wohnung.

„Möchten sie einen Kaffee oder etwas anderes trinken?", frage ich auf dem Weg ins Wohnzimmer. Zwar bezweifle ich, dass ich mit meinen bebenden Händen gerade ein Getränk einschütten kann, aber ich muss ja wenigstens fragen.

„Keine Umstände, Frau Baur", winkt sie ab. „Ich werde sie nicht unnötig lange aufhalten."

Wir setzen uns ins Wohnzimmer, wo ich Max auf meinen Oberschenkeln ablege, damit er mich sehen kann. So ist die Wahrscheinlichkeit gering, dass er anfängt zu weinen.

„Wie geht es ihnen und Max? Erzählen sie mir, wie die letzten Wochen gelaufen sind."

Sie holt einen Block aus ihrer Aktentasche und macht sich Notizen. Das macht mich noch nervöser.

„Uns geht es gut, soweit. Ein paar finanzielle Dinge sind ja zum Glück geklärt. Das hat mir wirklich Sorgen gemacht. Max wächst und gedeiht. Wir können uns nicht beklagen."

Meine Stimme klingt abgehackt. Ich habe das Gefühl, gleich zu hyperventilieren. Zu meiner eigenen Beruhigung streiche ich über Max' Köpfchen und versuche, mich nicht zu übergeben.

Frau Claßen scheint meine Nervosität zu spüren, auch wenn ich nicht viel davon nach außen zeige. Sie legt den Block beiseite und lächelt mich herzlich an.
„Sie müssen keine Angst vor mir haben, Frau Baur. Das hier ist kein Verhör. Ich will nur sehen, ob es Max gut geht. Von mir werden ihnen keine Worte im Mund herumgedreht und ich interpretiere in der Regel auch nicht zu viel in nebensächliche Details."
„Okay."
Ich probiere ein Lächeln, auch wenn es wahrscheinlich etwas verkrampft rüberkommt.
„Haben sie etwas dagegen, wenn wir uns gemeinsam in der Wohnung umsehen? Sie müssen mir gar nichts zeigen und sie müssen mir auch keine Fragen beantworten, aber wir sind uns wohl einig, dass mein Job wesentlich einfacher wird, wenn wir zusammenarbeiten."
„Kein Problem. Selbstverständlich können sie alles sehen. Ich habe nichts zu verbergen."
Behutsam lege ich mir Max an die Schulter und führe sie durch die Wohnung. Sie nimmt alles nickend zur Kenntnis, kommentiert aber nichts. Im Bad hält sie sich länger auf, als es für meine Nerven gut ist. Über ihre Schulter sehe ich Svens Zahnbürste neben meiner stehen. Das ist nicht gut.
„Können wir noch kurz etwas besprechen, Frau Baur? Dann lasse ich sie auch schon wieder alleine. Ach ja, und in Max' Vorsorgeheft würde ich gerne reinschauen, wenn das in Ordnung ist."
„Natürlich."
Ich nehme das gelbe Heft vom Küchentisch, wo ich es schon zu diesem Zweck bereitgelegt habe, und folge ihr ins Wohnzimmer. Max ist an meiner Schulter eingeschlafen, doch gerade brauche ich ihn zu sehr, um ihn auf der Couch abzulegen.

Frau Claßen blättert kurz durch das Vorsorgeheft und gibt es mir dann zurück. Sie macht sich ein paar Notizen und lächelt mich wieder an.
„Gut, Frau Baur. Für mich ist alles zu meiner Zufriedenheit. Nur eine Frage hätte ich noch."
„Ja?"
„Sie sind eine junge, attraktive Frau. Haben sie einen Mann an ihrer Seite?"
Diese Frage habe ich erwartet und dennoch keine passende Antwort darauf.
„Wenn sie auf die Zahnbürste anspielen, die ist von meinem besten Freund, der öfter hier übernachtet und mir auch mit Max aushilft."
„Mögen sie mir von ihm erzählen? Haben sie keine Beziehung?"
Ich könnte ihr das nie in voller Bandbreite begreiflich machen. Trotzdem versuche ich es mit etwas Ehrlichkeit, auch wenn ich nicht alle Details preisgebe.
„Sein Name ist Sven. Er ist seit 20 Jahren mein bester Freund und er ist ein guter Kerl. Er hat einen festen Job und er ist ehrlich und vernünftig. Wir führen keine Beziehung."
Zumindest keine Beziehung, wie sie es sich vorstellt.
„Was macht er beruflich?"
„Er ist Physiotherapeut."
Ich verschränke meine Finger und beiße mir auf die Zunge, um nicht loszuheulen.
„Sie müssen nicht nervös sein, Frau Baur. Ich habe keinen negativen Eindruck hier. Trotzdem muss ich mir ein Bild machen."
„Okay", nicke ich und schlucke gegen den Kloß in meinem Hals.
„Warum führen sie keine Beziehung mit ihm? Sie müssen mir

darauf nicht antworten. Dennoch wäre es schön, wenn sie mir etwas darüber erzählen würden."
„Momentan ist es etwas kompliziert. Wir wollten es versuchen, doch dann kam Max dazwischen. Er ist jetzt meine Priorität und ich finde es wichtiger, mich um ihn zu kümmern."
Frau Claßen nickt und macht sich noch mehr Notizen. Schließlich sieht sie mich wieder an.
„Ihre Einstellung ist lobenswert. Dennoch sollten sie wissen, dass wir von ihnen nicht erwarten, jetzt abstinent zu leben. Es sollte nur ein stabiles Umfeld für Max da sein. Eine männliche Bezugsperson wird auch bald wichtig für den Kleinen. Sie müssen nicht auf eine Liebesbeziehung verzichten, weil sie Angst haben, Max zu verlieren. Solange hier alles in geordneten Bahnen läuft und ihr Freund ein vernünftiger Mann ist, würden wir das sogar befürworten."
„Ich kann ihnen versichern, dass ich genau das für Max will."
Frau Claßen macht sich noch mehr Notizen, scheint aber mit meinen Antworten zufrieden.
„Kann ich auch etwas fragen?"
Verwundert sieht sie zu mir hoch.
„Sicher, Frau Baur. Was möchten sie denn wissen?"
„Haben ihre Nachforschungen etwas ergeben? Bezüglich Max' Vater?"
Sie nimmt einen großen Ordner aus ihrer Aktentasche und fängt an, darin zu blättern. Einen Moment später schüttelt sie den Kopf.
„Nein. Das läuft alles ins Leere. Wissen sie denn noch etwas?"
Vielleicht bereue ich es bald, aber ich muss ihr das einfach ehrlich sagen.
„Ich weiß wirklich nichts, Frau Claßen. Von dem Freundes-

kreis meiner Schwester habe ich mich immer weit ferngehalten. Sie hat mir gesagt, dass sie selbst seinen vollen Namen nicht kennt und dass er nicht von hier stammt. Mir hat sie noch nicht mal seinen Vornamen verraten. Sie wollte nur einen Erzeuger und hat immer gesagt, dass es keine Rolle spielt. Aber das müsste ja alles schon in der Akte stehen. Wenn ich ehrlich sein soll, dann bin ich darüber froh. Bitte verstehen sie das nicht falsch. Ich möchte Max nicht seinen Vater vorenthalten, aber sie kennen die Umstände und es ist vermutlich besser so."

Frau Claßen klappt ihren Ordner wieder zu und räumt die gesamten Unterlagen in ihre Tasche, die sie neben sich abstellt, bevor sie sich wieder mir zuwendet.

„Frau Baur, auch wenn ich das offiziell nicht sagen darf, stimme ich ihnen vollkommen zu. Sie wissen es nicht von mir, aber wenn sich nicht noch jemand direkt bei uns meldet und als Max' Vater ausgibt, dann werden wir in dieser Richtung nichts mehr unternehmen. Die von ihnen gewünschte Adoption ist lediglich eine Frage der Zeit. Wenn alles weiter so gut läuft, wie ich es heute beurteilen konnte, dann werden ihnen von uns keine Steine in den Weg gelegt."

Erleichtert atme ich auf. Komplett beruhigt werde ich zwar erst sein, wenn die Adoption durch ist, aber trotzdem ist mir gerade eine riesige Last von den Schultern gefallen.

„Danke, Frau Claßen. Ich kann ihnen gar nicht sagen, wie sehr mich das freut."

Sven kommt an diesem Abend direkt nach der Arbeit zu mir. Er hat schon wieder bedenklich viele Klamotten von sich bei mir gelagert und seine Wohnung muss ziemlich vernachlässigt sein. Auch betritt er meine Wohnung mit seinem Ersatzschlüssel, als würde er hier leben. Es fühlt sich fast an, wie

früher. Ich bin mir noch nicht sicher, ob ich das gut finde. Dennoch springe ich ihn voller Freude gleich in der Haustür an. Sofort lässt er seinen Rucksack fallen und fängt mich auf.
„Alles okay, Lina?“
Er geht mit mir ins Wohnzimmer und lässt sich in den Sessel fallen.
„Jetzt ja.“
Ich umklammere ihn immer noch mit meinen Beinen und mache es ihm damit unmöglich, sich zurückzulehnen.
„Sorry, dass ich heute nicht angerufen habe, aber ein Kollege war krank und ich kam noch nicht mal dazu, eine Pause zu machen. Wie war der Termin?“
Mit einem entspannten Seufzer lege ich meine Stirn in seiner Halsbeuge ab.
„So gut, wie es nur sein konnte. Ich bin so erleichtert.“
„Das ist gut. Ich hab dir doch gesagt, das wird schon. Jetzt brauche ich eine Dusche und dann etwas zu essen. Wo ist der Kurze?“
Er versucht, mich von seinem Schoß zu heben, aber ich halte mich weiter fest.
„Max schläft schon.“
„Du musst mich aufstehen lassen. Sonst nehme ich dich mit in die Dusche.“
„Das klingt wie eine Drohung, ist aber nicht wirklich eine.“
Mit mir zusammen erhebt Sven sich vom Sessel und geht ins Badezimmer, wo ich schließlich von ihm ablasse, damit wir unsere Kleidung abstreifen können. Ich binde mir die Haare hoch und stelle das Wasser an. Splitternackt tritt Sven hinter mich und legt seine flache Hand auf meinen Bauch. Er presst sich an mich und lässt seine Nase über meine Schulter streichen.
„Du riechst verdammt sauber. Brauchst du wirklich eine Du-

sche?"
„Nicht wirklich. Soll ich dir die Haare waschen?"
„Gerne."
Er lässt mich los und zieht mich an der Hand unter den warmen Wasserstrahl. Mit zurückgelehntem Kopf macht er sich die Haare nass. Ich greife nach dem Shampoo und nehme mir einen Moment, um ihn von oben bis unten zu bewundern. Sein Tattoo versetzt mir einen Stich und macht mir bewusst, wie sehr ich ihn immer wieder durch meine Zurückweisung verletze.
Es ist nichts mehr von dem unsicheren und schlaksigen 14jährigen übrig, den ich noch so gut in Erinnerung habe. Sven geht mindestens zwei Mal die Woche ins Fitnessstudio und zusätzlich joggen, wenn er die Zeit findet. Auch wenn er kein aufgepumpter Muskelprotz ist, so ist er doch recht nett definiert. Ich habe ihn immer für seine Sportlichkeit bewundert und befürchte, dass ich nicht mehr viel Zeit habe, in der ich meine Figur ohne nennenswertes Training halten kann.
Seine Gesichtszüge sind etwas kantiger geworden, besonders im letzten halben Jahr, was ihn im positiven Sinne älter macht.
Mit den Handrücken wischt er sich das Wasser aus den Augen und sieht mich grinsend an.
„Beobachtest du mich?"
„Bewundern trifft es eher."
Ich drücke mir einen Klecks Shampoo in die Handfläche und verreibe die klare Masse etwas, bevor ich sie in seinen Haaren verteile. Sein Schwanz wird hart unter meiner Kopfmassage, doch gerade scheint er nur auf die Berührung oberhalb fixiert zu sein. Fürs Erste ignoriere ich das einladende Bild zwischen uns.
„Das tut gut", stöhnt er leise und schließt die Augen. Ich

küsse ihn auf seine volle Unterlippe und wasche dann weiter seine Haare.
„Soll ich dir gleich noch etwas zu essen machen?“, frage ich leise.
„Hmm…“, ist die einzige Antwort, die ich bekomme.
Sorgfältig wasche ich den Schaum aus seinen Haaren. Als er die Augen wieder öffnen kann, werde ich von ihm an die kalten Fliesen gepresst. Unsere Münder finden sich. Ich spüre ihn zwischen uns weiter anschwellen und nehme ihn in die Hand. Einen Fuß setze ich auf dem kleinen Vorsprung in der Duschkabine ab und führe ihn ohne große Vorbereitung in mich ein. Svens nasse, nackte Haut an meiner ist Vorspiel genug.
Er hebt mich ein Stück an und trägt den größten Teil meines Gewichts, indem er mich an die Fliesen drückt und sich langsam in mir bewegt. Sein heißer Atem an meiner Schulter verursacht mir eine Gänsehaut. Immer wieder flüstert er, dass er mich liebt. Und genau das tut er gerade. Was wie ein Quickie im Stehen aussieht, ist die Art, wie Sven mit mir Liebe macht. Er wird nicht eher von mir ablassen, bis auch ich meinen Höhepunkt hatte. Ich kralle mich in seinen Rücken und versuche, die ganzen Gefühle für ihn im Zaum zu halten. Aber es wird mit jedem Tag schwerer.
Wir kommen beinahe gleichzeitig und halten uns dabei aneinander fest. Vorsichtig lässt Sven mich runter und wäscht mich gründlich, ehe er mich aus der Dusche lässt.
Über all die Jahre hat sich zwischen uns eine tiefe Vertrautheit entwickelt. So sehr ich es auch versuche, ich kann mir einfach nicht vorstellen, je etwas Vergleichbares mit einem anderen Mann aufzubauen.

Natürlich bleibt er wieder über Nacht, aber trotzdem wache

ich alleine auf, als Max Gesabbel weckt mich.
In der Küche finde ich einen Notizzettel, auf dem sein Autoschlüssel und hundert Euro liegen.

Ich habe mich von einem Kollegen abholen lassen.

Nimm das Geld und fahr einkaufen, wenn Du Zeit hast.

(Ich hab Deinen letzten Joghurt gegessen.)

Holt Ihr mich ab? 16.00 Uhr?

Ich liebe euch.

Sven

22.

Wenn ich noch mehr Gespräche über spuckende Babys, Stuhlbeschaffenheit und abstillen hören muss, dann drehe ich durch. Ich bin mir nicht mehr so sicher, ob diese ganzen Förderkurse für Babys nicht doch nur dafür gedacht sind, dass die Mütter schwatzen können.

Mit Max im Arm warte ich auf die Kursleiterin und kann dabei diesen so überaus einfältigen Gesprächen zuhören.

Ich muss wohl mein grimmigstes Gesicht aufgesetzt haben, als Jakob mit Eliana aus der Dusche kommt. Er grinst in meine Richtung und zwinkert mir zu. Als er den Weg durchs Wasser zu uns zurückgelegt hat, beugt er sich zu mir, um in mein Ohr zu flüstern.

„Lächeln, Süße. Die Hennen werden auch bald merken, dass es neben Babys noch andere Themen gibt. Spätestens, wenn ihnen die Männer weglaufen."

„Meinst du? Ich bin mir da nicht so sicher."

Jakob schüttelt lachend den Kopf und hebt seine Tochter in die Luft, die gleich vergnügt losquietscht.

„Was ist eigentlich mit Samstag?", fragt er. „Kommst du? Und kommt Surferboy auch mit?"

Ich habe das Bedürfnis, ihm einen Schlag auf den Hinterkopf zu verpassen, aber so gut kennen wir uns noch nicht.

„Er heißt Sven und er kommt mit", antworte ich schnippisch.

„Okay, okay."

Abwehrend hebt er die Hand, mit der er gerade nicht seine Tochter hält.

Die Kursleiterin betritt die Schwimmhalle und beginnt den Kurs. Dieses Mal sind wir ausnahmsweise still und stören die Gruppe nicht mit unserem Getuschel.

Ich hasse es, mich nach dem Schwimmen wieder anzuziehen. Das ganze Schwimmbad ist total überheizt, trotz der sommerlichen Temperaturen, und dennoch muss ich mir meine Hose und mein T-Shirt über die feuchte Haut streifen. Man kann sich noch so gut abtrocknen, in diesem Klima ist man innerhalb von Sekunden sowieso wieder verschwitzt.
Wir sind gerade angezogen und treffen Jakob vor den Umkleidekabinen, als mir etwas einfällt.
„Mist“, fluche ich.
Jakob sieht mich fragend an.
„Alles klar?“
„Ja, schon. Ich wollte dich etwas fragen, wenn es okay ist. Was Medizinisches, wegen Max. Aber jetzt hab ich ihn schon angezogen.“
„Schieß los. Vielleicht kann ich dir auch so helfen.“
„Das wirst du dir vermutlich ansehen müssen“, sage ich, während ich mir vor der langen Reihe Spiegel die Haare auskämme. Max liegt schon angeschnallt in seiner Babyschale und ist eingeschlafen, da möchte ich ihn wirklich nicht wecken.
„Er hat einen Nabelbruch, schon seit der Geburt. Unser Kinderarzt sagt, das verwächst sich noch, aber jedes Mal, wenn Max weint, dann drückt sich das noch weiter nach außen.“
Jakob hat sich vor Max gestellt und streichelt ihm über den Fuß.
„Vermutlich hat er recht. Nabelbrüche kommen bei Neugeborenen recht häufig vor. Aber ich kann mir das gerne am Samstag mal ansehen, wenn dir das reicht. Oder du kommst jetzt noch mit zu mir und ich schau mir das an.“
„Am Samstag wird reichen. Ich habe gleich leider keine Zeit. Sven holt uns ab.“
„Dann Samstag. Du kannst mich auch jederzeit anrufen, wenn du Fragen hast. Oder auch einfach nur so, wenn du

magst."
Das Angebot hätte ich brauchen können, als Max nach der Impfung gefiebert hat. Jakob könnte ein guter Freund werden, aber ich schätze, Sven hat recht. Auf lange Sicht wird ihm das wohl nicht reichen.

Als wir in die flirrende Hitze auf den Parkplatz treten, haut mich der Anblick von Sven fast um. Er hat scheinbar den Langhaarschneider angesetzt und sich die Haare raspelkurz geschnitten.
Er grinst in meine Richtung. Trotz des Schocks über seinen radikalen Haarschnitt kann ich nicht anders als zurückzulächeln.
„Was hast du getan?", rufe ich ihm zu. Er kommt uns entgegen, um mir Max in der Babyschale abzunehmen. Zärtlich küsst er mich auf die Wange und schüttelt Jakob zur Begrüßung die Hand.
„Es wurde Zeit für einen Sommerschnitt", sagt er und fährt sich linkisch durch die nicht mehr vorhandene Mähne.
„Warum hast du nicht gewartet? Ich hätte dir auch die Haare geschnitten."
„Ich hab es nicht mehr ausgehalten."
Jakob steht neben uns und beobachtet mit großem Interesse unseren Austausch.
„Sehen wir uns Samstag?", fragt er schließlich.
„Ja, natürlich. Soll ich noch etwas mitbringen?"
Sven geht schon zum Auto, um Max anzuschnallen. Ich warte auf Jakobs Antwort, doch er starrt Sven hinterher.
„Nein", sagt er, ohne mich anzusehen. „Es ist für alles gesorgt." Er drückt mich kurz an sich und geht, mit Eliana auf dem Arm, zu seinem Auto.

Auf dem Weg zu seinen Eltern ist Sven beunruhigend still. Sie haben uns und Thomas und Jana mit den Zwillingen, zum Kaffee und Abendessen eingeladen. Bevor er ins Krankenhaus kommt, wollte Peter unbedingt noch einmal die Familie beisammen haben. Irgendwie hinterlässt das bei mir einen bitteren Nachgeschmack.
Immer wenn wir an einer roten Ampel halten, kraule ich Svens Nacken. Der neue Haarschnitt ist sehr gewöhnungsbedürftig. Er schließt die Augen und schnurrt unter meiner Berührung.
„Ist alles in Ordnung mit dir?", frage ich, als er kurz vor seinem Elternhaus immer noch kein Wort gesprochen hat.
„Nicht wirklich, aber wird schon wieder", antwortet er knapp und parkt das Auto ein. Er lässt mir keine Chance für weitere Nachfragen, weil er gleich aussteigt und Max abschnallt. Vor dem Haus wartet schon sein Vater.
„Hey Opa", rufe ich und gehe ihm entgegen.
Ich nenne ihn schon so, seit die Zwillinge geboren sind. Doch jetzt wird mir schlagartig klar, dass er das missverstehen könnte.
„Hey Melina. Gut dich zu sehen."
Nur kurz drückt er mich an seine kräftige Brust und schiebt mich gleich an den Schultern von sich, um mich von oben bis unten zu betrachten.
„Klaut mein Sohn dir das Essen? Du bist ja nur noch Haut und Knochen."
Ich rolle mit den Augen und zwicke ihn dann grinsend in den Arm.
„Nicht du auch noch. Dein Sohn kümmert sich ausgezeichnet um mich. Max ist es, der mich vom Essen abhält."
Sven stellt die Babyschale neben mich und umarmt seinen Vater.

„Hey Paps."
Die beiden klopfen sich auf die Schulter und wir gehen gemeinsam ins Haus. Marianne steht schon in der Küche und bereitet das Abendessen vor.
„Hallo Melina", ruft sie und drückt mich mit ausgestreckten Händen kurz an sich, da ihre Finger vom Salat verlesen noch ganz nass sind.
„Hallo Marianne. Kann ich dir helfen?", frage ich und stelle Max auf dem Küchentisch ab.
Sie schüttelt den Kopf.
„Geh ruhig zu den anderen in den Garten. Ich bereite nur schon das Abendessen vor. Wir können gleich Kaffee trinken. Aber lass mir Max hier, damit wir uns etwas unterhalten können."
„Okay."
Beim Rausgehen küsse ich sie auf die Schläfe. Eine Geste, die mir bei meiner eigenen Mutter nie einfallen würde.
Im Wohnzimmer kommt mir Sven entgegen. Er sieht sehr blass aus.
„Red mit mir. Was ist los?", frage ich und streichle ihm über die Wange. Krampfhaft weicht er meinem Blick aus. Er hat Angst, die Fassung zu verlieren, wenn sich unsere Blicke treffen.
„Ich mache mir Sorgen, wegen der OP meines Vaters."
Er zieht mich an sich und legt seine Arme so fest um meinen Oberkörper, dass ich keine Chance habe, ihn anzusehen. Ich kann ihm nicht sagen, dass alles gut wird, denn das wäre eine Lüge. Von mir erwartet er auch keine leeren Floskeln, dafür kennen wir uns zu gut.
„Komm", sage ich und nehme seine Hand. „Wir gehen in den Garten. Thomas und Jana sind auch schon da."
Wie ferngesteuert folgt er mir nach draußen, wo er sofort von

seinem Bruder mit einem Gespräch über die letzten Spielergebnisse der Borussia bombardiert wird. Sven ist kein Fußballfan, aber ich sehe ihm an, dass er über die Ablenkung froh ist.

Gedankenverloren bleibe ich vor dem Wildblumenbeet am Ende des Grundstücks stehen und beobachte die umhersummenden Bienen. Ich schrecke zusammen, als sich eine große Hand auf meine Schulter legt.
„Hey Kleine."
Neben mir steht Peter und lächelt mich an.
„Wie geht es dir, Opa?"
Die einzige Antwort, die ich darauf bekomme, ist ein halbherziges Schulterzucken. Normalerweise ist er gesprächiger. In diesem Augenblick weiß ich auch nicht recht, womit ich die Stille füllen soll. Gemeinsam schauen wir den Bienen bei der Arbeit zu.
Nach einer Weile ergreift er doch noch das Wort.
„Du bist immer wie eine Tochter für mich gewesen, Melina. Versprich mir, dass du ihn nie alleine lässt. Ohne dich funktioniert er nicht."
Er spricht nicht von Max.
„Ich weiß nicht, ob er bereit ist, Peter. Die meiste Zeit weiß ich noch nicht mal, ob ich dafür bereit bin. Es ist alles so verdammt viel zu verarbeiten."
„Ach, Kleine. Mein Sohn ist schon bereit, seit er dich zum ersten Mal gesehen hat. Er wird dich niemals verlassen, aber er braucht auch die Gewissheit, dass du nicht irgendwann verschwindest. Ihr spielt dieses Spiel schon so lange, ihr müsst doch müde sein?"
Peter macht sich gar kein Bild davon, wie müde ich bin. Zweifellos will ich Sven. Das hat sich nie geändert. Aber wenn wir

uns dazu entschließen, auch mit Max einen Neuanfang zu machen, dann müssen wir vorher ein ernstes Gespräch führen. Ich muss mir wirklich sicher sein, dass Sven dazu bereit ist.

Nach dem gemeinsamen Kaffee trinken, errichten wir uns ein Lager unter dem Apfelbaum im Garten. Sven breitet uns eine Decke im Schatten aus und holt Getränke aus der Küche. Seine Eltern sind im Haus verschwunden und Thomas sitzt mit seiner Frau auf der Terrasse.
Die Zwillinge schaukeln entspannt und unterhalten sich dabei im Flüsterton. Es ist faszinierend, die enge Bindung der beiden zu beobachten.
Mit Max sicher in seinem Arm, hat sich Sven auf der Decke lang gemacht. Auch ich lasse mich nach hinten sinken und schaue dabei auf unser altes Baumhaus, das so viele Erinnerungen mit sich bringt. Leider ist es heute zu morsch und wir sind zu schwer, als dass es uns noch tragen würde.
Trotz geschlossener Augen schläft Sven nicht. Max zappelt unruhig neben ihm und wehrt sich mit aller Macht gegen das dringend benötigte Nickerchen.
Vorsichtig dreht Sven sich auf die Seite und zieht den Kleinen enger an sich. Er öffnet nicht die Augen, als er beginnt zu singen. Ein altes, englisches Schlaflied, was ihm Marianne immer vorgesungen hat. Es ist ein Überbleibsel aus ihrer eigenen Kindheit, da ihre Mutter Engländerin war.
Mit Mühe schlucke ich einen Schluchzer, der in meiner Kehle aufsteigen will. Die Erinnerung trifft mich wie ein Hammerschlag.

„Kann ich nicht bei euch wohnen? Meine Eltern hassen mich, Sven. Ich will nicht wieder zurück. Es ist egal, was ich mache, immer ist es falsch.

Ich kann sie nicht zufriedenstellen. Sie finden immer etwas, was sie mir unter die Nase reiben können. Hauptsache Kim hat es gerade mal geschafft, ihren Hauptschulabschluss zu machen."

Ich nehme mir ein Taschentuch von Svens Nachttisch und wische mir den Rotz von meinem Geschluchze aus dem Gesicht. Im Wohnzimmer höre ich seine Mutter telefonieren. Vermutlich mit meiner Mutter, um sie zu informieren, wo ich gerade bin. Nicht, dass es meine Eltern besonders interessieren würde.

Sven sitzt mir hilflos gegenüber und spielt an seinen Socken.

„Was soll ich tun, Lina? Du weißt, dass es nicht geht. Du darfst mich immer besuchen, aber da machen meine und deine Eltern nicht mit."

„Kannst du mich einfach nur festhalten?", schniefe ich und sehe ihn flehend an.

Seine ansehnliche Playboysammlung lässt darauf schließen, dass er wenig Probleme mit dem weiblichen Körper hat, doch seit einem Jahr hat er offensichtlich welche mit mir. Vielleicht liegt es an meiner Zahnspange, die ich erst in einem Jahr, wenn ich 15 werde, wieder los bin. Oder ihn hat die Tatsache traumatisiert, dass ich in den letzten Monaten eine erkennbare Oberweite entwickelt habe. Ich verstehe ihn in letzter Zeit immer weniger.

Er rutscht ans Kopfende seines Bettes und legt sich auf die Seite. Zögerlich öffnet er seine Arme. Sofort krabbele ich zu ihm und lege mich so, dass ich ihn ansehen kann. Auch wenn ihn mein verheultes Gesicht wahrscheinlich abstößt, aber er ist immer noch mein bester Freund.

„Warum hassen mich meine Eltern so?"

Und schon geht das Geschluchze wieder los. Ich lege meinen Arm um Svens knochige Schulter und vergrabe mein Gesicht an seinem Hals. Er hat angefangen, Aftershave zu benutzen, obwohl er noch gar nicht viel zu rasieren hat, und riecht dadurch fremd.

„Ich kann mir einfach nicht vorstellen, dass sie dich hassen."

Er streicht mir durch die Haare und verursacht mir damit eine heftige Gänsehaut. Merkwürdiges Gefühl.

„Stimmt. Ich denke, ich bin ihnen einfach egal. Sie nehmen mich erst wahr, wenn sie etwas zu meckern haben."
Ich heule ihm das ganze Shirt voll.
„Soll ich für dich singen?", flüstert Sven. Er hat das so lange nicht mehr getan, da es ihm in den letzten Jahren peinlich war. Dabei würde ich das nie seinen Kumpels verraten.
„Bitte", schniefe ich.
Er legt sich auf den Rücken und zieht meinen Kopf an seine Schulter. Scheinbar braucht er einen Moment, um sich zu sammeln. Als er beginnt, wird mir klar, warum er das so lange nicht mehr getan hat. Er hat den Stimmbruch hinter sich und klingt jetzt soviel tiefer. Wie gut mir das gefällt, sage ich ihm nicht. Das ist ihm wieder nur unangenehm.
Ich schmiege mich an ihn und lege ein Bein über seine Oberschenkel, um mich von einem Schlaflied für Babys beruhigen zu lassen.

Hush-a-bye, don't you cry,
go to sleep my little baby.
When you wake, you shall have
all the pretty little horses.
Blacks and bays, dapples and greys,
all the pretty little horses…

23.

Ich bin mir nicht mehr so sicher, ob es eine gute Idee ist, Sven zu Jakob mitzunehmen. Irgendwie ist er heute in Angriffsstimmung. Jakob ist immer noch ein rotes Tuch für ihn, und das schreit nur so nach Ärger.

„Du siehst hübsch aus. Zu hübsch für meinen Geschmack."

Besitzergreifend legt er die Arme um meine Taille und sieht mich durch den Badezimmerspiegel an. Da ich gerade versuche, mir die Wimpern zu tuschen, drücke ich ihn mit dem Po nach hinten, damit er von mir ablässt. Dummerweise hat das genau den gegenteiligen Effekt. Er fühlt sich angespornt, seine Hüften an meinem Hinterteil zu reiben, und mich spüren zu lassen, wie schön er mich findet.

„Wie kann ich denn zu hübsch sein?"

Ich lege die Mascara unter dem Spiegel ab und drehe mich zu ihm um.

„Zu hübsch, um dich vor die Tür zu lassen."

„Der Neandertaler steht dir nicht."

„Dafür steht dir dieser kurze Jeansrock ausgezeichnet. So gut, dass ich ihn nach oben schieben und dich lecken möchte."

Er packt mich und drückt mich grob an seinen Mund.

Vielleicht habe ich mich geirrt, denn dieser Neandertaler steht ihm sehr gut. Ich lege meine Arme um seinen Hals und schlinge meine Schenkel um seine Hüften.

„Wir müssen gleich los", wimmere ich halbherzig, als er mit seiner Zungenspitze meine Ohrmuschel bearbeitet.

„Die Zeit sollten wir uns nehmen."

Er trägt mich aus dem Bad und setzt mich im Wohnzimmer auf den Sessel.

„Was ist mit Max?"

„Schläft noch."

Er schiebt meinen Rock hoch und streicht mit dem Daumen über mein Höschen. Seine Zeigefinger hakt er in die Bündchen an meinen Hüften und streift den dünnen Fetzen Stoff über meine Schenkel.
Durch seine Shorts kann ich sehen, wie hart er ist, doch ich werde mich jetzt nicht bewegen. Er will was, also soll er es sich nehmen. Mit den Armen hinterm Kopf verschränkt, beobachte ich, wie er seine Hände von meinen Knien bis hoch zu meiner Scham wandern lässt.
„Gefällt dir das? Mir zuzusehen, wie ich es dir besorge?"
„Gott, ja", keuche ich und rutsche ihm ein Stück entgegen. Seine Lippen wandern über die Innenseiten meiner Oberschenkel und bringen meine Beine zum Zittern. Er spreizt mich mit den Fingern und saugt kurz an meinem Kitzler, um gleich darauf mit der Zunge hinterher zu streichen.
Ich will in seine Haare greifen, werde jedoch von den kurzen Stoppeln enttäuscht. Grinsend sieht Sven zu mir auf. In genau dieser Sekunde fängt Max an zu weinen und das Grinsen fällt ihm gleich wieder aus dem Gesicht. Ich stöhne frustriert und setze mich auf.
„Später…", seufzt er und steht auf, um nach Max zu sehen.

Jakob wohnt mitten im Hardter Wald. Auch wenn er keine pompöse Villa, sondern „nur" ein mittelgroßes Haus, hat, sagt das doch eine Menge über seinen finanziellen Status aus. Die Tatsache, dass er uns erst ein schmiedeeisernes Tor öffnen muss, damit wir auf das riesige Grundstück gelangen, finde ich ein bisschen beängstigend.
Sobald Sven den Wagen geparkt hat, öffnet Jakob mir die Autotür und hält mir eine Hand hin, um mir beim Aussteigen zu helfen. Sven grummelt auf dem Fahrersitz vor sich hin.
„Hey Süße. Habt ihr gut hergefunden?", fragt er und drückt

mich mit einem Arm an sich, doch ich trete schnell wieder einen Schritt zurück.
„Natürlich. Dank deiner Beschreibung war es ja nicht schwer."
Meiner Zurückhaltung schenkt er keine besondere Beachtung. Ich hingegen versuche den Umstand zu ignorieren, dass er nur eine knielange Schwimmhose trägt. Es ist zwar ein heißer Tag, aber hier, im Schutz der Bäume ist es doch kühler. Sven begrüßt Jakob höflich, auch wenn ich an seiner angespannten Haltung bemerke, dass ihm hier so einiges nicht passt.
„Ich hoffe, ihr habt eure Badesachen mit. Wir haben gerade den Pool aufgemacht. Eigentlich sollte es ja heute nicht so warm werden."
Fragend sieht er uns an, aber wir schütteln nur die Köpfe. Wir wussten ja noch nicht mal, dass er einen Pool hat.
Sven holt Max vom Rücksitz und setzt ihn mir in der Bauchtrage vor die Brust.
„Ist Eliana auch da?", frage ich Jakob.
„Nein, die ist heute bei ihrer Mutter. Aber meine Schwester ist mit ihrer kleinen Tochter da."

Die Einrichtung des Hauses zeigt, dass Jakob nicht nur durch seinen Beruf zu Geld gekommen ist. Er hat mir erzählt, dass das Haus zum Erbe seiner Großeltern gehört. Aber offensichtlich hing da noch etwas mehr dran. Die Kücheneinrichtung mit zwei Backöfen und Gasherd auf der gigantischen Kochinsel bringt mich fast zum Sabbern. Ich koche gerne, aber das hier ist der feuchte Traum jeder Hausfrau. Sven bemerkt meinen bewundernden Blick und sieht mich stirnrunzelnd an.
„Was?", frage ich ungehalten, denn seine Laune geht mir auf den Keks. Er hätte nicht mitgehen müssen.

„Nichts. Gar nichts."
Mit einem Kopfschütteln folgt er Jakob in den Garten.
Draußen haben sich schon einige Leute um den Pool und einen großen Steingrill versammelt. Im hinteren Teil des Gartens wird ein kleines Mädchen von einer jungen, blonden Frau angeschaukelt.
Die Frau kommt mir vage bekannt vor. Ich bleibe neben Sven am Rand des Pools stehen und warte darauf, dass ich mich wieder erinnern kann. Als mir dann klar wird, wer da steht, wünsche ich mir, ich hätte mich nicht erinnert. Es ist Daniela, die Frau von unserem Dreier. In dieser Umgebung und mit einem Kind hatte ich Probleme, sie in die richtige Schublade zu stecken.
Krampfhaft halte ich mich an Svens Arm fest und habe für eine Sekunde die Befürchtung, dass ich in den Pool kotze. Das muss Jakobs Schwester sein.
Sven sieht verwirrt zu mir und meinem Klammergriff.
„Was ist los, Lina? Geht's dir nicht gut?"
„Sieh mal ganz unauffällig nach hinten zur Schaukel", flüstere ich, als ob Daniela mich auf die Entfernung hören könnte. Beiläufig schaut Sven herüber und lässt erst seinen Blick ein wenig verwirrt umherstreifen, bis er an der richtigen Person hängen bleibt und ihn die Erkenntnis trifft.
„Oh. Oh!", ruft er lauter als angemessen, was uns ein paar verstörte Blicke einbringt. Daniela sieht auf und braucht auch einen Moment, um zu verstehen, wenn sie dort sieht. Ihr Gesichtsausdruck spiegelt unseren wieder. Wie angewurzelt stehen wir und starren uns an, als sich eine Hand auf meine Schulter legt.
„Möchtest du mit mir hoch in Elianas Zimmer gehen? Auf dem Wickeltisch kann ich mir Max in Ruhe ansehen."
Ich schlucke gegen meinen trockenen Hals und nicke.

Jakob zeigt Sven noch, wo er sich an den Getränken bedienen kann und zieht mich dann hinter sich her. Das wird er mir übel nehmen, weil ich ihn mit dieser peinlichen Situation alleine lasse.

„Sieht alles unbedenklich aus, Melina. Behalte es weiter im Auge, aber im Moment besteht kein Grund zur Sorge. In den meisten Fällen wächst sich das wirklich aus.“
Erleichtert atme ich aus und trete nervös von einem Fuß auf den anderen. Meine Schuhe stehen unten an der Treppe, da ich Jakobs feinen, cremefarbenen Teppich nicht beschmutzen wollte. Nun habe ich das Gefühl meine Fußsohlen verbrennen auf dem warmen Boden. Sven ist unten alleine mit Daniela und das passt mir auf so vielen Ebenen nicht.
Ich schiebe Jakob beiseite, um meinen Sohn wieder anzuziehen und ziehe scharf die Luft ein, als mir ein stechender Schmerz durch den linken Fuß fährt.
„Fuck!“, keuche ich und hebe mein Bein, um unter meinen Fuß zu schauen. Im letzten Moment sehe ich, wie etwas Silbernes unter die Kommode rollt und schon ein Tropfen Blut auf den Teppich tropft.
„Lass mich sehen.“ Jakob hockt sich vor mich und begutachtet meinen Fuß. Mit einer Hand greift er unter die Kommode und findet gleich den Übeltäter. Eine Heftzwecke.
„Sorry“, entschuldigt er sich. „Die muss mir irgendwie aus dem Werkzeugkasten gefallen sein, als ich Bilder aufgehängt habe.“
Er steht auf und packt mich ohne Vorwarnung an der Hüfte, um mich auf das Sideboard, gleich neben der Wickelkommode, zu setzen.
„Rühr dich nicht. Ich hol etwas zum Desinfizieren und ein Pflaster.“

Mit einer Hand halte ich meinen Fuß hoch, um nicht noch mehr Bluttropfen zu verteilen und habe die andere Hand an meinem Sohn, der mich verwundert von der Seite ansieht.
Jakob kommt mit einem kleinen Erste-Hilfe-Set aus dem Bad zurück und macht sich gleich daran, den kleinen, aber tiefen Einstich zu desinfizieren. Das scharf riechende Mittel brennt auf meinem Fuß, aber ich lasse mir nichts anmerken. Routiniert klebt er mir ein Pflaster auf die Fußsohle und beugt sich dann ein Stück über mich, um seine Utensilien neben mir abzulegen.
Es ist völlig unnötig, dass er mir dafür so nahe kommt. Leider realisiere ich das erst, als seine Lippen auf meinen liegen. Seine nackte Haut streift meinen Arm, den ich zu Max ausgestreckt habe. Ich bin völlig erstarrt und habe keine Chance zu reagieren, als ich aus Richtung der Tür jemanden nach Luft schnappen höre. Sofort löst er sich wieder von mir und gibt damit den Blick auf Sven frei. Der sieht mich so hasserfüllt an, dass es mir die Tränen in die Augen treibt. Jakob hat wenigstens den Anstand, ein wenig bekümmert zu schauen. Ausgerechnet jetzt kommt auch noch Daniela um die Ecke, die überhaupt nicht weiß, was sie aus dieser Situation machen soll.
„Sven, es ist nicht so, wie es aussieht."
Der dämlichste Spruch, seit die Menschheit fremdgeht. Dennoch ist es wahr, auch wenn seine ganze Haltung deutlich macht, dass er mir kein Wort glaubt. Er dreht sich auf dem Absatz um und stürmt die Treppe runter. Hastig springe ich vom Schrank und zucke unter dem Schmerz in meiner Fußsohle zusammen.
„Du passt auf meinen Sohn auf, bis ich das geklärt habe", fauche ich Jakob an und bin kurz davor, ihn zur Untermalung meiner Aussage am nicht vorhandenen Kragen zu packen.

Immer noch trägt er kein Shirt, was die Situation nicht gerade verbessert. Schuldbewusst nickt er nur und ist gerade viel zu kleinlaut, um noch etwas zu sagen.
Ich stürme an Daniela vorbei, hinter Sven her. Der schlägt gerade unten die Haustür zu. Als er die Autotür öffnet, schaffe ich es, zu ihm aufzuholen. Ehe er sich auf den Fahrersitz setzt, bekomme ich einen Zipfel von seinem T-Shirt zu fassen. Er befreit sich grob aus meinem Griff und hält dabei mein Handgelenk fest.
„Bitte, Sven", flehe ich.
„Ich kann nicht mehr, Melina. Lass mich gehen, bevor ich etwas sage, was ich später bereue."
Seine Stimme ist sanfter, als ich es erwartet hätte. Gerade das tut weh. Es zeigt mir überdeutlich, wie sehr ich ihn verletzt habe. Schon wieder. Dabei habe ich gar nichts getan. Dennoch kann ich nicht abstreiten, bis zu einem gewissen Maß an der Situation Schuld zu sein.
Auch wenn ich Jakobs Kuss nicht erwidert habe und gar nicht erwidern wollte, habe ich mich in diese Situation manövriert. Natürlich weiß ich, dass Jakob mich sehr mag. Und wenn ich ehrlich bin, dann habe ich ihn zwar nie ermutigt, aber auch nicht wirklich abgewiesen.
Ich lasse Sven los und sehe ihm hinterher, wie er vom Grundstück rauscht. Als ich mich umdrehe, steht Daniela in der Haustür und sieht mich mitfühlend an. Sie kommt mir entgegen und schließt mich in ihre Arme. Auch wenn sie die Letzte ist, bei der ich das tun sollte, lasse ich doch den ganzen Frust raus. Sie lässt mich einfach weinen und streicht mir beruhigend über die Haare. Es müsste mir unangenehm sein, nachdem was wir zusammen getan haben, aber es fühlt sich einfach nur gut an, sich bei jemandem auszuheulen, der nicht in diesem ganzen Drama mit drinhängt.

Als ich mich etwas beruhigt habe, bringt sie mich ins Haus. Jakob sitzt auf der Treppe und rauft sich die Haare. Vom Klang unserer Schritte aufgeschreckt, sieht er hoch. Zum Glück hat er sich endlich ein Shirt übergezogen, denn irgendwie würde mich sein nackter Oberkörper nur noch wütender machen.
„Wo ist Max?“, krächze ich und muss mich erst mal räuspern, um meine Stimme wieder klar zu bekommen.
„Er ist eingeschlafen. Ich habe ihn in Elianas Bett gelegt. Hoffentlich ist das in Ordnung.“
„Natürlich. Trotzdem muss ich gleich los. Sven hat Max‘ Wickeltasche im Auto und jetzt habe ich keine Milch und keine Windeln für ihn. Kannst du mir ein Taxi rufen?“
„Unsinn“, ruft Daniela. „Ich fahre dich gleich nach Hause. Onkel Jakob passt solange auf meine Tochter auf. Außerdem musst du nicht sofort gehen. Ich bin mir sicher, mein völlig blinder Bruder hat noch genug Vorräte für Lia hier, womit du ihn versorgen kannst.“
Jakob nickt zustimmend.
„Ich bin nicht blind, Dani. Sie hat mir gesagt, er ist nur ein Freund“, rechtfertigt er sich.
„Es ist nicht so einfach“, flüstere ich, obwohl die beiden mir gar nicht zuhören.
„Ich wusste das schon nach einer halben Stunde. Jakob kapiert es nach Wochen noch nicht.“
Verständnislos schüttelt Daniela den Kopf.
Jakob sieht verwirrt von mir zu seiner Schwester und wieder zurück.
„Woher kennt ihr euch?“
„Das willst du nicht wissen“, antworten wir synchron. Die ganze Situation ist so abgefuckt, ich kann nicht anders, als unter Tränen hysterisch zu lachen.

„Dani?“, fragt Jakob seine Schwester und wartet immer noch auf eine Erklärung.
„Vergiss es, Brüderchen. Die Antwort willst du nicht wissen. Wirklich nicht.“

Eine halbe Stunde später sitze ich mit Jakob in seinem Büro. Die Party ist immer noch in vollem Gange und dieses Zimmer ist, neben den Schlafzimmern, der einzig private Raum. Ich halte ein Glas Whiskey in der Hand und widerstehe noch der Versuchung, es in einem Zug runterzukippen.
„Du kannst es mir nicht übel nehmen, dass ich es versucht habe.“
Abwartend sieht er mich an. Vermutlich erwartet er einen Wutanfall, doch diese Suppe habe ich mir selbst eingebrockt.
„Ich hätte es dir deutlicher machen sollen. Das war nicht fair. Aber ich wusste nicht, was ich hätte sagen sollen.“
„Willst du was Stärkeres, zur Beruhigung?“
Ich schüttele den Kopf und kippe den Alkohol runter. Er brennt in meiner Kehle und bringt mich zum Husten, bevor er mich angenehm von innen wärmt.
„Ich muss wirklich nach Hause“, sage ich und stelle das Glas auf seinem Schreibtisch ab. Wie aufs Stichwort kommt Daniela mit Max auf dem Arm und ihrer Tochter im Schlepptau durch die Tür.
„Seht mal, wer da aufgewacht ist und nach seiner Mama verlangt hat.“
Sie reicht mir meinen Sohn und lächelt mir zu.
„Und wer bist du?“, frage ich das kleine, blonde Mädchen, das sich da an ihr Bein klammert. Als von ihr keine Reaktion kommt, antwortet Daniela für sie.
„Das ist meine Tochter Anna, die sonst eigentlich nicht auf den Mund gefallen ist.“

„Hallo, Anna“, sage ich und bin aber nicht wirklich böse, als ich keine Antwort bekomme.
„Wenn du nach Hause möchtest, dann könnte ich dich jetzt fahren. Jakob müsste nur aufpassen, dass Anna nicht in den Pool fällt.“
Der rollt mit den Augen.
„Ich war schon der beste Onkel, als ich noch kein Vater war. Du musst mich nicht jedes Mal daran erinnern, dass ich sie nicht vergessen soll.“
Sie diskutieren noch einen Moment weiter. Trotz dieses geschwisterlichen Schlagabtausches ist es offensichtlich, dass sie einander vertrauen und ein sehr enges Verhältnis haben. Sie haben die Art der Beziehung, die ich mir mit Kim gewünscht hätte.
„Möchtest du los?“, wendet sich Daniela schließlich wieder an mich. Ich nicke und will gerade aufstehen, als Jakob mich wieder zurück in den Stuhl drückt.
„Kannst du uns noch einen Moment geben?“, sagt er zu Daniela.
„Klar. Ich fahr schon mal das Auto vor und baue Elianas Autositz um.“
Sie nimmt Anna mit nach draußen und schließt die Tür hinter sich.
„Bist du okay? Du kannst gerne hier bleiben, auch über Nacht. Irgendwie habe ich das Gefühl, das ist alles meine Schuld.“
„Nichts davon ist deine Schuld. Ich komme klar. Danke für das Angebot, aber ich möchte jetzt wirklich ein bisschen alleine sein.“
„Verstehe ich. Aber melde dich, wenn irgendwas ist, oder wenn du etwas brauchst.“
„Danke, Jakob.“

Ich lächle müde und lasse mir noch eine Umarmung von ihm gefallen, bevor ich nach draußen gehe, wo Daniela schon auf mich wartet.

Es kann eigentlich nicht mehr schlimmer kommen. Ich hoffe wirklich, Sven verzeiht mir dieses Durcheinander.
Noch ignoriert er jede Textnachricht und meine Anrufe werden sofort an seine Mailbox weitergeleitet. Er soll wissen, dass ich Jakob nicht geküsst habe, aber dafür muss er mir zuhören. Im letzten halben Jahr scheint alles unter mir wegzubrechen und ich will ihn jetzt nicht auch noch verlieren.

Erst am nächsten Abend bekomme ich ein Lebenszeichen von ihm.

- Ich habe jahrelang dabei zugesehen, wie Du Deine nutzlosen Exfreunde verschlissen hast. Machst Du Dir eigentlich ein Bild davon, wie weh es tut, Dich in den Armen eines anderen Mannes zu sehen, während ich Dich noch an meinen Fingerspitzen riechen und auf meinen Lippen schmecken kann? -

- Bitte, Sven. Komm vorbei und wir reden. Ich habe ihn nicht geküsst. Du hast das falsch verstanden. Ich liebe Dich!!! -

- Ich kann dich für den Moment nicht ertragen. Ich melde mich. -

Das ist mit Abstand das Schlimmste, was er mir jemals gesagt hat.

Er kann mich nicht ertragen.
Das trifft mich so tief. Dennoch kann ich ihn auch verstehen. Aber solange er mir keine Chance gibt, mich zu erklären, kann ich nichts tun, damit er sich besser fühlt.
Auf der dringenden Suche nach etwas Ablenkung rufe ich Jenny an, die eine Stunde später mit zwei Flaschen Rotwein und einer großen Pizzaschachtel vor der Tür steht.
„Eigentlich wollte ich noch Eis mitbringen, aber das wäre mir auf dem Weg weggeschmolzen“, sagt sie entschuldigend und schiebt sich an mir vorbei. Sie geht gleich durch in die Küche und packt den Wein in den Kühlschrank.
Mit Max auf dem Arm, den ich gerade erst aus der Badewanne gehoben habe, gehe ich ins Schlafzimmer, um ihn abzutrocknen und anzuziehen.
Immer noch kämpfe ich gegen die Tränen, als Jenny sich in den Türrahmen lehnt und uns beobachtet.
Er kann mich nicht ertragen.
„Hat der Kleine schon Schlafenszeit?“, fragt sie.
„So gut wie. Er bekommt noch eine Flasche.“
„Die im Flaschenwärmer steht?“
„Genau die.“
Ich wische mir die verräterischen Tropfen aus dem Augenwinkel und wickele Max in eine frische Windel.
„Lass mich.“
Jenny drängt mich vom Wickeltisch weg und zieht Max weiter an.
„Na los, geh duschen. Ich kümmere mich drum. Du kannst ihm gleich noch eine gute Nacht wünschen und ein Lied singen, oder was auch immer ihr macht.“
Unbewegt stehe ich weiterhin neben ihr und beobachte sie.
„Geh, Melina. Ich bin mit vier jüngeren Geschwistern aufgewachsen. Außerdem bin ich nicht zum ersten Mal mit ihm

alleine. Ich bekomme das hin."
Widerwillig schlurfe ich zur Dusche, auch wenn ich weiß, dass ich mich danach besser fühlen werde. Trotz der hohen Außentemperatur drehe ich das Wasser auf die höchste erträgliche Temperatur. Ich schäle mich aus meiner Kleidung und lasse mich gleich auf den Boden der Dusche sinken. Unter dem heißen Duschstrahl lasse ich meinen Tränen freien Lauf und beiße in mein Handgelenk, um die Schluchzer zu unterdrücken.

Nach zwei Gläsern Wein und einem halben Stück Pizza fühle ich mich zwar nicht wirklich besser, aber nicht mehr ganz so angespannt.
Gemeinsam sitzen wir auf dem Balkon und haben die Füße auf dem Geländer abgelegt. Jenny schüttet mir Wein nach und wartet immer noch darauf, dass ich etwas sage. Bisher weiß sie nur, dass ich Stress mit Sven habe.
„Ich hab es diesmal echt verbockt", flüstere ich und starre in das Glas mit der blutroten Flüssigkeit.
„War nur eine Frage der Zeit", kommentiert Jenny trocken.
Ich nehme es ihr nicht übel. Es ist ihre Art, die Dinge auf den Punkt zu bringen.
„Jakob hat mich geküsst. Ich hatte gar keine Chance, ihn wegzustoßen, da stand schon Sven im Raum. Er denkt jetzt, ich hätte es gewollt und er gibt mir keine Chance, es zu erklären."
„Was machen wir mit dir, Melina? Wann kapierst du es endlich?"
Ich kippe mein volles Weinglas in einem Zug runter, um mich vom Heulen abzulenken.
„Das Problem ist, dass ich es kapiert habe."
So langsam macht sich der Alkohol bemerkbar und meine

Worte kommen nicht mehr ganz so klar raus.
„Jenny, ich wollte mit ihm reden. Ich muss wissen, ob er wirklich schon für die Verantwortung bereit ist. Max gehört zu mir und ich kann ihn in der Sache nicht ausblenden. Aber ich wollte mit diesem Gespräch warten, bis sein Vater die OP hinter sich hat. Er hat den Kopf voll und deswegen wollte ich ihn nicht noch damit belasten."
„Ihr macht es mit jedem Tag schlimmer. Manchmal möchte ich euch mit den Köpfen zusammenhauen."
Jenny stöhnt genervt und greift nach der zweiten Flasche Wein. Ich lehne ab, sonst werde ich nachher nicht wach, wenn Max weint.

24.

Drei Tage lang höre ich nichts von ihm. Ich lasse ihn in Ruhe, weil ich denke, dass er den Abstand braucht, um sich abzuregen und wieder klar zu sehen.
Bis ich feststelle, dass ein Notizbuch fehlt. Mit zitternden Fingern durchkämme ich die ganze Wohnung. Ich könnte schwören, es waren 15. Aber jetzt zähle ich nur noch 14. Die Nummer 15, und damit das letzte Buch, ist spurlos verschwunden.
Ich krabbele sogar unter mein Bett und kippe den gesamten Wäschekorb aus, doch es ist weg. Meine Suchaktion grenzt schon an Hysterie.
Ausgerechnet das einzige Buch, dass ich noch nicht gelesen habe.

- Hast du das letzte Notizbuch gesehen? Ich kann es nicht mehr finden. Lina -

- Hab ich mitgenommen, als ich meine Sachen geholt habe. Ich hatte nicht den Eindruck, dass du es noch lesen wolltest. -

Die Tragweite seiner Aussage wird mir erst nach einem Moment bewusst. Ein Rundgang durch meine Wohnung bestätigt das. Ich habe nicht bemerkt, dass er hier war. Seine Zahnbürste und sein Duschgel fehlen, sowie die Wechselklamotten in der Schublade, die ich für ihn freigemacht habe. Sein Schlüssel liegt auf der Dielenkommode. Er ist tatsächlich weg und ich habe es noch nicht einmal bemerkt.
Nur die Anwesenheit von Max bewahrt mich vor einem kompletten, emotionalen Zusammenbruch.

Mit einer Tasse Tee rolle ich mich im Wohnzimmer auf dem Sessel zusammen und versuche, die Fassung zu bewahren.
Max liegt auf der Krabbeldecke und versucht seit ein paar Minuten, sich zu seinem Kuscheltier hinzurollen. Bald wird er es schaffen, sich alleine vom Rücken auf den Bauch zu drehen. Vom Bauch auf den Rücken kann er schon, aber dafür hat er ja den Kopf als Gegengewicht.
Sven hat all seine Sachen abgeholt. Und ich habe es nicht bemerkt. Zu sehr bin ich mit mir selbst beschäftigt, um zu merken, dass er dabei ist, sich komplett von mir zurückzuziehen. Nur was soll ich tun, wenn er noch nicht mal meine Erklärung hören will?
Eine Nachricht von Jakob reißt mich aus meiner Grübelei.

- Wie geht's Dir, Süße. Ich mach mir Sorgen. Jakob. -

- Ehrlich? Mir geht's beschissen. -

- Es tut mir so leid, was passiert ist. Kann ich Dich aufmuntern? Mein Dienst ist in einer halben Stunde vorbei. Ich könnte Dich auf dem Weg nach Hause einsammeln. Wir bestellen uns was zu essen, schauen einen Film, gehen eine Runde schwimmen. Was meinst Du? -

- Ich hab Max hier und bin keine sehr gute Gesellschaft heute. Außerdem halte ich es für keine gute Idee, Jakob. Du willst eindeutig mehr als Freundschaft. -

- Melina, ich hab es kapiert. Versprochen. Ich werde meine Finger bei mir behalten. Sag ja. Max hat hier alles, was er braucht und du bekommst Ablenkung. Wenn

du die Gesellschaft der Hennen aus dem Schwimmkurs vorziehst, dann verstehe ich das natürlich. ;) -

Damit hat er mich, und das weiß er ziemlich genau. Ich brauche dringend eine emotionale Auszeit von all dem Drama. Eine erwachsene Unterhaltung mit jemandem, der meine Situation mit Kind nachvollziehen kann, wäre auch nicht schlecht.
Vielleicht ist es nicht richtig, aber dennoch erkläre ich Jakob den Weg zu meiner Wohnung und packe eine Tasche für Max und mich.

Ich mag Jakob. Er ist manchmal ein bisschen abgedreht, aber er ist aufmerksam, liebevoll und scheinbar ein wirklich guter Vater. Mir gefällt der Kontrast in ihm, wie zum Beispiel die Tattoos, die gerade von seiner OP-Kleidung überdeckt werden. Das ändert nichts daran, dass er nicht Sven ist und niemals sein wird.
Wir sind gerade im Haus, als er sofort die Treppe hoch läuft.
„Ich ziehe mich nur schnell um", ruft er über seine Schulter und schlägt auch schon die Schlafzimmertür hinter sich zu.
Ich nehme Max aus seinem Sitz und wandere mit ihm durchs Wohnzimmer. Zufrieden gluckst der kleine Mann vor sich hin und kuschelt sich an meine Schulter.
An einer Reihe Fotos bleibt mein Blick hängen. Die neuesten Bilder sind von Eliana, aber auf einem kann ich einen jüngeren Jakob mit einer dunkelhaarigen Frau erkennen. Da sie auch auf einem der aktuelleren Bilder mit Eliana zu sehen ist, gehe ich davon aus, dass es seine Exfrau ist.
Von mir unbemerkt hat Jakob sich die Treppe runtergeschlichen. Plötzlich steht er ganz nah hinter mir und sieht mir über die Schulter.

„Sie ist hübsch“, sage ich.
„Das ist sie.“
„Liebst du sie noch?“
„Natürlich. Sie ist die Mutter meiner Tochter“, sagt er so voller Überzeugung, dass ich mich frage, ob nicht doch noch mehr zwischen den beiden ist.
„Gehen wir schwimmen?“, lenke ich ab, ehe er das Thema noch vertiefen möchte. Ich drehe mich zu ihm um und sehe, dass er schon eine Schwimmshorts trägt. Jakob geht anscheinend gerne oben ohne, aber er kann es sich auch erlauben.
„Ich bin bereit.“
Mit ausgestreckten Armen steht er vor mir und grinst.
„Hast du einen Sonnenschirm, wo ich Max drunter ablegen kann?“
„Ich habe sogar einen Laufstall mit Insektenschutz, wo du ihn reinlegen kannst.“
Er geht vor mir in den Garten und lässt mich dabei seine farbige Rückseite bewundern. Ich würde ihn gerne über die Bedeutung seiner Tattoos ausfragen, doch irgendwie habe ich das Gefühl, dass es eine zu intime Stimmung zwischen uns schaffen würde.

Sicher und sonnengeschützt liegt Max und beobachtet die fremde Umgebung. Seine Lider werden schon wieder schwer und es ist nur noch eine Frage von Minuten, bis er einschlafen wird. Bevor ich mich zum Pool umdrehe, ziehe ich das Insektennetz übers Laufgitter. Jakob steht am Beckenrand und testet mit einem Fuß die Temperatur. Diesen Moment kann ich einfach nicht verschenken und nehme Anlauf. Er rechnet nicht mit mir und braucht deswegen nur einen kleinen Schubs. Mit einem fast mädchenhaften Schrei fällt er in das klare Wasser.

Dafür taucht er auf, wie ein Model aus einem *Davidoff* Werbespot. Er weiß ziemlich genau, was er da tut, als er sich die nassen Haare mit den Fingern nach hinten streicht und dabei seine Bauchmuskeln spielen lässt. Schnell ziehe ich mein Kleid über den Kopf und mache direkt neben ihm eine Arschbombe, nur um seine Show zu zerstören.
Er packt mich an der Taille und zieht mich hoch, ehe ich die Chance habe, aus eigener Kraft aufzutauchen. Leider nutzt er seinen Griff, um mich gleich wieder unterzutauchen.
Allerdings hat er meine Kraft unterschätzt. Ich halte mich an seiner Schulter fest und ziehe ihn mit runter. Japsend tauchen wir wieder auf. Ich muss erstmal meine Haare aus dem Gesicht entwirren, um wieder etwas sehen zu können.
„Waffenstillstand!", ruft Jakob und hebt die Arme in die Luft.
„Ich bin völlig unbewaffnet", sage ich und ziehe mir eine weitere Haarsträhne aus dem Mundwinkel.
„Das sehe ich anders."
Jakobs raue Stimme lässt mich verwirrt aufschauen. Sein Blick ist auf meinen Brustkorb fixiert. Mit einer bösen Vorahnung sehe ich an mir runter. Unser Gerangel hat die Körbchen meines Bikinioberteils verschoben und die rechte Brustwarze komplett freigelegt. Hektisch richte ich mich wieder und funkele Jakob böse an.
„Du hättest auch einfach etwas sagen können, anstatt nur zu starren."
„Ich bin ein Kerl. Verklag mich."
Er zuckt mit den Schultern.
„So einfach?"
„Ja, Melina. So einfach. Es ist ja nicht so, als hätte ich dir das Oberteil runtergerissen. Ich habe mir nur erlaubt, den Moment zu genießen."
Scheinbar habe ich böser gewirkt, als ich es eigentlich beab-

sichtigt hatte.
Mit Unschuldsmiene strecke ich die Hände unter die Wasseroberfläche, um sie gleich wieder ruckartig hochzureißen und Jakob eine ordentliche Ladung zu verpassen. Er bewegt sich nicht und blinkt lediglich die Tropfen aus den Augen.
„Du kleines Biest", flüstert er mit zusammengebissenen Zähnen, bevor er sich auf mich stürzt und schon wieder unter Wasser zieht.

Wir sitzen vor einem Stapel Fast-Food-Verpackungen, die dank Jakob alle komplett geleert sind, und arbeiten uns gerade durch die erste Staffel von *Lost*. Max liegt in Elianas Spielecke auf der Krabbeldecke und übt fleißig, sich zu drehen.
Draußen dämmert es schon und eigentlich sollte ich mich langsam auf den Weg nach Hause machen.
Eigentlich sollte ich gar nicht hier sein. Aber mit Jakob hier zu sitzen und sich mit ungesundem Essen vollzustopfen, während wir einen Serienmarathon machen, ist genau das, was ich jetzt brauche.
„Möchtest du noch ein Bier?", fragt er und steht auf, um zur Küche zu gehen.
Ich zögere einen Moment, um seine Stimmung zu testen. Er soll sich nicht verpflichtet fühlen, mich den ganzen Abend zu bespaßen. Abwartend bleibt er hinter der Couch stehen.
„Vielleicht sollte ich allmählich nach Hause."
„Oh." Sein enttäuschtes Gesicht spricht Bände. „Du musst nicht gehen. Mein nächster Dienst beginnt erst wieder in 24 Stunden."
„Max muss gleich ins Bett."
„Du könntest ihn in Elianas Bett legen. Das Gästezimmer steht dir auch zur Verfügung."
Er schaut mich so flehend an, dass ich einfach nicht ablehnen

kann.
„Na gut. Dann nehme ich noch ein Bier."

Meine Lider werden langsam schwer, doch Jakob scheint noch topfit. Max liegt schon lange zufrieden in Elianas Bett und gibt keinen Piep mehr von sich.
„Müde?", fragt Jakob von seiner Seite der Couch.
„Hm." Ich strecke die Arme über dem Kopf aus und versuche, wieder etwas Leben in meine Gliedmaßen zu bekommen.
„Willst du ins Bett?"
Verneinend schüttele ich den Kopf und setze mich etwas aufrechter, damit ich nicht einschlafe.
Jakob schaltet den Fernseher aus und zieht mich von der Couch hoch. Er nimmt das Babyfon vom Tisch und geht mit mir nach draußen.
„Was hast du vor?", frage ich. Es hat sich mächtig abgekühlt und ich bekomme eine leichte Gänsehaut.
Jakob stellt sich vor mich und legt seine großen Hände auf meine Schultern.
„Die Frage ist, was möchtest du, Melina? Jetzt in diesem Moment. Was ist dein tiefstes Bedürfnis? Es gibt einen Grund, warum du hier bist. So schade ich das finde, der Grund bin nicht ich."
„Ich will nicht nachdenken."
Das kam so spontan, dass es mich selbst überrascht.
Jakob streicht mir über die Wange und lächelt.
„Ich glaube, dabei kann ich dir helfen."
Er lässt von mir ab und zieht sich das Shirt über den Kopf.
„Jetzt du?", fordert er mich auf.
„Ist es nicht zu kalt zum Schwimmen?"
„Der Pool ist beheizt."
Gerade will ich nach dem Saum meines Kleides greifen, als

mir einfällt, dass mein nasses Bikinioberteil noch oben im Bad zum Trocknen hängt. Jakobs Gesichtsausdruck sagt mir, dass ihm das vollkommen bewusst ist. Erschrocken beobachte ich, wie er sich die Hose abstreift. Ich schließe schnell die Augen und drehe mich um, obwohl ich schon alles gesehen habe.
„Jakob", quietsche ich empört.
„Hör auf zu denken, Melina", ruft er. Mit schnellen Schritten überwindet er die letzten Meter bis zum Pool und springt rein. Mit einer gezielten Drehung, wie es scheint, denn jetzt bin ich komplett durchnässt. Ich drehe mich um und funkele ihn an, aber das lässt ihn unbeeindruckt.
„Jetzt ist dein Kleid nass, also kannst du es auch gleich ausziehen."
Er hat heute Nachmittag ohnehin schon meine halbe Brust gesehen. Also, was soll's? Ich lasse die Träger von meinen Schultern rutschen und das Kleid über meine Hüften auf den Boden gleiten.
Jakob starrt mich ungeniert an. Er hat es so gewollt. Ich beuge mich vor und streife die Bikinihose über meine Schenkel nach unten. Mit nur einem Bein steige ich aus dem Höschen und trete es mit dem anderen Fuß in Jakobs Richtung. Er ist so überrascht, dass es ihn frontal an der Stirn trifft. Seine Kinnlade klappt runter und ich fange aus vollem Hals an zu lachen.
„Damit hast du nicht gerechnet", bemerke ich, als ich wieder reden kann.
Er schüttelt grinsend den Kopf. Leicht fröstelnd setze ich mich an den Beckenrand und lasse mich langsam in das doch recht kühle Wasser gleiten.
Jakob schwimmt mir entgegen und ich versuche die Tatsache zu ignorieren, dass wir beide vollständig nackt sind. Ihn scheint das so überhaupt nicht zu stören. Er stellt sich neben

mich an den Beckenrand und beobachtet mich von der Seite. Meinen Kopf lehne ich auf den Rand und lasse meinen entspannten Körper vom Wasser nach oben treiben. Über mir tut sich ein wolkenfreier Sternenhimmel auf.

„Kopf klar?"

Jakob beugt sich über mich und sieht mir in die Augen.

„Fast."

„Vertraust du mir?"

„Sagen wir es so, ich misstraue dir nicht."

„Damit kann ich arbeiten."

Er legt eine Hand in meinen Nacken, mit der anderen stützt er meinen unteren Rücken. Langsam hebt er meinen Kopf vom Beckenrand und geht mit mir zur Mitte des Pools. Ich spanne meinen Körper an, um nicht unterzugehen, was natürlich gleich das Gegenteil bewirkt.

„Entspann dich, dein Körper trägt sich von selbst auf der Wasseroberfläche, wenn du komplett loslässt. Das hat am Rand auch funktioniert und es geht genauso so gut, wenn du keinen Halt hast."

Er drückt mich am Rücken wieder hoch und hält weiter eine Hand in meinem Nacken. Schwerelos auf der Wasseroberfläche zu gleiten, mit dem Sternenhimmel über mir, klärt mir wirklich den Kopf. Ich lasse jeden Muskel los und vertraue darauf, dass das Wasser mich trägt.

Jakob tritt einen Schritt zurück und zieht vorsichtig die Hände weg. Es funktioniert tatsächlich. Auf dem Rücken liegend, grinse ich in den Nachthimmel. Behutsam drehe ich den Kopf zur Seite und sehe einen lächelnden Jakob, der sich an die Einstiegsstufen lehnt. Er schweigt und lässt mich einfach nur sein. Leider dauert das Vergnügen nur so lange, bis ich zu zittern beginne. So gut ist der Pool wohl doch nicht beheizt.

Jakob greift nach meiner Hand und zieht mich zum Becken-

rand. Nacheinander steigen wir aus dem kühlen Wasser.
Da es so eine spontane Aktion war, haben wir natürlich keine Badetücher mitgenommen. Wir treten tropfend durch die Terrassentür ins Wohnzimmer. Unsicher bleibe ich auf dem Fleck stehen, obwohl Jakob mich weiter ziehen will.
„Was ist los?“, fragt er verdutzt und dreht sich zu mir um. Jetzt weiß ich überhaupt nicht, wo ich hinsehen soll. Im Pool war es anders, da hat die Dunkelheit und das Wasser noch einen gewissen Schutz geboten und nicht jedes Detail unserer Anatomie so offenbart.
„Ich tropfe deinen Teppich voll“, bringe ich unter Zähneklappern raus und sehe dabei auf meine Füße, um nicht auf Jakobs Schwanz zu starren.
„Der trocknet auch wieder. Komm mit hoch.“ Er zieht wieder an meiner Hand. „Du brauchst eine heiße Dusche und ein paar trockene Klamotten.“
Diesmal folge ich ihm und bin dankbar, als er mir nur den Weg ins Bad zeigt und mich dann in Ruhe lässt.

Die Dusche wärmt mich auf, lässt mir aber wieder zu viel Zeit zum Denken. Rasch wasche ich mich ab und steige dann gleich wieder aus der Kabine. Jakob muss kurz hier drin gewesen sein, denn auf der Toilette liegen ein T-Shirt und eine Boxershorts.
Ich trockne mich ab und steige in die viel zu großen Kleidungsstücke. Mein nasses Kleid liegt noch unten, also muss ich mich damit arrangieren. Eine Bürste kann ich in seinem Bad nicht finden, als drehe ich die nassen Strähnen auf meinem Kopf zu einem losen Knoten zusammen und befestige sie mit dem Haargummi, dass ich noch an meinem Handgelenk getragen habe.
Leise öffne ich die Badezimmertür und sehe Jakob im Gäste-

zimmer auf dem Bett sitzen. Er trägt nur eine Pyjamahose, die mit kleinen Segelschiffen bedruckt ist. Seine noch feuchten Haare stehen ihm wirr vom Kopf ab. Gerade sieht er mindestens 10 Jahre jünger aus, als er tatsächlich ist.

„Hey, Doktor Jakob."

Das bringt ihn dazu, in meine Richtung zu sehen und mich frech anzulächeln.

„Ich mag es, wenn du das sagst. Bist du aufgewärmt?"

„Ja."

„Aber?"

Ich habe wirklich versucht, neutral zu klingen, doch er spürt es trotzdem.

„Die Gedanken sind wieder da."

Er legt den Kopf schief und scheint zu überlegen, was er mit mir machen soll.

„Magst du noch ein bisschen *Lost* gucken? Ich habe bestimmt auch noch Eiscreme im Gefrierschrank."

Kopfschüttelnd setze ich mich neben ihn.

„Versteh mich nicht falsch, Melina. Ich genieße es, Zeit mir dir zu verbringen, aber warum bist du wirklich hier? Es ist offensichtlich, dass du Sven liebst. Soviel habe ich inzwischen verstanden. Aber warum zur Hölle bist du dann hier und nicht bei ihm?"

Zum ersten Mal nennt er ihn in meiner Gegenwart nicht Surferboy und das weiß ich wirklich sehr zu schätzen.

„Es ist kompliziert, Jakob. Wir kennen uns schon so lange. Sven war immer da und auf irgendeine Weise habe ich ihn immer geliebt. Wie soll ich denn bitte abgrenzen, wo Freundschaft aufhört und Partnerschaft anfängt?"

Seufzend lasse ich mich nach hinten fallen und strecke mich auf dem Bett aus. Jakob legt sich neben mich und betrachtet mein Profil.

„Spielt das den eine Rolle?“, fragt er nach einer Weile. „Wenn man es mal objektiv betrachtet, dann würde es den meisten Paaren gut tun, erst einmal Freunde zu werden, bevor ihre Sicht durch die rosarote Brille getrübt wird.“
Das klingt plausibel, aber es ist ja nicht unsere einzige Baustelle.
„Schreit so etwas nicht nach Midlife-Crisis in ein paar Jahren? Sven war mein Erster. Wir wissen alles voneinander. Es gibt nicht viel Neues zu entdecken.“
Jakob nimmt meine Hand und verschränkt unsere Finger miteinander. Es ist eine völlig unschuldige Geste, und ich habe das Gefühl, das spüren wir beide.
„All das klingt für mich nur nach Ausreden, Melina. Wenn der Mann dich liebt, und du ihn auch, dann sind das alles keine Gründe. Verliebtheit ist immer nur ein kurzzeitiger Zustand. Ihr habt eine Basis, wie sie die Wenigsten haben.“
Mit Jakobs Hand an meinen Brustkorb gedrückt, drehe ich mich zu ihm, um ihn besser ansehen zu können.
„Ich habe Angst“, gestehe ich. „Eine Scheißangst.“
„Wovor?“
Auch er wendet sich jetzt zu mir.
„Vor allem. Bevor ich Max zu mir genommen habe, war es so klar für mich, dass wir es endlich richtig miteinander versuchen. Aber jetzt sind mit einem Schlag alle Karten neu gemischt. Wie kann ich mir sicher sein, dass er für ein Leben mit Kind bereit ist? Außerdem, wie kann ich ihm, als meinem besten Freund, so etwas aufs Auge drücken? Sven ist viel zu gut, um Max in irgendeiner Weise abzulehnen. Jetzt mag er das auch noch okay finden. Aber was ist in fünf oder zehn Jahren? Wenn ihm bewusst wird, was er alles verpasst? Und das alles für ein Kind, welches noch nicht mal sein eigenes ist.“

Aufmerksam hört Jakob mir zu und scheint auch intensiv über meine Worte nachzudenken.
„Was bringt diese Zweifel auf, Melina? Ich versuche, dich zu verstehen. Hat er irgendetwas getan, dass dich zweifeln lässt?"
„Nein, gar nichts. Er hat sich überraschend schnell von dem Schock erholt und ab dem Zeitpunkt versucht, sich so viel wie möglich einzubringen. Aber ich traue diesem Frieden noch nicht."
„Warum nicht? Du sagst selbst, dass ihr euch schon so lange und gut kennt. Wenn jemand die Situation einschätzen kann, dann du."
Momentan habe ich ein völliges Unvermögen, irgendetwas richtig einzuschätzen. Wäre ich dazu in der Lage, dann würde ich jetzt nicht mit Jakob in einem Bett liegen.
Auf einen Schlag spüre ich, wie falsch es ist. Wir haben nichts getan, doch wenn Sven davon wüsste, dann würde es für ihn kaum einen Unterschied machen. So unauffällig wie möglich löse ich unsere Hände voneinander, doch Jakob spürt sofort meine Zurückweisung. Mit einem schiefen Lächeln zieht auch er sich zurück und setzt sich auf die Bettkante.
„Ich verstehe", sagt er nur.
„Es tut mir leid, Jakob."
„Das braucht es nicht, Süße. Ich weiß, wann ich verloren habe. Und das ist nicht erst vor ein paar Sekunden passiert. Eine Sache möchte ich dir aber noch sagen, bevor ich dich schlafen lasse."
„Was denn?" Aufmerksam sehe ich zu ihm hoch.
„Es wird dir vielleicht nicht gefallen, Melina, aber ich glaube, du überträgst deine eigenen Unsicherheiten auf Sven. Du hast selbst die größten Probleme, dich mit der Situation zu arrangieren und glaubst, dass er genauso fühlt. An deiner Liebe zu Max zweifle ich keine Sekunde, das spürt man in jeder Geste,

wenn du mit ihm umgehst, aber akzeptiert hast du deine Rolle noch nicht. Wir Männer sind vielleicht manchmal etwas sparsam in unseren Gefühlsäußerungen, aber wenn wir etwas sagen, dann meinen wir es. Und wenn Sven dir sagt, dass er dich will, ob mit Max oder ohne, dann glaub ihm einfach. Er ist auch kein 16jähriger Bengel mehr und er weiß, worauf er sich da einlässt."

Ich will mich rechtfertigen, dass seine Einschätzung über mich nicht stimmt, doch Jakob gibt mir gar keine Chance.

„Denk über meine Worte nach. Du weißt, dass ich recht habe. Gute Nacht, Melina."

Mit einem Kuss auf die Schläfe lässt er mich alleine.

Seine Worte fühlen sich nicht gut an.

In dieser Nacht mache ich fast kein Auge zu. Das hat vielleicht mit dem fremden Bett zu tun, aber auch eine ganze Menge damit, dass mir Jakobs Worte nicht aus dem Kopf gehen.

25.

Sven sitzt vor meiner Haustür, als ich am nächsten Nachmittag mit Max vom Einkaufen komme. Er hat die Arme um seine Knie geschlungen und die Stirn darauf abgelegt. Für Passanten mag es fast so aussehen, als würde er schlafen, doch ich kenne ihn besser.

„Sprichst du wieder mit mir?“, frage ich, während ich die Türe aufschließe und den Kinderwagen in den Hausflur manövriere. Sven folgt mir wortlos und nimmt mir die Einkaufstaschen ab, um sie in die Wohnung zu tragen.

Wir sind noch nicht ganz in der Wohnung und er schafft es gerade, die Einkaufstaschen neben sich abzustellen, als er eine Tirade auf mich niederprasseln lässt, bei der ich keine Chance auf einen Einspruch habe.

„Melina, was hätte ich anders machen sollen? Hätte ich mehr das Arschloch spielen und dich wie Dreck behandeln sollen? Natürlich komme ich gegen den Doktor nicht an, mit seinem fantastischen Haus und dem so eindrucksvollen Job. Vielleicht fehlen dir auch die Schmetterlinge im Bauch, weil wir uns zu lange kennen. Ich kann dir versichern, ich habe sie immer noch. Du dagegen scheinst sie dir woanders holen zu müssen. Sage ich dir nicht oft genug, wie schön du bist, Melina? Bin ich dir zu nah, als dass du sehen könntest, wer ich heute bin? Ich weiß, dass es damals nicht funktioniert hat. Aber Melina, wir waren noch Kinder. Das hat nichts mehr mit uns heute zu tun. Ich liebe dich, doch so langsam realisiere ich, dass es vielleicht nie genug für dich sein wird. Damals habe ich wirklich gehofft, wenn du ein paar Erfahrungen sammelst und dich austobst, dass du dann wieder zu mir zurückkommst. Du bist, neben meiner Mutter, die einzige Frau, der ich jemals gesagt habe, dass ich sie liebe. Melina, ich kann

nicht mehr. Meine Reserven sind aufgebraucht."
Wir haben uns immer noch nicht von unserem Platz in der Diele bewegt. Svens Rede hat vermutlich die ganze Nachbarschaft mitbekommen, da er mit jedem Wort lauter wurde. Er hat tiefe Ränder unter den Augen und seine Hände zittern. Gerne würde ich ihn festhalten, aber ich habe nicht das Gefühl, dass er mich lassen würde.
„Jakobs Kohle interessiert mich nicht, Sven. Ich hätte ihn gerne als Freund, aber wenn es dich verletzt, dann werde ich ihn nicht mehr sehen. All das zählt nicht, wenn ich dich nicht mehr habe. Der Kuss, den du gesehen hast, ging nicht von mir aus. Bevor ich überhaupt eine Chance hatte, ihn wegzuschieben, standest du schon in der Tür. Es geht nicht darum, dass ich uns anzweifle. Wäre Max nicht dazwischen gekommen, dann würden wir dieses Gespräch gar nicht führen. Ich liebe dich und ich will mit dir zusammen sein, aber Max ist ein großer Faktor. Mit ihm kann ich keine Versuche mehr machen."
Jetzt hat er Tränen in den Augen, und ich hasse es, dass ich der Auslöser dafür bin.
„Melina, ich habe aufgehört, Versuche zu machen, als ich in Australien in den Flieger gestiegen bin. Zwischen uns, das war nie ein Spiel für mich, aber ich bin mit dem festen Willen zurückgekommen, mit dir eine Zukunft aufzubauen. Wie kommst du auf die absurde Idee, dass Max ein Hinderungsgrund sein könnte? Mein Gedanke von einer Zukunft mit dir beinhaltet auch Kinder. Dann ist es halt überraschend und vielleicht zwei oder drei Jahre früher passiert. Ja und? Du kannst die Zukunft nicht berechnen, aber du kannst auf mich zählen. Seit zwanzig Jahren kannst du auf mich zählen. Im Gegensatz zu deinen Exfreunden, deinen Eltern und deiner Schwester, habe ich dich nie enttäuscht. Ich war immer da,

bedingungslos. Und das bin ich auch für Max. Wenn er dein Sohn ist, und du mich willst, dann ist er auch mein Sohn. Du kannst noch so sehr versuchen, dich davon zu distanzieren, aber du hast eine Familie. Meine Eltern lieben dich und sie waren sehr verletzt, weil du dich während meiner Zeit in Australien nicht hast blicken lassen. Auch wenn du dich gerne so siehst, aber du bist nicht alleine. Wir können unsere eigene, kleine Familie haben."

Jetzt ist sein Gesicht tränenüberströmt. Auch bei mir haben sich die Schleusen geöffnet. Ich kann mich nicht länger zurückhalten. Da ich immer noch Max trage, drücke ich ihn mit einem Arm an mich. Sofort umschließt er uns mit seinen Armen.

„Inzwischen weiß ich das, Sven. All das will ich auch", schluchze ich an seiner Schulter. „Das ganze Drama tut mir so leid."

Wahrscheinlich würden wir noch Stunden hier stehen, wenn der kleine Mann zwischen uns nicht etwas ziemlich Unangenehmes in seine Windel gedrückt hätte.

Wir lachen unter Tränen und lösen uns nur widerwillig voneinander.

„Ich mach das", sagt Sven und nimmt mir Max einfach aus dem Arm. Bevor er mit ihm zum Wickeln verschwindet, halte ich ihn am Handgelenk fest.

„Was ist mit deinem Vater?", frage ich. „Die Operation ist doch in den nächsten Tagen, oder nicht?"

Sofort erstirbt das Lächeln in seinem Gesicht.

„Er liegt gerade unterm Messer. Ich warte darauf, dass Thomas mich anruft. Sie operieren schon seit 6 Stunden."

Das erklärt, warum er so aufgerieben war, als er vor der Tür auf mich gewartet hat.

„Dann warten wir zusammen", sage ich und streichle zärtlich

über seine Wange. Sven lehnt sich in die Berührung und stößt einen erschöpften Seufzer aus. Mit einem kurzen Kuss auf meine Handfläche verschwindet er im Schlafzimmer.

Noch immer warten wir auf den Anruf. Inzwischen dämmert es schon draußen und Max ist längst im Bett. Thomas hat sich zwar zwischendurch gemeldet, doch nur um zu sagen, dass Peter immer noch im OP ist und sie selbst nichts wissen.
Nervös spielt Sven mit seinem Handy, als könnte das die Nachrichtenübermittlung beschleunigen. Ich sitze auf seinem Schoß in unserem Sessel und bin mir ziemlich sicher, dass er nur auf- und ablaufen würde, wenn er mich dafür nicht loslassen müsste.
Schließlich öffnet er die Fotogalerie auf seinem Mobiltelefon und hält mir ein Bild von einem alten, aber gut erhaltenen Golf 3 hin. Verwirrt sehe ich ihn an.
„Was ist das?", frage ich. „Hast du dir ein neues Auto gekauft?"
„Das ist deiner."
„Meiner? Was meinst du?"
„Dein Auto. Den hab ich für dich besorgt, als du mit Max im Ferienhaus warst. Damit du es leichter hast, wenn ich dir mein Auto nicht leihen kann und wenn du wieder arbeiten gehst. Das macht es einfacher, wenn du Max zur Kita bringen und dann zur Arbeit fahren musst. Natürlich würde ich auch Fahrdienste für Max übernehmen, wenn du mich lässt."
Bis ins Detail hat er längst alles durchdacht, während ich damit beschäftigt war, ihn anzuzweifeln. Ich habe ihn wirklich nicht verdient.
„Bist du verrückt, Sven? Du kannst mir doch kein Auto kaufen."
„Es ist nicht das neueste Modell, aber er erfüllt seinen Zweck.

Ölwechsel, neue Reifen und Bremsen, habe ich alles mit Thomas gemacht. Nächste Woche melde ich ihn für dich an, wenn du mir die Vollmacht unterschreibst. Thomas hat bei sich in der Werkstatt schon für die TÜV-Abnahme gesorgt."

Auch wenn ich dieses Geschenk kaum mit gutem Gewissen annehmen kann, würde eine Ablehnung Sven nur noch mehr verletzen.

Er steht total neben sich und es wird wirklich höchste Zeit, dass wir irgendetwas aus dem Krankenhaus hören.

Um seine völlige Aufmerksamkeit zu bekommen, nehme ich sein Gesicht in meine Hände, doch bevor ich meine Dankbarkeit ausdrücken kann, klingelt sein Handy zwischen uns.

Mit zitternden Fingern nimmt er das Gespräch an, doch er kommt gar nicht dazu, etwas zu sagen, weil direkt ein Schluchzen aus dem Hörer klingt. Das ist nicht gut, gar nicht gut.

Wieder füllen sich Svens Augen mit Tränen. Ich kann nicht verstehen, was gesprochen wird, nur dass zuerst Marianne dran ist, Thomas aber schnell das Gespräch übernimmt. Von Sven kommen nur knappe Kommentare. Es ist nicht nötig, dass er die Worte ausspricht.

Schon nach wenigen Momenten beendet er das Gespräch wieder. Sein Anblick ist erschreckend, denn seine Augen weinen, doch seine Mimik ist völlig ausdruckslos.

„Was ist passiert?"

Er schüttelt nur den Kopf, weil er selbst erst verarbeitet, was er gerade gehört hat. Mit leerem Blick starrt er einfach in den Raum.

„Red mit mir!"

Es ist beunruhigend, wenn er so abdriftet.

„Es gab Komplikationen. Eine Embolie. Sie haben die ganze Zeit versucht, ihn wieder zu stabilisieren, doch sie konnten

nichts mehr tun."
Das ist nicht richtig. Nicht Peter.
Sven lässt das Telefon einfach neben sich fallen und zieht mich in eine feste Umarmung. Er weint so heftig an meiner Schulter und lockert seinen Griff nicht einen Millimeter, doch das ist es wohl, was wir beide brauchen, damit wir nicht den Halt verlieren.

26.

In den letzten 24 Stunden habe ich dabei zugesehen, wie eine Familie um einen geliebten Menschen trauert. Für mich ist das irritierend, weil bei Kims Tod vor wenigen Monaten alles so anders war. Diese Familie scheint es noch näher zusammenzubringen, wohingegen es meine Eltern und mich nur weiter voneinander entfernt hat.

Jedem in diesem Haus bricht es das Herz, doch Marianne hat es natürlich am Härtesten getroffen. Sie weigert sich, zu essen oder das Gästezimmer zu verlassen.

Sven hat seit gestern nur das Nötigste gesprochen. Er ist schon fast apathisch, wird aber panisch, wenn ich nur ansatzweise Anstalten mache, nach Hause gehen zu wollen. Max ist sein Anker.

Seit gestern habe ich meinen Sohn nicht mehr selbst versorgen dürfen. Auch meine Nähe sucht Sven bei jeder Gelegenheit und er will um keinen Preis, dass ich ihn alleine lasse. Ich musste Jenny bitten, mir ein paar Sachen aus meiner Wohnung zu holen, weil er mich nicht gehen lassen wollte. So sehr ich auch versuche, für ihn stark zu sein, steigen mir doch immer wieder die Tränen in die Augen.

Jana und ich stehen in der Küche und kümmern uns um das Abendessen, obwohl vermutlich niemand Appetit haben wird. Die Zwillinge sitzen hinter uns am Tisch und malen. Sie sind sehr traurig, dass ihr Opa gestorben ist, aber am meisten machen sie sich Sorgen um ihre Oma. Vielleicht haben sie auch noch nicht richtig realisiert, dass Peter nicht mehr wiederkommt.

„Kommst du zurecht?“, flüstere ich Jana zu, als sie neben mir Geschirr aus dem Schrank holt.

Sie zuckt mit den Schultern. Als ich zur Seite schaue, sehe ich bei ihr schon wieder die Tränen fließen. Nur kurz streichele ich ihr über den Arm, um Lara und Tim nicht zu alarmieren. Sie bleibt solange mit dem Blick zur Küche gewandt stehen, bis sie sich wieder gefangen hat. Dann dreht sie sich zu mir und legt eine Hand auf ihren Unterbauch. Mit der anderen Hand legt sie einen Finger auf ihre Lippen und deutet mit dem Kopf zu ihren Kindern. Ich brauche einen Moment, um zu verstehen, was sie mir gerade mitgeteilt hat, doch dann klickt es auch bei mir.

„Wirklich?", wispere ich. Sie nimmt ihre Hand beiseite, und da sehe ich die kaum vorhandene Kugel. Trotz der im Raum hängenden Trauer, die uns alle niederdrückt, kann ich mir ein kleines Lächeln nicht verkneifen. Wir drehen uns wieder zur Küche und beschäftigen uns damit, Gemüse zu würfeln.

„Es war nicht geplant", flüstert Jana. „Dieses Mal ist es Gott sei Dank nur eins."

„Wie weit?"

„Vierter Monat. Wir wollten es eigentlich am Wochenende offiziell verkünden."

Es tut mir leid für die Beiden, dass die gute Nachricht von diesem Ereignis überschattet wird.

„Ich glaube, Thomas sagt es gerade Sven."

Auch Jana kann jetzt ein Lächeln nicht unterdrücken.

„Er wird sich sehr freuen. Sven ist ein guter Onkel."

„Sven wäre auch ein guter Vater."

Er ist auf dem allerbesten Weg dahin, das habe ich jetzt verstanden.

Die Sonne geht gerade unter, als ich Sven mit Max auf der Terrasse finde. Es ist ein kühler Abend und die beiden liegen eingekuschelt auf der Hollywoodschaukel unter einer Decke. Sven beobachtet meinen Sohn dabei, wie der gegen den

Schlaf kämpft.
Ich setze mich auf einen Stuhl neben die beiden und lege meine flache Hand auf Svens Rücken, was ihn dazu bringt, einen tiefen Seufzer auszustoßen.
„Soll ich Max hinlegen? Jana hat mir ein Reisebett gegeben. Wir können ihn bei dir nebenan schlafen legen und du siehst noch mal nach deiner Mama."
Er nickt, wenn auch widerwillig, und lässt mich Max aus seinem Arm heben.
„Kann ich ihn heute Nacht wieder zu uns ins Bett holen?", fragt er in einem flehenden Tonfall. Max ist das Einzige, was ihn im Moment von einem kompletten Zusammenbruch abhält. Das Gefühl kenne ich.
„Natürlich."
Ich streiche über seine Wange, als er aufsteht, und schiebe ihn dann ins Haus.

Über zwei Stunden lang versuche ich einzuschlafen, doch Sven hat sich beschützend um Max gewickelt und nimmt soviel Platz im Bett ein, dass ich keine komfortable Stelle finde. Da ich aber einfach nur froh bin, dass er endlich schläft, wecke ich ihn nicht auf, damit er mir etwas Platz macht. Auf leisen Sohlen schleiche ich mich aus dem Schlafzimmer, in der Hoffnung in Svens Küche Tee zu finden.
Ich kenne diese kleine Einliegerwohnung zwar, aber seit er darin lebt, bin ich zum ersten Mal hier. Neugierig sehe ich mich in dem kargen Wohnzimmer um. Er hat immer noch keine Bilder aufgehängt und die meisten Kisten sind auch noch nicht ausgepackt. Die einzigen Möbelstücke bestehen aus einer verschlissenen Zweiercouch und einem alten Tisch, auf dem er seinen noch älteren Fernseher platziert hat. Hier werde ich keinen vernünftigen Schlafplatz finden.

Ich durchforste die Küchenschränke auf der Suche nach Teebeuteln, finde aber nur eine abgelaufene Packung Kekse. Dafür hält der Kühlschrank einen Schlaftrunk für mich bereit. Eine angebrochene Flasche Wodka. Die grelle Kühlschrankbeleuchtung blendet mich. Ich mache mir nicht die Mühe, nach einem Schnapsglas zu suchen und nehme stattdessen direkt einen großen Schluck aus der Flasche. Das brennende Gefühl in meiner Kehle lässt schnell wieder nach, dafür steigt mir aber sofort Hitze in die Wangen. Auf dem Boden, neben dem Kühlschrank, steht Svens Rucksack, aus dem ein vertrautes Notizbuch herausschaut. Ich stelle die Flasche zurück und schließe die Kühlschranktür. Jetzt ist die Küche wieder in Dunkelheit getaucht, obwohl der Horizont schon von den ersten Anzeichen des Sonnenaufgangs erhellt wird. Vorsichtig ziehe ich das Notizbuch aus dem Rucksack und nehme es mit ins Schlafzimmer. Ich setze mich an den Fuß des Bettes auf den Boden, um meine beiden Männer nicht zu wecken und zu lesen, was Sven in den letzten Tagen in Australien geschrieben hat. Der Lichtschein aus dem Badezimmer reicht gerade, um die Zeilen entziffern zu können. Zu meiner Überraschung sind gerade mal zwei Seiten mit Svens Handschrift gefüllt.

In einer Woche geht mein Flug nach Hause. Es wird so was von Zeit. Irgendetwas stimmt nicht mit Lina. Ich weiß nicht, was es jetzt schon wieder ist. Vielleicht hat sie jemanden kennengelernt. Oder sie bekommt Panik bei der Aussicht auf meine Rückkehr.

Der Österreicher, mit dem ich mir in den letzten drei Wochen ein Zimmer teile, macht mich mit seinem Liebesgesäusel wahnsinnig. Jeden Morgen werde ich darüber wach, dass er einen Videochat mit seinem Freund

hält. Dabei höre ich Dinge, die ich wahrhaftig nicht wissen muss.
Der Fairness halber muss ich wohl zugeben, dass ich ihm mit meinem Gequatsche über Lina auch ziemlich auf den Keks gehe.

Dies wird mein letzter Eintrag in Australien sein. Wenn ich nach Hause komme, dann werde ich alles tun, um Melina komplett für mich zu gewinnen. Egal was es kostet. Ich will ein Leben mit ihr. Wenn sie mich nicht will, dann werden wir einen klaren Schnitt machen müssen. Ich kann sie nicht mehr lieben, ohne sie haben zu dürfen.

Ich wische mir die Tränen aus den Augen und stehe vom Boden auf. Das Notizbuch lege ich auf die Fensterbank. Behutsam schmiege ich mich hinter Sven, um ihn nicht aufzuwecken, doch er wird trotzdem wach. Vorsichtig dreht er den Kopf zu mir, ohne von Max abzulassen. Unser erster richtiger Körperkontakt seit seinem Zusammenbruch über die Todesnachricht seines Vaters. Sven lächelt mich im Halbschlaf an, sich der Ereignisse der letzten Tage für ein paar Sekunden nicht bewusst. Der Moment, in dem es wieder in sein Bewusstsein dringt, zeigt sich daran, wie ihm das Lächeln abrupt von den Lippen fällt. Es bricht mir das Herz.
Gott sei Dank stößt er mich nicht weg. Aber er schläft auch nicht mehr. Ich lege meine Hand auf seinen Brustkorb und bin so erleichtert, als er sie mit seiner eigenen umschließt.
Bei allem, was ich in den letzten Monaten verloren habe, kann ich ihn nicht auch noch verlieren.
Peters Worte kommen mir wieder in den Sinn. Es ist, als hätte er geahnt, dass er die OP nicht überlebt.

Du bist immer wie eine Tochter für mich gewesen, Melina. Versprich mir, dass du ihn nie alleine lässt. Ohne dich funktioniert er nicht.

Er hat damit so viel mehr gemeint, als dass sein Sohn mich liebt. Sven braucht mich genauso sehr, wie ich ihn. Deswegen würde er mich und Max auch nie als Belastung betrachten.

27.

Eigentlich gefällt Sven mir im Anzug. Nur nicht gepaart mit einer schwarzen Krawatte und verweinten Augen. Er versucht stark zu sein, aber er schafft es einfach nicht. Wir sind alle froh, wenn dieser Tag hinter uns liegt.

„Soll ich dir die Krawatte binden?"

Ich rolle die letzten Zentimeter meiner halterlosen Strümpfe nach oben und lasse mein überknielanges, schwarzes Kleid darüber fallen. Im Spiegel sehe ich, wie Sven nickt und dabei einen dicken Kloß runterschluckt. Er stellt sich vor mich und lässt mich einen einfachen Knoten in das schmale Stück Stoff binden.

Eine Sache, die ich nicht von meinem Vater, sondern von Peter gelernt habe. So sehr ich mich auch bemühe, nicht schon wieder zu weinen, es gelingt mir nicht.

Alles sitzt, wir sind fertig angezogen und warten nur noch darauf, dass Jenny Max abholt. Sven wollte ihn mitnehmen, aber da habe ich gestreikt. An diesem einen Tag will ich nur für ihn da sein, und das kann ich nicht, wenn ich nebenbei noch nach meinem Sohn sehen muss.

Er sieht mich an, mit einem Blick, der geradezu schreit: ‚Lina, ich schaff das nicht.' Es tut mir weh, ihn so zu sehen, aber ich kann ihm das nicht abnehmen. Es gibt keine Worte, die das hier besser machen können. Deswegen halte ich einfach meinen Mund und lege meine Arme um ihn.

Marianne steht unter Beruhigungsmitteln und lässt sich von Jana und mir auf dem Weg von der Kapelle zum Grab stützen.

Der Anblick von Sven, wie er mit Unterstützung von Thomas

und den Sargträgern seinen Vater auf dem letzten Weg begleitet, ist fast mehr als ich ertragen kann. Er hätte das nicht tun müssen, aber er hat darauf bestanden.

Die Grabrede des Pfarrers vermittelt mir den Eindruck, dass der ganze Schmerz dieses Prozesses nur unnötig hinausgezögert wird. Tief in mir drin macht sich ein Gefühl der Erleichterung breit, als endlich der Sarg herabgelassen wird. Auch wenn die Zeit der Trauer dadurch noch längst nicht vorbei ist, fühlt es sich doch so an, als wäre ein Stück damit abgeschlossen. In der Todesanzeige haben wir darum gebeten, von Beileidsbekundungen am Grab abzusehen und die meisten Leute halten sich auch daran.

Sven und Thomas bringen ihre Mutter zum Auto und Jana geht zu den Zwillingen, die während der Beerdigung von ihrer Schwester beaufsichtigt worden sind.
Für einen Moment stehe ich etwas hilflos in der Gegend rum, da sich die ganze Gesellschaft zerstreut und ein Teil davon auf den Weg zum Beerdigungskaffee macht. Also gehe ich zum Parkplatz, wo Sven mir schon entgegen kommt. Er ist blass, zittert und fällt mir regelrecht in die Arme. Irgendwie schaffe ich es, ihn zum Auto zu leiten. Wie betäubt lässt er sich von mir in den Beifahrersitz bugsieren, hält aber meine Hand weiterhin fest. Ich hocke vor der geöffneten Autotür und hoffe darauf, dass er sich von selbst beruhigt, aber es scheint nicht so, als würde das in den nächsten Minuten passieren. Unverständliche Worte kommen aus seinem Mund und er schüttelt sich fast, so sehr zittert er.
Ohne Rücksicht auf den Ort, an dem wir uns befinden, hebe ich meinen Rock und setzte mich rittlings auf seinen Schoß. Ich schließe die Autotür und lege ganz fest meine Arme um

seine Schulter. Im Schutz meiner Umarmung lässt er los. Seine lauten Schluchzer klingen schon fast nicht mehr menschlich.

Endlose Minuten vergehen, in denen wir gemeinsam weinen. Doch so langsam bekomme ich Angst, dass er sich nicht mehr beruhigt. Ich lege meine Hände auf seine Wangen und suche seinen Blick, denn er ist komplett abwesend. Meine Finger streichen durch seine raspelkurzen Haare, aber auch das bringt ihn nicht wieder zurück. Ich will ihm wirklich keine Ohrfeige verpassen müssen, also tue ich, was ich noch nie für ihn, er aber schon so oft für mich, getan hat. Ich singe leise in sein Ohr.

"Hush-a-bye, don't you cry,
go to sleep my little baby.
When you wake, you shall have
all the pretty little horses…"

Mit jeder Zeile wird seine Atmung ruhiger, bis er mich schließlich wieder ansieht. Ich stoße einen erleichterten Seufzer aus.

„Bist du wieder bei mir?“, frage ich dennoch zögerlich.

„Ich glaub schon.“

Seine Stimme ist rau und belegt. Ich streichle über seine Wangenknochen und versuche es mit einem müden Lächeln, welches er nicht erwidert. Als ich mir sicher bin, dass er nicht wieder zusammenbricht, klettere ich auf den Fahrersitz und fahre uns zur Kneipe, wo der Beerdigungskaffee stattfindet.

Mit einem Kaffee in der Hand steht Sven an der Theke und beobachtet die Trauergesellschaft. Jede Faser seines Körpers strahlt Widerwillen aus. Ich verlasse meinen Posten bei Lara

und Tim und stelle mich neben ihn.
„Was ist los?“, flüstere ich, um keine Aufmerksamkeit auf uns zu lenken.
„Diese alten Säcke widern mich an. Sitzen rum, fressen Kuchen, trinken auf Kosten meiner Mutter Schnaps und tun so, als hätten sie meinen Vater gekannt“, faucht er durch seine zusammengebissenen Zähne. So boshaft kenne ich ihn nicht. Vorsichtig nehme ich ihm die Tasse aus der Hand und ziehe ihn hinter mir her. Wir gehen an den Toiletten vorbei und finden dort die Tür zum Hinterhof der Kneipe. Ich öffne die schäbige Holztür und atme erleichtert die frische Luft ein. Das Rauchverbot in Gaststätten scheint für über 60jährige Herren mit Zigarren nicht in Kraft getreten zu sein. Sven rempelt mich fast um, in dem Verlangen dort rauszukommen. Hektisch sucht er in den Innentaschen seines Jacketts nach Zigaretten, die er auch findet. Nur leider fehlt ihm ein Feuerzeug.
„Scheiße!“, flucht er lautstark.
Es wäre einfach, sich drinnen Streichhölzer geben zu lassen, doch Sven findet eine andere Art der Beruhigung. Mit wildem Blick kommt er auf mich zu und drängt mich an die Hofmauer. Er braucht keine Zustimmung, um seine Lippen auf meinem Mund zu pressen, doch jetzt gerade finde ich es nicht richtig. Mit Nachdruck schiebe ich ihn von mir und zwinge ihn, mich anzusehen.
„Nicht hier, Sven“, sage ich streng. Er nimmt meine Hand von seinem Brustkorb und drängt sich wieder an mich. Doch dieses Mal lehnt er nur seine Stirn an meine und atmet heftig.
„Was kann ich tun, Sven. Sag mir, wie ich dir helfen kann.“
„Diese ganze Veranstaltung macht mich verrückt, ich könnte ….“
Er ballt wütend die Hände, so fest, dass die Knöchel weiß

hervortreten. Meine Hände schließen sich um seine Fäuste, damit er sich wieder entspannt.
„Sieh mich an!“
Ich habe die Befürchtung, er entgleitet mir schon wieder. Die Sache vorhin war schon beängstigend genug. Nur mit Mühe schafft er es, den Blickkontakt zu halten.
„Ich verstehe total, dass dich das anwidert, aber deine Mutter braucht das. Sie unterhält sich mit alten Freunden deines Vaters darüber, wie er früher war und was sie zusammen erlebt haben. Hörst du? Sie braucht das wirklich, auch wenn es für dich nicht nachvollziehbar ist.“
Tränen rinnen an meiner Wange runter, doch es sind nicht meine eigenen.
„Ich liebe dich, Lina“, schluchzt er.
„Das weiß ich. Ich liebe dich auch. Willst du hier raus?“
Sven nickt eifrig.
„Okay, ich regel das. Warte hier.“
In der Kneipe suche ich Thomas und erkläre ihm die Situation. Wir sind uns einig, dass es auf jeden Fall besser ist, Sven hier rauszuholen, als wenn er nachher noch eine Szene veranstaltet. Thomas versichert mir, dass sie alles im Griff haben und Marianne nachher nach Hause bringen.

28.

Mit zwei Papiertüten voller Burger und Fritten aus dem *Drive in,* steigen wir die Treppen zu meiner Wohnung hoch. Ich bin sehr froh, dass Sven das erste Mal seit Tagen wieder Appetit hat, und werde deswegen einen Teufel tun, mich über seinen Wunsch nach Fast Food zu beschweren.
„Wann kommt Max zurück?“, fragt er, als wir gerade die Wohnung betreten.
„Jenny bringt ihn frühestens morgen Mittag. Was möchtest du trinken?“
„Hast du Bier?“
Er lässt sich auf einen Küchenstuhl sinken und die Arme an den Seiten runterhängen. In seinem Anzug und mit der schwarzen Krawatte sieht er völlig verloren aus.
„Ich schaue gleich nach“, sage ich und stelle mich vor ihn, um den Krawattenknoten an seinem Hals zu lösen. Sven lehnt sich nach vorne und lässt sich von mir das Jackett über die Schultern ziehen und hinter ihm auf der Stuhllehne aufhängen. Er legt seine Wange an meinen Bauch und umarmt meine Hüften. Erschöpft schließt er die Augen und hält mich dabei eisern fest.
„Er wusste es“, flüstert er. „Als ich ihn zum Krankenhaus gebracht habe. Er hat mir hinterher gesehen, als ich wieder zu meinem Auto gegangen bin. Wie eine Statue stand er am Fenster und hat mich nur angesehen, nicht gewunken und nicht gelächelt. Er wusste es.“
Ich kann ihn nicht trösten, das muss die Zeit mit sich bringen, aber ich kann für ihn da sein.
Wir lösen uns voneinander und gehen zum Essen ins Wohnzimmer. Wie in alten Zeiten sitzen wir auf dem Boden vor dem Couchtisch und stopfen uns mit Fast Food voll. Endlich

isst er freiwillig etwas. In den letzten Tagen hat er sich nur von Kaffee und Zigaretten ernährt. An seinen rosigen Wangen zeigt sich, dass ihm das Bier schon etwas in den Kopf gestiegen ist.
„Was willst du jetzt machen?“, frage ich mit halb vollem Mund.
„Keine Ahnung. Wenn es nach mir geht, dann gar nichts. Nur mit dir hier abhängen und sinnlosen Quatsch im Fernsehen gucken. Ein kleines Nickerchen klingt auch verlockend.“
Er legt seinen angebissenen Burger beiseite und nimmt sich noch mehr Fritten.
„Damit bin ich einverstanden. Trotzdem müssen wir heute Abend noch mal nach deiner Mama sehen.“
Ich reiche ihm noch meinen Anteil Pommes rüber und schiebe mir den letzten Bissen meines Burgers in den Mund.
„Noch ein Bier?“, frage ich und erhebe mich schwerfällig und vollgefressen vom Tisch.
„Bier, Wodka, Gras. Was auch immer du Betäubendes da hast.“
„Ich hol dir noch ein Bier.“
Sein Verlangen, sich zuzudröhnen, kann ich absolut nachvollziehen, aber das würde er nur bereuen. Lieber würde ich ihn von seinem Schmerz ablenken, aber ich bin mir nicht sicher, ob er das auch will.
„Lina?“, ruft er mir hinterher. „Können wir gleich zusammen in die Badewanne gehen? Ich brauche das heute.“
„Natürlich.“

Das heiße Wasser macht mich unglaublich schläfrig. Nur die Tatsache, dass Sven an meinen Brustkorb gelehnt vor mir liegt, lässt mich die Augen aufhalten. Er ist so unglaublich angespannt. Mit einer Hand streiche ich durch seine feuchten

Haarspitzen und mit der anderen fühle ich den Herzschlag auf seiner Brust.
„Kannst du dich noch an unseren ersten Kuss erinnern?“, frage ich, um ihn abzulenken.
„Du hast mich so lange provoziert und als Feigling betitelt, bis ich dir mitten im Kaufhaus auf der Rolltreppe die Zunge in den Hals geschoben habe. Nicht gerade die Definition von Romantik.“
Er lacht trocken.
„Für mich ist es eine gute Erinnerung.“
Sven erwidert nichts und schließt die Augen, obwohl er immer noch völlig verspannt ist.
„Was kann ich für dich tun?“, flüstere ich an seiner Wange. Er hat zwar die Augen geschlossen, aber seine Atmung ist so unregelmäßig und hastig, er steht völlig unter Strom. Auf meiner Stirn bilden sich Schweißtropfen, doch Sven scheint zu frieren. Ich hangele mit den Zehen nach dem Wasserhahn und lasse noch mehr warmes Wasser einlaufen.
„Gar nichts“, seufzt er. Doch dann dreht er sich zu mir um. Er legt seine Arme um meinen Oberkörper und stützt sein Kinn auf meinem Brustbein ab.
„Ich erinnere mich, wie mein Bruder uns in der Badewanne erwischt hat. Meine Eltern waren im Urlaub und Thomas sollte nachsehen, ob ich nicht das Haus auf den Kopf stelle. Ich glaube, wir waren ungefähr 17. Du hast Thomas wochenlang nicht mehr in die Augen sehen können.“
Daran erinnere ich mich sehr gut, und es ist mir heute noch peinlich, wenn ich daran zurückdenke.
„Du bist so wunderschön, Melina“, flüstert er und sieht mich dabei durchdringend an. „Ich kann dich nicht immer wieder verlieren.“
„Das brauchst du nicht, Sven. Ich will nirgendwo anders

mehr sein."
Er verschließt meine Lippen mit einem Kuss, der mich keinen klaren Gedanken fassen lässt. Jeder Nerv in mir ist immer noch auf ihn eingestellt und reagiert sofort. Auch Sven wird zwischen uns hart.
Er lässt mir kaum Raum zum Luft holen, als er seinen harten Schwanz über meinen Kitzler gleiten lässt. Ich will ihn fragen, ob er sich sicher ist, doch er hört nicht auf, mich zu küssen. Zudem macht er keinen besonders unschlüssigen Eindruck. Meine Schenkel ein Stück weiter spreizend, schiebe ich ihn mit den Fersen näher, um deutlich zu machen, dass es okay ist. Mit einem Ruck schiebt er sich in mich.
„Oh Gott", raunt er mit heiserer Stimme. „Das hat mir so gefehlt."
Er lässt mir keinen Raum zum Reden und drängt gleich wieder seine Zunge in meinem Mund.
Langsam bewegt er sich in mir und lässt mich jeden verfluchten Millimeter spüren. Schon so oft wollte ich ihn anschreien, er soll gefälligst schneller machen, aber wir wissen beide, dass ich so am meisten fühle und am heftigsten komme. Seine Lippen wandern über meinen Hals, wo er mich sanft beißt und auf jeden Biss einen Kuss drückt. Im Hintergrund höre ich das Wasser auf dem Boden klatschen, doch jetzt gerade könnte es mich nicht weniger interessieren. Ich greife an sein Hinterteil, um ihn enger an mich zu ziehen.
Erst sauge ich nur sanft an seiner Schulter, doch in meinem heranrauschenden Höhepunkt verliere ich wohl etwas die Kontrolle. Ich zucke und keuche unter ihm, während ich ihm den Knutschfleck seines Lebens verpasse. Sven ist abgelenkt durch seinen eigenen Orgasmus, bei dem er mir etwas zu heftig in die Schulter beißt. Mein kleiner Schmerzensschrei lässt ihn erschrocken aufblicken.

„Sorry, ich …“, setzt er an, immer noch völlig außer Atem.
„Schon okay“, würge ich ihn ab. „Ich habe wohl auch Spuren hinterlassen“, keuche ich mit einem verschämten Grinsen.

Die ersten Sonnenstrahlen des sehr frühen Morgens wecken mich. Sven liegt im Tiefschlaf neben mir, wie immer in seiner Decke verheddert und mit dem halben Gesicht im Kissen vergraben. Er sieht so friedlich aus.
Mit den Fingerspitzen streiche über die freiliegende Wange. Augenblicklich verändert sich seine Atmung. Äußerst unwillig murmelt er vor sich hin. Wir sind beide völlig nackt, da wir nach einem sehr aktiven Abend nur noch erschöpft ins Bett gefallen sind.
„Sven?“, flüstere ich in seine Ohrmuschel. Seine Lider flattern und er versucht, trotz der Helligkeit, die Augen zu öffnen.
„Was ist los, Lina?“, nuschelt er ins Kissen. „Ist es nicht noch zu früh?“
„Hierfür nicht. Ich muss dir was sagen.“
Er dreht sich auf die Seite und sieht mich mit zusammengekniffenen Augen an. Dann schließt er die Lider wieder und zieht mich mit einem ausgestreckten Arm an sich.
Seufzend vergräbt er seine Nase in meinen Haaren und wartet geduldig.
Mit dem Daumen streiche ich über das Tattoo auf seiner Hüfte, um meinen Mut zusammenzunehmen.
„Deine Wohnung gefällt mir nicht und meine ist nicht besonders groß.“
„Und?“
Ich spüre sein Lächeln.
„Wir sollten uns zusammen eine Größere suchen. Max braucht schließlich bald ein eigenes Zimmer.“

„Das wurde auch mal Zeit", ist alles, was ich von meinem verschlafenen Freund bekomme. Bevor ich mich über seine stoffelige Reaktion empören kann, dreht er sich ruckartig um und begräbt mich unter sich.

Vorsichtig legt er die Hände auf meine Wangen und sieht liebevoll auf mich herunter. Wir haben in den letzten Monaten so viel verloren und beinahe hätte ich auch noch den einzigen Menschen vertrieben, der immer für mich da war. Den ich mehr liebe, als ich es in Worte fassen kann. Und der mich mit einer Hingabe liebt, die ich in der letzten Zeit nicht verdient habe.

„Du warst, bist und bleibst immer die Eine, Lina."

Zärtlich küsst er mich auf den Mundwinkel. Er hat immer noch tiefe Ränder unter den Augen und das wird auch sicherlich noch für eine Weile so bleiben.

„Dann sollte ich dich wohl heiraten."

Sven könnte nicht überraschter sein und in gewisser Weise bin ich das auch.

Doch es ist richtig.

Wenn jemand zusammen gehört, dann sind es wir beide.

Und Max verdient den Vater, der Sven für ihn sein will.

1695273R00117

Printed in Germany
by Amazon Distribution
GmbH, Leipzig